Thorbergur Thordarson

ISLANDS ADEL

Roman

Aus dem Isländischen von
Kristof Magnússon

S. Fischer

Thórbergur Thórdarson

ISLANDS ADEL

Roman

Aus dem Isländischen von
Kristof Magnusson

S. Fischer

*Der Übersetzer dankt dem Europäischen Übersetzer-
Kollegium Straelen und der Kunststiftung NRW
für die Unterstützung seiner Arbeit an diesem Buch.*

Die Originalausgabe erschien unter dem Titel
»Íslenzkur aðall«
© The Estate of Þórbergur Þórðarson
Date of the first publication 1938
Published by agreement with Forlagid Publishing House,
www.forlagid.is
Für die deutsche Ausgabe:
© 2011 S. Fischer Verlag GmbH, Frankfurt am Main
Satz: Pinkuin Satz und Datentechnik, Berlin
Druck und Bindung: GGP Media GmbH, Pößneck
Printed in Germany
ISBN 978-3-10-078023-2

1

DIE GROSSE VERKLÄRUNG

Diese Geschichte, die durch die Hand des Todes ein so jähes Ende fand wie viele andere Geschichten auch, begann vor etwa einem Vierteljahrhundert. Es war an einem Abend im Monat Februar des Jahres 1912, knapp vor Mitternacht, als ich mich auf meinem Heimweg aus der Stadt befand und den Skólavörðustígur hinaufging.

Wie nur selten zu jener Zeit gelang es an diesem Abend der Schönheit des Himmels, die Seele über all die Banalitäten zu erheben, unter denen sie normalerweise verschüttet lag, in diesem Kaff aus hässlichen Blechbuden, offenen Abwasserrinnen und matschigen Pfaden, die die unschuldigen Herzen miteinander verbanden. Es flackerte kein Haar am Haupt. In der Luft lag eine ungeheuere mediterrane Milde, der Himmel war wolkenlos, der Mond fast voll.

In jenem Winter hatte ich mich voll und ganz der Sternenkunde und Philosophie gewidmet, eine gigantische Karte des Himmels gezeichnet und den Artikel »Logik« von Arnljótur Ólafsson abgeschrieben.

Als ich das Haus Nummer 3 auf dem Skólavörðustígur erreichte, das in diesen Tagen nach dem Graveur Árni benannt war, legte ich auf meinem Gang eine kleine Pause ein. Ich lehnte mich an einen morschen Telegraphenmast und beobachtete das hochgewölbte Firmament des Himmels, das an diesem Abend wie von tausend Sonnen beschienen in allen Farbnuancen funkelte.

Mein Geist hatte sich noch nicht lange an dem strahlenden Spiel dieser stillen Himmelsbewohner erfreut, als eine Verzückung von mir Besitz ergriff, eine mächtige Verklärung, die zugleich ein lyrischer Schwächeanfall war. Im nächsten Moment spürte ich, wie etwas in den Tiefen meines Unterbewusstseins aufkeimte. Es war, als ob alles zerfiele oder zusammenflösse mit überwältigender, unbeschreiblich milder Harmonie – wie ein Nichts, in dem doch alle Dinge gegenwärtig waren. Und noch bevor mir klar wurde, was das alles bedeuten mochte, kam mir die vollständige Strophe eines Gedichts über die Lippen, von dem ich sofort spürte, dass es ein langes Gedicht werden sollte:

Nacht bricht zusammen, die Himmel ergrauen.
Dämmerschatten auf der Erde Brauen.
Der Abendhauch küsst See und Land.
Leise Wellen am dunklen Strand.
Die Erde schläft unter schneeweißer Hülle
und träumt vom Frühling.
Tief steht die Sonne in des Herbstes Stille.

Unter größter Anstrengung befreite ich mich aus der Umklammerung dieses lyrischen Albdrucks und rannte wie verrückt nach Hause, rannte in mein Zimmer, voller Angst, die Inspiration zu verlieren, schmiss alle Kleider von mir, warf mich ins Bett, griff Bleistift, Papier und beendete das Gedicht noch in derselben Nacht.

Auf so feierliche Art überkam zu jener ruhigen Zeit junge Männer die dichterische Inspiration. Der, der sich dieser Tage erinnern mag – er hat einen Vorgeschmack auf die Ewigkeit erhalten.

Gegen Morgen begann ich mit der Reinschrift meiner Notizen. Nur die erste Strophe war unabänderlich – die Stimme des Ewigen lässt sich nicht gern in Reinschrift bringen. Die nächsten Tage verbrachte ich damit, meinen Freunden diese Gnadengabe des Himmels zu zeigen. Sie lernten das Werk auswendig und sagten, ich sei ein großer Dichter.

Diese Erkenntnis verbreitete sich in der Stadt so schnell wie eine hässliche Klatschgeschichte. Junge Männer, die in der damaligen Zeit auf der Suche nach Dichtern und Denkern durch jeden Türspalt spähten, strömten aus allen Richtungen zu meinem Haus am Skólavörðustígur 10, in der Hoffnung, mit diesem aufsteigenden Dichter ein paar Worte zu wechseln oder zumindest einen flüchtigen Blick auf diesen Mann zu werfen, der nicht nur ein Literat war, sondern darüber hinaus ein großer Philosoph und merkwürdiger Eigenbrötler, der dazu noch in so romantischer Armut lebte, dass er einmal abends im Mondlicht zum Strand hinuntergegangen war, um sich wegen seines schlechten Schuhwerks das Leben zu nehmen. Doch als er mit seinen durchlöcherten Sohlen auf den schlammfeuchten Sand trat, wurde ihm so kalt, dass er sich nicht das Leben nehmen konnte.

Keiner konnte es bestreiten, er war ein Genie.

Dieses glaubte die Jugend im ersten und zweiten Jahrzehnt des Jahrhunderts nämlich an genau diesen Dingen zu erkennen: Man musste mit übermenschlichen Gaben gesegnet und bewundernswert bedürftig sein, von einem erbarmungslosen Schicksal gebeutelt an einem Telegraphenmast lehnen, während die Mitmenschen schlafen, sich in einen Socken schnäuzen, weil man keine lumpige Öre für ein Schnupftuch hat, und sich dann noch nicht einmal ertränken können vor lauter Kälte. Ein Bewunderer, er sollte später ein bekannter Journalist werden, lehnte einmal ebenfalls lange an einem Telegraphenmast auf dem Skólavörðustígur und starrte sehnsüchtig zu dem Fenster des Genies hinauf, von dem man einen Blick auf den gelegentlich als Pissoir genutzten Seiteneingang des Nachbarhauses hatte – so schön war es, zu dieser Zeit ein Dichter und Denker zu sein.

Mein Gedicht hieß *Nacht* und wurde im Frühjahr in der Zeitschrift *Ísafold* auf der Titelseite veröffentlicht. Wenn ihr euch der Ehrfurcht erinnert, die man damals all dem entgegenbrachte, was in gedruckter Form vorlag, könnt ihr euch sicher vorstellen, dass das kein geringer Erfolg für einen Schriftsteller war. Eines seiner Gedichte in *Ísafold* oder *Lögrétta* gedruckt zu sehen, war ein Weltereignis, wie wenn heutzutage ein Interview mit einem Isländer in einer jener dänischen oder englischen Zeitungen steht, deren Leser in der Lage sind, den Wert großer Gedanken zu erkennen.

Nun geht es in der Altstadt weiter. Da wohnten in einem roten Holzhaus am Rande der Wiese, die damals Geirstún hieß, drei junge Männer, die sich allesamt anschickten, den Gipfel des Poetenruhms zu erklimmen. Einer verfasste Schauspiele. Zwei schrieben Gedichte. Einer von ihnen war Stefán Sigurðsson von Hvítadal. Ich kannte keinen von ihnen, doch mir wurde später gesagt, dass sie mein Gedicht in *Ísafold* für ein derart bedenkliches literarisches Ereignis hielten, dass sie eiligst eine

Sitzung einberiefen, um der Sache auf den Grund zu gehen und die Zukunftsperspektiven dieses ungebetenen neuen Schriftstellers zu diskutieren. Welches Resultat diese Sitzung hatte, ist mir nie zu Ohren gekommen, ich erzähle das nur aus dem Grund, weil es ebendieses Gedicht war, das Stefán und mich wenige Wochen später zusammenführen sollte. Und das ist die folgende Geschichte.

2

IN TIEFSTER FINSTERNIS

Ich erinnere mich, als sei es gestern passiert.

Es war am Mittwoch, dem 15. Mai, es war das Jahr 1912. Kaum bewölkt in den Tag hinein, später bewölkt und schließlich stark bewölkt am Abend. Leichter Wind aus Nordwest, dann eine Brise, dann wieder leichter Wind. Knackig kalt. Sonnenschein. Erwachender Frühling allenthalben. Um gut acht Uhr schreckte ich hoch aus einem Traum, in dem ich mich in der Spiegelscherbe betrachtete, die links von meinem Fenster an der Bretterwand hing.

Was hatte ich da gesehen?

Einen haarlosen Streifen, einmal der Länge nach über den ganzen Kopf, von der Stirn bis in den Nacken.

Ich erschauderte. Denn es war, als ob jemand aus dem Spiegel zu mir sprach und sagte: Dies ist erst der Anfang.

Ich zog an einer Haarlocke, die mir in die Stirn hing. Und hielt sie in den Fingern.

O Jesus Maria! Verliere ich jetzt etwa mein verworrenes, dichtes, goldrotes Haar?

Ein verhängnisvolles Haaresterben, das nach Verwesung roch.

Das war ein unangenehm wirklichkeitsnaher Traum,

einer von diesen Offenbarungsträumen, die man nicht mit den Geschlechtsteilen träumt.

Ich riss die Augen auf, denn mir war ein schrecklicher Verdacht gekommen: Dieser Traum, gestand ich mir ein, offenbarte mir keine unbekannten, bisher verborgenen Tatsachen – dies war keineswegs die Prophezeiung eines tragischen Ereignisses, das ich bisher nicht hätte voraussehen können.

Ich sprang aus dem Bett und kleidete mich in Windeseile an, goss Wasser in die Waschschüssel und begann mich zu rasieren. Heute musste ich nämlich besonders ansprechend aussehen. Es ging um nicht weniger als um mein Lebensglück, ja, um mein Leben. Es ging um mein Seelenheil.

Doch ausgerechnet jetzt war mein Rasiermesser stumpf, ich hatte keinen Schleifriemen im Zimmer, keine Rasiercreme und auch kein warmes Wasser für meine stacheligen, wuchernden Stoppeln. Zuletzt hatte ich mich an dem Sonnabendmorgen rasiert, an dem ich sie nach Hafnarfjörður begleitet hatte. Das kam dabei heraus, wenn ein Pechvogel plante, wenn ein Weltgenie ein paar Tage im Voraus denken wollte.

Doch was soll's – hinfort mit der verdammten Visage. Ich begann, die Bartstoppeln eine nach der anderen abzuraspeln und tätowierte dabei die ganze Bartregion mit blutigen Punkten. Ich ließ dem Unheil erbarmungslos seinen Lauf, biss die Zähne zusammen, als die Haut hier und da aufriss, fluchte laut, jammerte leise, rief den Erlöser der Menschheit an und wandte mich verstockt von ihm ab. Nachdem diese erbitterte Bartschlacht endlich geschlagen war, besah ich mich im Spiegel, zerfurcht und blutunterlaufen wie ein Vollmond im Feuerdunst.

Herrgott nochmal! So abstoßend war ich ja noch nie. Der Tag war verloren. Die Chance verpasst. Mein Leben ruiniert.

Genau in diesem Moment ein frivoles Klopfen an der Tür. Und bevor mir meine Verwirrung die Zeit ließ, so etwas zu sagen wie: »herein!«, wurde die Tür schon aufgerissen, und im selben Moment spürte ich, wie die Prophezeiung des Traums gleich einer längst besiegelten Wahrheit über mich hereinbrach.

»Tja, dann ist es wohl Zeit für den Abschied. Leb wohl, es war schön mit dir, diesen Winter!«

Kurze Verwirrung … »O-o, was-was-was, ä-ä …? Le-leb wohl! Willst du gleich wieder los? Ich muss mir nur kurz die Seife abspülen.«

»Ich muss mich beeilen. Das Schiff ist schon am Ablegen.« Und im selben Augenblick stürzte sie aus der Tür und knallte sie zu.

Ich stand wie angewurzelt da, glotzte auf die Tür. Im Zimmer wurde es dunkel. Als ob in dem Moment, in dem sie die Tür zuschlug, eine riesige Trollpranke alles Tageslicht der Welt aus dieser ärmlichen Behausung gefegt hätte, aus diesem Leben, aus der Ewigkeit.

Die Abschiedsstunde zweier Liebender hatte ich mir doch etwas anders ausgemalt. Gemütvoll hatte ich sie mir vorgestellt, andächtig, mit feierlichem Handauflegen und tränenerstickten Wiedersehens-Versprechungen.

Warum hielt mir das Schicksal nun eine solch ungeheure Standpauke? Hatte sie es wirklich so eilig? Oder war das ein geschicktes Manöver, um mich loszuwerden? War es eine List, um zu vermeiden, dass ich mein Mädchen an Bord brachte, wie die anderen jungen Männer in unserem Hause auch?

Warum?

Liebte sie mich etwa nicht?

Verachtete sie mich? Schämte sie sich, mit mir in der Öffentlichkeit gesehen zu werden?

Oder verhielt es sich genau anders herum, und sie mochte mich so sehr, dass sie diese herzzerreißende Trennungsstunde in der kürzest möglichen Zeit hinter sich bringen wollte? Vielleicht schämte sie sich dafür, nicht verbergen zu können, wie innig sie mich liebte. Vielleicht hatte sie Angst davor, weinen zu müssen, während sie in der Öffentlichkeit an Bord eines Schiffes, das sich einfach nicht davonmachen wollte, meine Körperteile eins nach dem anderen verabschiedend abhandelte. Denn es galt nun mal als schäbig, vor den Augen anderer zu weinen.

Es gab auf dieser Welt eine bestürzend hohe Zahl von Beispielen dafür, was für schmutziges Gerede aufkommen konnte, wenn sich ein Mädchen, so ehrbar sie auch sein mochte, mit dem Mann sehen ließ, den sie liebte. Da war es doch besser, an solchen Zurschaustellungen zu sparen, bis die Leute sagen konnten: Die sind verlobt. Sie gelobten, im Herbst zu heiraten.

Ich wurde mir nicht darüber klar, was ich glauben sollte. Ich wusste lediglich, dass wir voneinander geschieden waren und meine Qualen unausstehlich. Schon war ich aufgesprungen, um im Zimmer auf und ab zu rennen, rannte unaufhörlich vom Fenster Richtung Tür, von der Tür zurück zum Fenster, in einem fort, auf den immer gleichen Bodenbrettern, wie ein Schiffchen im Webstuhl. O mein Herrgott! Wie schwer trug ich am Joch der Einsamkeit! Wie war doch alles öde und wüst, seit sie gegangen. Wie war die Dunkelheit doch groß, die Stille tief, das Weltall kalt, die Welt ohne Sinn. Ich war lebensmüde, allein in tiefster Finsternis. O meine Dummköpfigkeit! O »mein glückverlassenes Leben«!

Irgendwann war mir, als ob ein fahles Glimmen im entlegensten Winkel meiner Seelenfinsternis aufschimmerte. Ich machte mich über die Waschschüssel her und planschte mir die Seife aus dem Gesicht. Dann stolperte ich die Treppe hinunter und aus dem Haus.

Mir war nicht bewusst, welche Wege ich ging. Ich merkte nur, dass ich umherstreifte, und zwar sehr, sehr lange, auf Straßen, durch Gassen, über Plätze. Ohne zu sehen, ohne zu verstehen. Es war, als ob ich im Kreise ging, in einem luftdichten schwarzen Loch, irgendwo außerhalb des Daseins. In tiefster Finsternis sieht niemand, wo die Bürgersteige enden.

Nanu! Mit einem Mal fand ich mich vor dem Schiffsanleger an der alten Hafenschanze wieder. Ich hatte keine Ahnung, wie ich dorthin gelangt war. Aber hier stand ich nun mal, mit all den Schiffen direkt vor meiner betrübten, verquollenen Visage.

Ganz selbstverständlich breitete die Bucht sich vor mir aus wie ein silbernes Tuch. Doch ich sah nur Teile, hörte nur Fetzen, verstand nur Brocken. Hier und da glänzten Sonnenstrahlen auf einem geschmeidigen Schiffsbug. Ein Motorboot gab einen Knall. Ein Flaschenzug quietschte. Es spritzte aus Eimern. Irgendwo rief jemand in der Ferne: »Hei-ho, ha-ha. Guðrún aus Gufunes.« Von weit weg schlug eine Uhr: Eins, zwei, drei … die elfte Stunde machte sich davon. Dann rasselte es an einem Gangspill. Eine Ankerkette kreischte. Ich zuckte zusammen. Die *Vestri* legt ab? In der Tat! Jetzt erst legt sie ab! Sieht so die Wahrheit aus, wenn man liebt? Nein. Obwohl man liebt. Es hatte wohl noch Proviant gefehlt. Oder der Kapitän war betrunken, trunken von irgendeinem Fusel. Die *Vestri* schien mir das aufrichtigste Schiff im Hafen, kein Schiff im ganzen Land war so schön anzusehen, kein Schiff auf der ganzen Welt konnte glücklicher sein. Ach, musste diese *Vestri* sich wohl fühlen.

Sonnenstrahlen blitzten auf dem Anker, als das Spill ihn aus der morgenfrischen See zog. Dann schlug die *Vestri* mit ihrer Schiffsschraube weiß schäumende Gischt. Stieß vier durchdringende Schreie aus. Und eilte dann geradewegs auf die Bucht hinaus, mächtig, willensstark, erbarmungslos, weiter, weiter weg mit jedem Augenblick. Die selbstzufriedenen Silhouetten der Passagiere an Deck und auf der Brücke schrumpften zu unerheblichen, unförmigen Klecksen zusammen, bevor sie in der Ferne verloschen wie Schatten in der aufgehenden Sonne. So auch ihr Bild. Bald war nichts mehr da, nur noch die Ewigkeit, die nie kam und nie ging: Die Weiten des Meeres, die Inseln im Meer und die Berge hinter dem Meer.

Aber alle Schiffe, die auslaufen, kommen irgendwann zurück …

In einigen Tagen wird sie unter heiterem Himmel in den Hrútafjörður einlaufen, bei Sonnenschein und sanft bewegter Windstille. Da, wo die Geliebte weilt, ist immer Windstille und Sonnenschein. Und die jungen Männer aus den Dörfern entlang des Fjords werden sich auf den Hofplätzen und Wiesen sammeln und ihre Ferngläser auf die *Vestri* richten.

»Wird sie wohl an Bord sein?«

»Ja, und ob! Sieh nur, da steht sie doch, neben dem Proviantmeister auf der Brücke, hinter dem Beiboot.

Ist das etwa weißer Spitzenbesatz, da unter ihrem Wollpullover?«

»Die ist im letzten Winter in Reykjavík aber ganz schön in Mode gekommen, wenn ihr mich fragt.«

Und dann beginnen die Ausritte auf geschmeidigen Paradepferden über Hügel und durch Talmulden. Und da wird sich gern niedergelegt in den tiefsten Mulden ...

Herr Gott im Himmel! Ich trottete die Schanze hinunter, schleppte mich schluchzend am Hafenrand entlang Richtung Osten und ging dann den Barónsstígur hoch. Und wandelte den lieben langen Tag den Skólavörðuhügel hinauf und wieder hinab wie ein Gespenst, das sein Grab nicht fand.

Der Tag war schon fast vorbei, als Auszehrung an Leib und Seele mich wieder in die Stadt trieb. Da war die ganze Stadt ein Fahnenmeer, und alle flatterten auf Halbmast.

Ist wer gestorben?

Wer ist gestorben?

Die *Vestri* wird doch nicht untergegangen sein? Auf einen verborgenen Felsen gelaufen gleich da draußen, vor der Küste von Mýrar?

Da ging seinerzeit die *Sophie Whaetly* unter. Da kam niemand lebend davon.

Nein! Es war nur König Friedrich der Achte. Er starb gestern Abend in Hamburg. Sein Ableben wurde heute Morgen um zehn Uhr telegraphisch übermittelt. Er musste sein Leben lassen, weil er nicht die bekam, die er liebte. Könige und Bettler bekommen nie die, die sie lieben.

Die nächsten Wochen war ich unaufhörlich auf der Flucht vor den Stoßtrupps der Erinnerung. Ich fand keinen Frieden, kein Moment gönnte meiner Seele Ruhe.

Ich sprang in aller Herrgottsfrühe aus dem Bett und trat meinen Fluchtmarsch an, zu irgendwelchen einsamen Orten hier und da außerhalb der Stadt. Ich rannte hin und her, Tag für Tag, über windumsauste Hügel und nackte Geröllhalden in der tiefsten Finsternis der Verzweiflung. Summte eintönige Weisen oder besang mit hochtrabender, tränenerstickter Empfindsamkeit meine Sehnsucht nach der Totenuhr, dem Brandungsgetöse ferner Meere oder nach den bezaubernden Luftspiegelungen im Farbenspiel der Abendröte auf einer tiefblauen Insel. Dort würde meine Geliebte an einem windstillen Sommerabend fein herausgeputzt in einer wohlriechenden Schilfgrasmulde am Strand sitzen und auf das glitzernde Meer der Träume hinausstarren:

> Du Liebesblum, o blaue Zier
> Am Strand seh ich dich stehen
> Aus Meeresnot ruf ich zu dir
> Und muss im Sturm vergehen.

> Die Totenuhr mit fahlem Ton
> Verkündet durch das Brandungsgrollen
> Den Richterspruch vom hohen Thron
> Dass wir uns nie mehr sehen sollen.

Gegen Abend wandte ich mich wieder Richtung Stadt, um dem Rhythmus meiner Qualen ein wenig Abwechslung einzupauken, nachdem auch die letzte Zelle meines Gehirns von meinen unaufhörlich wiederholten Seufzern durchdrungen war. Die Straßen wurden zum Kampfschauplatz meiner Not. Ich ging eine von ihnen hinunter, bog ab in einen Weg, der auf der anderen Straßenseite abzweigte, nahm eine Gasse, die diesen kreuzte, und zu einer weiteren Straße führte, dann die Stiege, die zurück zu der Gasse führte, wieder und wieder, ruhelos an den immer gleichen Abwasserrinnen vorbei, bis die Morgensonne ihren zitternden Glanz in das Elend meiner Flüchtlingsseele warf. Vielleicht erwartete mich ja auf der anderen Straßenseite irgendeine unerwartete Aufheiterung. Vielleicht rief mich das Lebensglück genau jetzt in diese Gasse hinein, die hier abzweigte? Es konnte doch immerhin sein, dass ich dort noch verblassende Spuren ihrer gesegneten Füße in der Erde fand, dort, in der Gasse zwischen der Straße und der Stiege. Und wenn die *Vestri* jetzt gerade wieder in den Hafen einlaufen sollte und sie mit an Bord wäre, weil sie nicht ohne mich hatte leben können? Ich rannte hinunter zum Hafen.

Manchmal überkam mich das unwiderstehliche Verlangen, meine Bekannten auf den Straßen ausfindig zu machen und mit ihnen hochtrabende Diskussionen über gelehrte Themen zu beginnen, zum Beispiel über die Ungenauigkeit des Kompasses, den Kreislauf der Elemente oder die wundersame Empfängnis unseres Herrn Jesus Christus. Ich spürte es, Gelehrsamkeit und Weisheit konnten das Brennen der Liebe lindern. Dichtung und andere Künste hingegen feuerten meine lodernde Wollust an wie Öl. Also schraubte ich mich auf in die Höhen gewaltiger Geistigkeit und stürmte die Gipfel der Weisheit. Es war, als ob die Tore einer himmlischen Schleuse geöffnet wurden. Alle Dinge wurden durchsichtig. Alles konnte ich verstehen im Fluss der gelehrten Worte, die über meine Lippen strömten wie ein Tanz verspielter Jungfrauen. Und nach dem Ende eines solchen Gesprächs entstieg ich den Wassern der Weisheit, reingewaschen und erquickt, verklärt und erhaben über alle brennenden Verse und weltliche Gier nach Eheglück und Liebeswahn.

Aber nur für einen Augenblick.

Denn schon bald stach aus dem Gebinde meiner Erinnerungen irgendein Satz hervor, irgendein ungelöstes Rätsel aus unseren gemeinsamen Winterstunden, eine verführerische Gelegenheit, die ich Landei ungenutzt verstreichen ließ.

Warum hatte sie bloß einmal mitten in der Nacht gesagt, sie zittere am ganzen Körper, als sie merkte, dass ich sie allein lassen wollte, in der dunklen Küche, vor ihrer Zimmertür? Sie jagte mir einen derartigen Schrecken ein, dass ich bis zum Morgen kein Auge zutat. Ich dachte, sie bekäme eine Lungenentzündung. Das begann damals immer mit einem Zittern.

Aber sie bekam keine Lungenentzündung. Vielmehr kehrte sie am folgenden Abend verdächtig spät von ihrer Musikstunde heim. Beklagte sich nicht mehr über das geringste Zittern, stattdessen hänselte sie mich, indem sie mich Tobbi nannte und wenn ich nicht reagierte, Tip-Tobbi.

So schleppten meine Tage sich dahin, untrennbar mit der Finsternis des Leids verbunden und die Finsternis des Leids untrennbar vom trägen Gang der Tage.

Der schlimmste Feind in diesem zermürbenden Stellungskrieg der Erinnerung war meine Unterkunft, wo meine Geliebte und ich sieben Monate lang das gleiche Licht und den gleichen Schatten geteilt hatten. Erst kurz vor dem Schlafengehen wagte ich mich dort zur Tür hinein oder um ein paar unzerkaute Essensbissen herunterzuwürgen.

Da, in dieser verlassenen Ecke hatte sie gesessen, als ich sie das erste Mal sah, wie sie frisch von Bord des Postschiffes *Ingólfur* gestiegen war, mit einer ländlichen Unschuldsröte im Gesicht, die sich wie eine Tarnkappe über eine innere Aufwallung gelegt hatte, die so gar nicht ländlich schien.

Auf dieser stillen Treppe hörte ich zum ersten Mal ihren Schritt herannahen wie einen neuen Lebensmorgen. Und zwar abends.

Auf diesen nackten Tisch aus Kiefernholz hatte sie ihre schneeweißen, seidenweichen Hände direkt vor mir hingelegt und sich geziert. Doch ich unternahm nichts, starrte nur mit leckgeschlagenem Blick hinunter auf meine brennende Brust. Hier setzte sich das Gift der Versuchung zum ersten Mal in meinen Adern fest.

Hier gab sie mir diesen verstohlen fragenden Seitenblick.

Hier traf sie mit ihren funkelnden Augen direkt in meine Seele.

Da, von dort, kam dieser fordernde Blick.

Vor dieser Bretterwand schimmerte das linde Lächeln.

Auf diesem leeren Sofa hatte sie gesessen, und als sie den rechten Fuß unter ihrem Rock hervorstreckte, zuckte die Kompassnadel meines Herzens direkt auf ihren großen Zeh.

Da, in dieser dunklen Ecke hatte sie gesessen, als sie einmal »mein Bester« sagte. Und dabei vielleicht überlegte, ob sie es bald wagen könnte, etwas mehr zu sagen.

»Mein Bester«, was soll denn so eine Anzüglichkeit bedeuten?

Doch danach sagte sie nie wieder »mein Bester«.

Da, vor dem Ofen hatte sie gestanden, an dem Abend,

an dem sie ihre roten Kusslippen zusammenpresste und dann ein knallendes kaltes Lachen hervorstieß. Ich gaffte sie an. Warum lachte sie?

An diesem Fenster hatte sie gesessen und leise ein schwermütiges Lied auf die Straße hinaus gesungen. So wie ich es verstand, ging es um ein Mädchen, dessen Unglück daher rührte, das niemand sie verstand. Wer verstand hier wen nicht? Da sagte ich zu mir in aller Unschuld meines Herzens: Wie konnte ein gesundes junges Mädchen, das genug Geld hatte, um am Anfang des Monats die Miete zu bezahlen, dem Leben gegenüber so undankbar sein und ein so leises, trauriges Lied singen?

Nachdem sie gesagt hatte, sie zittere, zögerte sie für den Bruchteil eines Augenblicks vor ihrer Tür, umfasste zärtlich den Türknauf und drehte sich nach mir um. Dann verschwand sie in der Finsternis auf der anderen Seite ihrer Schwelle. Ich schlich auf Zehenspitzen die Treppe hinauf und dachte an Lungenentzündungen.

Durch diese Tür war sie schalumschlungen eingetreten, als sie mich zum ersten Mal Tobbi nannte. Und an einem leichtfüßigen Mondscheinabend kurze Zeit später, stand sie feingemacht in changierendem Rock vor diesem Konsulspiegel dort an der Wand, mit geschwellter Brust, einem weißen Seidentuch auf den Schultern und weißer Spitze an ihren wohlgeformten Jungfrauenhänden. Sie war unterwegs zu ihrem ersten Schulball. Ich hasste Schulbälle. Abendandacht: Die Qualen großer Männer im Buch Jugend. Die Uhr schlug drei. Kurz danach lief unten jemand herum. Der Ball hätte um ein Uhr enden sollen.

Immer noch saß sie auf jedem Stuhl, ging immer noch in allen Zimmern, auf allen Treppen umher, ging zu al-

len Türen ein und aus, aber nun unsichtbar, unberühr-
bar, lautlos, wie ein Schatten aus einem anderen Stockwerk des Daseins.

Erst spät in der Nacht oder kurz vor Morgengrauen
schleppte ich mich nach Hause. Fiel erschöpft und ener-
viert ins Bett. Schlummerte nur kurz ein. Unkeusche
Träume von Raubkatzen. Sprang dann auf und setzte
meinen Fluchtmarsch fort, wo er geendet hatte, angesta-
chelt von den Skorpionen der Weltillusion, aus einer ver-
meintlichen Zuflucht in die nächste.

»Seelenzustand verheerend. Kein Friede, ewige Dämmerung, Hoffnungslosigkeit und Not. So stehe ich da, an-
gezählt und ausgezehrt an Leib und Seele.« Mit diesen
Worten hatte ich am Sonnabend, dem 18. Mai, mein Be-
finden beschrieben.

Allmählich bekamen die Erinnerungen ein anderes
Gepräge, die Ereignisse des Winters verschwammen im
Flussbett der Zeit. Sie sanken allmählich auf den Grund
meiner Seele, reihten sich in ordentliche Tonleitern ein
und begleiteten die Kakophonie meiner Tage mit beru-
higend sehnsüchtigem Klang. Ich konnte mich wieder an
der schöpferischen Kraft erfreuen, die alles Leben durchströmte, die Augen sahen neue Farben, das Tun meiner
Hände bekam eine tiefere Bedeutung.

Allmählich gelang es mir wieder, mich auf den hoff-
nungslosen Lebenskampf zu konzentrieren, an dem ein
wohlbekanntes Rätsel klebte:

Wo konnte ich etwas zu tun bekommen?

Mein kindlich-naiver Glaube an die Hilfsbereitschaft
der Menschen hatte seine Hoffnung auf dieses oder jenes gesetzt: Auf einer Schreibstube sitzen, Häuser an-
malen, Zeitungen verkaufen, vielleicht gar in einem Ge-

schäft unterkommen u.s.w. Aber all das scheiterte an einem anderen Problem, dem altbekannten Problem der Seele: dass die Erfüllung selten den Wert des ursprünglichen Versprechens erreicht.

Schlussendlich gelang es mir, meine Kraftlosigkeit an das Straßenbauamt zu verschachern. Straßenbau im Norden, ausgerechnet im Hrútafjörður.

Und die Tage marschierten mild und majestätisch durch die Stadt und verschwanden am Abend hinter dem goldenen Rand des Westens wie heilige Buddhas, die ihr Tagewerk in der Welt der Finsternis vollendet hatten.

3

INS TRAUMLAND

W ir zogen aus zum Straßenbau, einige Reykjavíker und ich, mit dem Postschiff *Ingólfur*, ungefähr
um neun Uhr am Morgen des 8. Juni. Unser Vorarbeiter,
der Lehrer Jón Jónsson aus Flatey im Hornafjörður, war
schon einige Tage zuvor nach Borgarnes gefahren, um
unsere Expedition in den Norden vorzubereiten.

Die Seereise nach Borgarnes war wunderbar. Lang-
same, verirrte Frühlingswellen auf der Bucht, eine heitere
Aussicht bis zu den Bergen, die Sonne schwebte in einer
Wolkenkappe von südländischem Glanz. Blauer Frühling.
Milde und Erhabenheit an Land und zur See.

Ich saß an abgelegener Stelle an Deck und war in Gedanken versunken. Die Stimmung zu dieser kostbaren
Stunde brachte mir ein altes Lied in den Sinn, das ich
zum ersten Mal vor fünf Jahren auf genau diesen wilden
Wassern bei fast genau diesem Wetter gehört hatte. Damals war ich Schiffskoch auf dem Kutter *Hafsteinn* gewesen, und wir segelten gerade zurück nach Reykjavík. Das
war um den 21. Juni herum, zum Johannistag. Die Früh-
lingstour ging zu Ende.

Es war im Laufe des Vormittags, während der kurzen
Schicht. Ich hatte gerade den Schmutz eines halben Monats vom Lukenboden gekratzt, hatte Wasserschwall um

Wasserschwall auf die Planken geeimert und alles mit einem neuen Reisigbesen in den Kettenraum geschrubbt, danach die Luke über dem Einstieg gründlich gereinigt, und nun lag der Boden blitzblank vor mir, zwischen den vom Kohlenqualm vieler ertragreicher Fangzeiten geschwärzten Schiffswänden.

Danach musste ich wieder hinter den Herd und zählte nun Dorschköpfe und Fischstücke aus einem großen Waschzuber in einen Topf, der halbvoll mit kochendem Seewasser auf dem knisternden Feuer stand. Guðmundur Magnússon: sechs Köpfe. Einen als Nachschlag. Den Kameraden Steinn und Hafliði zehn Köpfe und ein fettes Heilbuttstück. Zwei in Reserve. Pass bloß auf, dass der Heilbutt nicht verkocht. Ólafur Ólafsson: vier Köpfe und ein getrocknetes Schwanzstück. Am besten auch einen als Nachschlag. Wenn das Schwanzstück nicht richtig gelingt, reißt er dir den Kopf ab.

Eine hauspostillenhafte Sonntagsstimmung lag über den Schiffsluken, irgendein reinigender Heiliggeistfriede. Fast wie in meiner Heimat im Suðursveit, wo die französischen Schoner mit schneeweißen Segeln auf dem spiegelglatten Meer so nah vor dem Ufer dümpelten, als ob sie sich nichts sehnlicher wünschten, als zu stranden, es sich aber nicht trauten, weil die Hunde so jämmerlich zu den kläglichen Osterandachten der gottesfürchtigen Seelen in unseren Gehöften heulten.

Oben an der Luke saßen ein paar junge Matrosen, vertieft in ein sonntägliches Gespräch über geschmeidige Matrosenbräute, für die sie sich schworen, die Pfeife aus dem Mund zu nehmen, wenn sie nur endlich von diesem elenden Kahn herunter wären. Doch ehe ich mich versah, verstummte ihr Gespräch, zwei kräftige Stimmen

erhoben einen klangvollen Gesang und eine herzergrei-
fende Melodie zerriss die feierliche Stimmung auf dem
heimwärts segelnden Schiff:

> Nach Osten will ich ziehen,
> zur Liebsten meines Herzens hin.
> Nach Osten will ich ziehen,
> zur Liebsten meines Herzens hin.
> Hinter Berg und tiefen Tälern
> An grünen Erlen wohnet sie.

Ich lauschte fassungslos. So eine hinreißende Melodie
hatte ich nie gehört. So ein tiefgründiges und ausdrucks-
starkes Lied war nie zuvor an mein Ohr gekommen. Ich
fühlte, wie jeder Ton, jedes einzelne Wort (mit Ausnahme der uninspirierten »Erlen«) in das Innerste meines Herzens vordrang. Das war eine Offenbarung. Und
als die letzten Töne auf den Lippen der Sänger verklungen waren, schien es mir, als hätte meine Seele sich einmal umgedreht – mit allem, was in ihr war.

Was vorher nach oben sah, lag nun unten, und was vorher nach unten zeigte, wies nach oben. Die mathema-
tische Begabung, das Interesse an Landvermessung, der
Erfindergeist, die Liebe zur Geographie – alles Gnaden-
gaben aus meiner Heimat Suðursveit – versanken in der
Dunkelheit der Seele, und nichts ward mehr gesehen.
Aber im selben Augenblick schoss ein romantischer Trau-
mesrausch an die Seelenoberfläche, der aus Liebe zur reinen Weisheit, lyrischem Empfindungssturm und einem
unbestechlichen Gespür für gereimte Sprache bestand.
Und siehe da! Meine Augen gingen auf, und es eröffnete
sich mir eine neue Dimension. Das war die blaue Di-

mension. Nie zuvor hatte ich sie als eigene Daseinsstufe innerhalb des Daseins wahrgenommen.

Wenn da nur nicht diese »Erlen« wären, die einen etwas zu herben Schatten auf diese tiefe, farbenfrohe Einsicht warfen. Warum sagte man nicht lieber »Berghang«:

> Am grünen Berghang wohnet sie.

Da wurde mir alles klar. Sie war am Fuß des Berges Esja in der Nähe von Reykjavík aufgewachsen und verdingte sich im Sommer als Magd an einem der fruchtbaren Berghänge im Kirchspiel Biskupstungur. Silberwurz wuchs an diesen Hängen. Und wenn der Rauch der Herdfeuer die Felder an windstillen Sommerabenden in eine blauglänzende Traumwelt verwandelte, setzte sie sich an den Hang und dachte an einen blonden Jungen, der in einem kleinen Haus allein in einer Dachkammer gewohnt hatte. Ich war rothaarig und hatte mit anderen zusammen im Stockwerk unterhalb der Dachkammer gewohnt.

Ich saß lange auf der Bank bei dem Herd, ließ den Kopf hängen und starrte verzückt durch Lukenboden und Kettenraum in diese neue, wundersame Welt. Das Knistern des Feuers, das Brodeln im Fischkochtopf und das Heulen des Teekessels rückten mehr und mehr in die Ferne, wurden zu einer unbedeutenden Armseligkeit, die weit, weit weg von mir war. In meiner neuen Dimension hatte das alles keinen Platz.

»Holt dieser beschissene Koch endlich mal den Fisch vom Feuer?«, dröhnte es da von oben durch die Luke, und im selben Moment polterten zwei gewaltige Seemannsstiefel die Eisentreppe vor dem Herd herunter.

»Wo steckt der verdammte Giftbrutzler? Der ist doch wohl nicht eingepennt, der Lump?«

»Tritt dem Ochsen ordentlich in den Arsch. Bald ist Wachwechsel, und der ist immer noch nicht in die Gänge gekommen«, gellte eine zweite Stimme von oben.

Derart auf die Dimension des Fischkopftopfs und Teekessels zurückgepöbelt, fuhr ich zusammen wie eine verschreckte Töle, der plötzlich ein Luftgeist erschienen war.

Als ich das Gekochte aus dem Topf holte, fehlte die Hälfte. Der fette Heilbutt für Steinn und Hafliði einfach verdampft. Ólafurs Schwanzflossenstück nur noch ein Brei. Von der Hälfte der Dorschköpfe war nichts mehr übrig, außer einer formlosen Grätengrütze am Kochtopfboden. Und der Tee eine untrinkbare Teufelsplörre.

»Dieser verfluchte Dreckbrutzler, eine gehörige Abreibung hat der verdient.«

»Wir sollten ein paar Eimer über den Penner schütten, vielleicht reißt ihn das ja aus dem Schlaf.«

»Und nun riskiert dieses Schwein auch noch eine dicke Lippe, anstatt sich zu schämen.«

Das war meine erste Wiedergeburt.

Das war der Ursprung allen Unglücks. Das volkstümliche Lied der Matrosen war die Ouvertüre zu lebenslangem Leiden.

Und vielleicht säße ich jetzt nicht hier an Deck, wenn die Matrosen damals einfach weiter unverständliche Dinge über geschmeidige Matrosenbräute geredet hätten, anstatt auf einmal von dieser Liebsten unter grünen Erlen im Osten zu singen, im Abenteuerland der Morgenröte. Man sollte sich hüten, die Jugend mit solchem Liedgut in Berührung kommen zu lassen.

Wir gingen um halb zwei in Borgarnes an Land und trafen Vorbereitungen für die Weiterreise. Gegen Abend stapften wir dann mit zwei Zugpferden und drei Begleitpferden los.

Die Reise nach Norden verlief ereignislos wie alle Stunden des Glücks. Alles, was passieren sollte, passierte erst später. Wir hatten jeden Tag klaren Himmel und Sonnenschein. Abends legten wir uns erschöpft von der Sonnenhitze auf Bauernhöfen zur Ruhe und zogen von dort steif und starr am Morgen weiter. Und bevor ich schlafen ging, humpelte ich noch einmal hinaus auf die Wiesen und machte mir schöne Gedanken über meine Geliebte.

Am Dienstag, dem 11. Juni, zwischen halb zwei und drei Uhr nachmittags, konnten wir dann endlich vom nördlichen Ende der Holtavörðuheiði hinuntersehen. Die Bucht Húnaflói und der Hrútafjörður erschienen direkt vor unseren Zehen wie ein stilles Nebelmeer an einem heiteren Sommermorgen. Ich fand es merkwürdig, wie nah das Meer wirkte. Als stünden wir an einem hohen Steilufer, von dem wir nur noch herunterspringen müssten. Aber die Bucht entfernte sich immer mehr, je länger wir uns im Zickzack von der Hochebene hinab darauf zu bewegten. In dieser gewaltigen Berglandschaft breitete sich mein Traumland vor mir aus, mit dem silberglänzenden Fjord und den niedrigen, schlammbraunen Erhebungen auf der sonnigen Fjordflanke. Das waren die Gehöfte. Es gefiel mir, dass sie so klein waren. In kleinen Gehöften wohnten Menschen, die Bücher lasen und sich um ihr seelisches Wohlergehen sorgten. Die wahre Liebe blühte nirgends außer dort. Dort wohnten jene unbefleckten Mädchen, die ihr Herz nur einmal vergaben und es bis in alle Ewigkeit nicht wieder zurückforderten. In großen Orten hingegen wohnten habsüchtige Menschen, die niemals lasen, nie jemanden geliebt hatten, außer Geld und sich selbst, die ihr Herz meistbietend verkauften und nach dem Tod keine Ruhe fanden und so lange im Totenreich herumgaukeln mussten, bis die Finsternis sie gelehrt hatte, so zu lieben wie die guten Menschen auf den kleinen Gehöften.

Was mich wohl hier an diesem äußersten Meer erwartete? Wieder nur Grollen von den Gletschern der Hölle? Oder vielleicht ein winziges bisschen Himmelreich, gefolgt von umso längerer Hölle? Oder eine kurze Hölle mit heiterem Himmelreich im Nachklapp? Ich bat die Schicksalsmächte, alle diese Kelche an mir vorübergehen zu lassen. Ich wünschte mir nur etwas Reizendes, Nettes, das einigermaßen lange anhalten oder eigentlich niemals enden sollte, ein einziges, reines, zeitlich unbegrenztes Herz, ihre schneeweißen Hände bis in alle Ewigkeit.

Am nächsten Tag, um ein Uhr Mittags, spannten wir die Pferde von den Wagen ab, bohrten vier tiefe Löcher in mein Traumland hinein und schlugen am Wegrand zwei weiße Straßenbauzelte auf – in der Nähe eines der kleinen Gehöfte.

Ungefähr drei Stunden später traf ich meine Geliebte dort, ganz alltäglich und unzeremoniell. Es war, als ob man in der Dämmerung jemandem an der Haustür begegnete, der nur kurz hinausgegangen war, und dann sagte: Ach, hier bist du.

Ich war unglaublich beschämt. Ich hatte das Gefühl, dass alle meine Qualen zu überhaupt nichts nutze gewesen waren. Meine ganze Flucht war eine einzige selbstbetrügerische Dummheit, eine Kinderei, getrieben von sinnentleerten Schimären. All meine Hirngespinste über

30

das Traumland an dem sonnenverwöhnten Fjord hinter dem Nebel der Berge nur ein sittenloser Mangel an Wirklichkeitssinn. Meine Schwärmereien über Ruhestündchen in den tiefsten Mulden eine nassforsche Überschätzung ihrer Person. Da saß ich nun hier im Norden am Eismeer, weit weg von Sommer und Sonne und dann das!

Plötzlich erkannte ich, dass mein Traumland der hässlichste Flecken der Erde war. Ich war nicht mehr auch nur das kleinste bisschen verliebt in sie – es war mir geradezu schleierhaft, wie ich das jemals hatte sein können. Der Hof war so mickerig, dass er nicht einmal einen Schatten über ihre Hässlichkeit zu werfen vermochte, wie sie da auf dem Hofplatz stand, in ihrer mistbefleckten Kittelschürze, die den Edelmut meines Herzens verhöhnte, dem fromme Redner ein Trugbild von wahrer Liebe untergejubelt hatten.

»Ich habe nicht vor, den Sommer hier zu verbringen«, sagte ich, damit sie sich bloß nicht einbildete, ich sei ihretwegen hier. »Ich bleibe nur, bis die Heringssaison beginnt. Dann gehe ich nach Siglufjörður. In Siglufjörður ist es nämlich viel lustiger. Lebe wohl!«

Aber sobald ich von ihr fort war, schien es mir, als ob ich mich auflöste vor lauter Liebe, die über die Vergänglichkeit aller Kittelschürzen und Traumländer erhaben war.

So wenig war auf mich Verlass.

4

IM LAND DER TATSACHEN

E ndlose trockene Nordwindstöße im Wechsel mit son-
nenarmen Tagen und kaltem Wetter. Wir begannen
die Arbeit morgens um halb sieben und legten Spitzha-
cke, Schaufel und Spaten abends um halb sieben aus der
Hand. Aßen dreimal am Tag Pumpernickel mit Margarine und tranken viermal schwarzen Kaffee, in den wir
klumpigen Puderzucker vom Kaufmann Duus warfen. Und legten uns fröstelnd und mit Muskelkater auf
schimmeligen Strohsäcken unter fleckigen Filzdecken
schlafen. Hier und da zerriss erschöpftes Schnarchen,
ein beklemmter Seufzer oder das Knattern 37 Grad heißer Winde aus einem der Zelte das ländliche Nachtidyll.
Pumpernickel. Der Landrat hielt in mit Goldbordüre be-
setzter Uniform Versammlungen auf den feinen Höfen
ab. Das Weibsvolk plagte sich halb krumm auf kümmer-
lichen Wiesen – formlose Fetzen, ausgerüstet mit Hacken
und Güllesäcken.

Gelegentlich kam ein schweigsamer Reisender auf einem lahmenden Gaul daher und erkundigte sich nach
den Wollpreisen in Reykjavík. Die Hunde schossen ga-
loppierend die Wiese herunter, machten wuff-wuff-wuff
und trollten sich dann mit eingeklemmtem Schwanz
heulend zurück, als ob sie sich dafür zu Tode schämten,

dass sie den ganzen Weg nur gelaufen waren, um einen Reisenden auf einer abgemagerten Mähre zu begrüßen, der sich für nichts Weltbewegenderes interessierte als die Wollpreise in Reykjavík. Meine Geliebte sah ich nie, und die sechs Male, die ich am Tag allein war, sang ich in der Hocke: *Ach, erinnerst du dich noch an die Alís, Ben Holt?* Wer war Alís? Wo war Alís? Wie war Alís? Woran starb Alís? Können andere Mädchen an demselben sterben wie Alís? So floss der Strom der Zeit bedächtig voran, an der Westküste des Hrútafjörður im Monat Juni 1912.

Endlich tauchte Sonntag, der 16. Juni am Himmelsgewölbe auf, heiter und sonnenschön, als ob in der Nacht ein Großreinemachen des Daseins stattgefunden hätte. Steif und verschwiemelt erhob ich mich um kurz vor neun von meinem Lager, legte meinen Sonntagsstaat an, rasierte mich und betrachtete mich im Wasserspiegel des Eimers vor dem Zelt. Dann machte ich mich auf den Weg zu dem Hof am Hrútafjörður, denn dorthin war ich heute eingeladen.

Ha-ha-ha-a! Heute wird etwas passieren, sagte ich zu mir. Warum heute? Hatte ich nicht den ganzen Winter gedacht, dass bald etwas passieren würde, heute oder spätestens morgen? Und war irgendwann auch nur irgendetwas passiert? Wie viele Male hatte sie mir wallend erglüht am Esstisch gegenübergesessen, und ich hatte mir gesagt: So geht das zum Teufel nochmal nicht weiter. Es muss etwas passieren, jetzt, heute Abend. Dann kam der Abend. Wir saßen zu zweit an dem Tisch am Fenster in meinem Zimmer. Ich breitete selbstzufrieden meine Sternenkarte auf dem Tisch vor ihr aus und sagte: Das ist Vindemiatrix in der Jungfrau, und das ist Denebola im Löwen, beides Sterne der dritten Größenklasse.

Und sieh mal: Da siehst du den nördlichen und südlichen Esel im Krebs, auch sie Sterne dritter Größe. Verneigte sie sich vor meinem Wissen? Doch sie breitete nur ihre alabasterweißen Hände auf der Karte aus, starrte schweigend geradeaus und zierte sich. Da sagte ich zu mir: Nun ja, morgen ist auch noch ein Tag. So vergingen alle Abende und alle Morgentage des Winters. Und nie passierte etwas. Aber heute war ich stark und schwor Stein und Bein, dass nun Taten folgen mussten, etwas Großes zu passieren hatte, bevor die linde Sonntagssonne hinter dem Hrafnadalsfjall verschwand. Es *wird* etwas passieren, sagte ich und ballte die Fäuste.

Ich trabte den Weg am Fjord entlang und war im siebten Himmel. Hier fühlte ich mich eins mit dem Universum, mit dem Sonnenschein, dem Himmel, der Erde vereint. Der Goldregenpfeifer sang in Wiesen und Weiden: bi-bi-bi-i-Lieblichkeit-Lieblichkeit-Lieblichkeit. Der Regenbrachvogel blubberte von Hügeln und Felskanten: Gjügg-gjügg-gjügg-gjügg-gjügg-gjügg-gjügg-gjügg. Die Bekassine schoss in die Luft empor: geppa-geppa-geppa-geppa-üvv-üvv-üvv-üvv-üvv-üvv-üvv. Und aus der Heiterkeit des Himmels kam eine Antwort auf ihren Gesang: gauke-gauke-gauke-üvv-üvv-üvv-üvv-üvv-üvv. Die Schafe lagen wiederkäuend in duftenden Talsenken, die Augen halb geschlossen in der träumerischen Verzückung derer, denen nicht bewusst war, dass sie träumten. Fröhlich funkelndes Bachgemurmel kam vom Berg herab. Dunkles Brausen unten am Steilhang? Und ich sang aus übervollem Herzen: *Meine edlen Hoffnungsstrahlen, auf deine Brust sie scheinen …* Das war der Grundton in der Harmonie dieser erleuchteten Stunden. Und wenn du an einem heiteren Sommermorgen mit offenen Ohren den Weg nach

Borðeyri zurücklegst, dann kannst du immer noch hören, wie dieser Grundton in den Senken und von den Höhen klingt.

Das war das Glück der ignoranten Weltgewandtheit.

Auf dem Hof wurde ich mit offenen Armen empfangen. Kaffee und Gebäck, Essen und Kaffee und dann wieder Kaffee und Gebäck.

Klangvolle Gespräche, die kein Gedächtnis sich wieder in Erinnerung rufen könnte, sobald die Worte auf unseren Lippen verebbt waren. Das waren die Nachtgardinen des Herzens. Diplomatische Blicke in ihrer verträumten Kammer und in sonnengewärmten Mulden auf einer Blumenwiese. Noch war nichts passiert. Aber es bestand ja auch keine Eile. Es war noch so viel Zeit. Als sich unsere Augen in ihrer Kammer trafen, stand jemand hinter ihnen und sagte: So! Sobald ihr außer Sichtweite des Hofes in einer der Wiesenmulden sitzt, muss etwas Großartiges passieren. Und als wir uns inmitten von duftendem Hahnenfuß in einer dieser Mulden außer Sichtweite des Hofes niedergelassen hatten, sagte derjenige: Sobald ihr wieder in ihrer Kammer seid, muss aber etwas geschehen.

So ging der ganze liebesheitere Feiertag gen Westen. Das mächtige Licht des Himmels streute die Strahlen der Zuneigung in unsere Herzen. Die Mulden in der Wiese sagten: Vom Hof aus kann euch hier keiner sehen. Der Schlüssel im Schlüsselloch ihrer Kammer erbot sich, das begehrteste Abenteuer des Lebens unter Verschluss zu halten. Doch trotz alledem passierte überhaupt nichts. Die Uhr schlug sechs. Nun ja, im Herbst ist auch noch genug Zeit, sagte ich mir.

Also stand ich auf, bedankte mich für das Essen und begab mich auf den Weg in meine Einsamkeit.

Ich war wieder allein, hilflos, enttäuscht, zerknirscht. Die Quellen des prallen Lebens versiegten in den Sandwüsten der Seele. Die Goldregenpfeifer waren von Wiesen und Weiden verschwunden. Die Regenbrachvögel von den Hügeln und Felskanten geflohen. Keine Bekassine schoss mehr zu ihrem Gefährten ins Himmelsblau hinauf. Ein kaltkräftiger Wind heulte um die Berge, das Spiel der funkelnden Bäche war nicht mehr zu hören. Und ohne meinem Herzen die kleinste Ruhepause zu gönnen, sang ich: *Nimm meinen Kummer, o kühles Meer! Nimm meinen Kummer, o kühles Meer!*

So enden alle Tage, die mit der Liebe zu etwas Vergänglichem beginnen.

5

IM REGIERUNGSRAT DER DÄNEN

Am nächsten Morgen glich mein Zustand einer blutigen Kreuzigungsszene an einer katholischen Kirchenwand. Bei dieser Arbeit im furzigen Straßenbau war nichts zu holen. Nur herzstechende Sehnsüchte, dornengekröntes Verlangen, Unrast der Geschlechtsorgane, die doch nie dazu führte, entscheidende Schritte einzuleiten. Gekreuzigtes Fleisch, das niemals sterben konnte.

Ich reiße mich aus dieser höllischen Schlangengrube heraus. Ich gehe nach Siglufjörður in die Heringsverarbeitung, verdiene dort viel Geld und versenke mich im nächsten Winter bis über beide Ohren in Gelehrsamkeit und ertränke diesen amourösen Katzenjammer im Brunnen der reinen Erkenntnis. Sobald mein Fuß dieses Tränental verlässt, werde ich mein Leben umgestalten, ich fange an, heil, willensstark, klug und ohne Begierde zu sein.

Doch das Unheil wollte es, dass der Tag oder die Stunde dafür nicht ganz richtig waren. Es war weder Neujahr noch mein Geburtstag, weder Sonnenwende noch Monatserster, noch nicht einmal der erste Tag einer Woche, es war nicht einmal zwölf Uhr mittags oder nachts. Das gab mir abermals Anlass zu einem Fehltritt.

Es war Sonnabend, der 29. Juni, eine Viertelstunde vor

Mittag, als ich meine Kameraden verabschiedete und meine Reise nach Siglufjörður antrat. Mit dem Ausbau der Straße waren wir schon weit am Fjord entlanggekommen, bis hinter das Gehöft Hvalsá. Von dem Bauern auf Kollsá lieh ich mir ein Pferd und erreichte irgendwann zwischen drei und sechs Uhr nachmittags das Dorf Borðeyri.

An diesem Tag wurde eine politische Versammlung samt Tombola abgehalten. Viele Leute waren da, und als es Abend wurde, war die Stimmung sehr vergnügt. Der Naturforscher Guðmundur Bárðarson, der Landrat Halldór Júlíusson, der Telegraphenamtsleiter Björn Magnússon und Guðjón Guðlaugsson, der Parlamentsabgeordnete des Landkreises Strandasýsla, hielten imposante Reden über den Status Islands innerhalb des dänischen Reichs und den Island-Minister im dänischen Regierungsrat.

Sollen die Dänen weiterhin über Island bestimmen? Soll unser Minister isländische Gesetzesentwürfe wirklich dem dänischen Regierungsrat zum Absegnen vorlegen? Und was hält man eigentlich von diesem König?

Diese Fragen hatten beim isländischen Volk in den letzten vier Jahren immer wieder für Aufruhr gesorgt. Dann kam im November 1921 die Straßenschlacht zwischen den Kommunisten und der Polizei. Danach tat sich in der Volksseele nichts mehr, bis Stalin in Moskau anfing zu morden.

Nach diesen politischen Gymnastikübungen spielte ein blökendes Harmonium zum Tanz auf. Es wurde an Türrahmen gelehnt, auf Türschwellen herumgestanden und zugeschaut, durch Flure und Gänge hinausgeschlichen, hineingeschlichen, draußen fand man sich leise zu Paaren zusammen, hielt Zwiegespräche hinter Haus und Hof, dann wurde wieder hineingeschlichen und getanzt, in der Tür gestanden und geschaut.

Am frühen Morgen leerte sich der Tanzsaal. Die Leute nahmen ihre Pferde, sattelten sie, saßen auf und sprengten vom Hofplatz, manche gen Süden, manche gen Norden, wie es im großen Leben nun mal Usus ist. In Borðeyri blieb nichts zurück außer ein paar alleinstehenden Häusern, schweigend und bedrückt in der nieselnden Morgenstille.

Meine Geliebte war eines der hübschesten Mädchen auf dem ganzen Ball gewesen. Auch sie war inzwischen gegangen. Sie hatte sich nicht im Umkreis des Hauses mit jemandem zu einem Paar zusammengefunden, kein Zwiegespräch gehalten, und mit niemand anderem getanzt als ihrem Bruder. Ich tanzte nicht. Wahrscheinlich erschien es ihr unsittlich, mit jemand anderem als ihrem Bruder zu tanzen, weil ich nicht getanzt hatte. Betrachtet hatte ich sie immer wieder. Wie hübsch sie doch war! Dunkles Haar, funkensprühende Augen, eine rote Unterlippe, rötliche Wangen, weiße Hände, Seidenschal, Spitzenbesatz. Zwölf Uhr ist noch früh genug, hatte ich mir zugeflüstert. Und um zwölf: Es ist sicher am besten, das Ganze auf zwei Uhr zu verschieben. Dann werde ich ein anderer Mensch sein. Ich versuchte, meine Untätigkeit in Gesang und Zecherei mit Marínó Hafsteinn zu ertränken. Hörte sie nicht, wie gefühlvoll ich sang? Und endlich, als ich im Geiste zu allem bereit war, fehlte dem Körper die Kraft.

Dann war da noch eine rothaarige Frau, jung, mit glänzenden hellgrauen Augen und scharfsinnigem Blick. Das war Kristín von Fjarðarhorn. Sie war unverheiratet und führte ihrem Bruder Guðmundur den Haushalt. Sie war eng mit meiner Geliebten verwandt, also gefiel sie mir. Ich hatte das Gefühl, Kristín sah mich an wie einen sonderbaren Gelehrten, der die Gesetze des Lebens und die Geheimnisse des Todes kannte. Sie sah mich oft an, und es schien mir, als sagte sie sich dabei: Nun denkt er bestimmt etwas sehr Weises. Das ist wirklich ein derart kluger Kopf. Beim Abschied lud sie mich für den nächsten Tag nach Fjarðarhorn ein. Das gefiel mir sehr. Ich wusste, dass meine Geliebte auch da sein würde. Ob sie etwa ihre Cousine gebeten hatte, uns zu verloben?

6

ABSCHIEDSSTUNDE

Die Uhr hatte eins geschlagen, als ich im Gasthof von Borðeyri wieder zu mir kam. Mir war äußerst unpoetisch zumute.

»He, Fräulein! Eine kleine Flasche Brennivín, um meine Gehirnzellen in den lyrischen Takt des Tages zu schütteln.«

Sie stellte die Flasche vor mir auf den Tisch: Voilà!

Wohl bekomm's. Macht dann eine Krone.

Dann schritt ich singend am Fjord entlang in Richtung Fjarðarhorn, ließ mich hier und da am Wegrand in einer Senke oder Mulde nieder, nahm einen Schluck aus der Flasche und dachte: Hier hat sie irgendwann einmal an einem sonnenhellen Frühlingsmorgen gesessen, während die Tauperlen an den Grashalmen glitzerten, und der allwissenden Stille zugeflüstert: Wer wird der Liebste meines Herzens sein? Von hier hat sie einer Möwe hinterhergesehen, die über dem windstillen Fjord im Mondlicht flatterte, an einem stillen Abend im August, wenn das Sausen unsichtbarer Luftgeister hörbar wird. Wo ist die Möwe nun, die der Anblick dieser magischen Augen verzauberte?

Dann begann ich abermals zu singen. Aber nun sang ich weder von Hoffnungsstrahlen noch von den kühlen

Wogen des Meeres, die so freundlich waren, den Kummer derjenigen Menschen an sich zu nehmen, die am Leben verzweifelten. Es war finster und bewölkt. Und ich summte beklemmende mittelalterliche Weisen über die Vergänglichkeit des Lebens.

Die Menschheit ist verfluchet
Im Bier sie Zuflucht suchet
Selten oder oft

Alles schien mir von Sonne und Sommer durchdrungen, als ich die Stube auf Fjarðarhorn betrat. Meine Geliebte saß herausgeputzt auf einer Bank am Fenster. Sobald ich die Tür geöffnet hatte, schickten ihre zinndunklen Augen mir leidenschaftliche Blicke. Doch ich wandte mich der geistreichen Kristín und ihrer naturbelassenen Freundlichkeit zu. Wir sprachen zwei Stunden über die Beziehung zwischen Gott und der Sünde.

Der Dichter Einar H. Kvaran hatte nämlich gerade in einer seiner Schriften einen Aphorismus formuliert, der sich im Land verbreitete wie ein schmissiger Schlager: *Gott ist auch in der Sünde.* Darauf war noch niemand gekommen. *Gott ist auch in der Sünde!* Bisher hatte das einfache Volk gut daran getan, das Dasein in zwei Fächer zu unterteilen wie die Wahlurne einer Guttemplerloge. In einem Fach war der barmherzige Gott und das, was zu ihm gehörte, im anderen der Teufel mit seiner ganzen schäbigen Entourage. Dann gab es ein paar Schlupflöcher zwischen diesen Fächern, durch die Gott und Satan einander gelegentlich kleine Streiche spielten. Die tadellose Lebensweise war des Herrgotts, die Sünde des Teufels. Damit war alles in Butter. In diesem reinlichen Modell mussten die Menschen nicht einmal zwei und zwei zusammenzählen können, um es in puncto Weltanschauung mit Männern wie Einstein aufnehmen zu können. Es war kinderleicht, die Geheimnisse des Universums bis ins Letzte zu durchschauen, solange das Denken unbesudelt vom Unrat der Erkenntnis war.

Einige, die sich nicht gerade zum einfachen Volk zählten, fanden allerdings, dass diese Teufelstheorie das Individuum an einer allzu kurzen Leine hielt, und brachten eine etwas komfortablere Philosophie hervor, die sie ungefähr so in Worte fassten: »Es gibt keinen Teufel außer dem in den Menschen selbst. Es gibt keine Hölle, nur ein schlechtes Gewissen.«

Und ein »schlechtes Gewissen« war in jenen Jahren eine weder besonders verbreitete noch eine besonders qualvolle Angelegenheit. Nun jedoch hatten Hohe wie Niedrige erfahren, dass die sogenannte Sünde nicht aus dem schlechten Charakter eines Menschen resultierte und auch nicht – zumindest nicht nur – ein Taschenspielertrick des Teufels war. Vielmehr befand sich in der Sünde kein geringerer als Gott höchstpersönlich. Sündigen war also, mit anderen Worten, Gottes Wille.

Mancher suchenden Seele eröffnete dies einen erfrischend neuen Ausblick über den kurvenreichen Pfad der Tugend. Der Sünder musste nicht mehr länger den Teufel fürchten oder sich selbst mit einem verächtlichen Auge ansehen, wenn er gelegentlich vom rechten Weg des frommen Betragens abwich, schließlich war Gott ja in der Sünde bei ihm. Eine ziemlich anständige Rechtfertigung für Fehltritte jeglicher Art. Und ein ermutigender Hinweis für alle, die sich nach der Süße der Sünde sehnten, aber bisher aufgrund von Feigheit oder überholten Glaubensvorstellungen hinsichtlich der Folgen einer unsittlichen Lebensweise tatenlos geblieben waren. Man war diesem gerissenen Denker dankbar, denn er hatte unseren Gott in einem zwar wenig schmeichelhaften, aber doch in jedem Menschen schlummernden Wesenszug gefunden. Viele waren voller Ehrfurcht ob der rücksichtslosen Wahrheitsliebe, die es wagte, so etwas zu behaupten, und das sogar schwarz auf weiß: »Gott ist auch in der Sünde.«

So dachten viele meiner frommen Landsleute über Einar H. Kvarans Vorstellung von der Sünde, die ich zwei angeregte Stunden lang mit dem attraktiven Erscheinungsbild von Kristín von Fjarðarhorn und dem zitternden Herzen meiner Geliebten diskutierte.

»Aber der Wahrheit zuliebe muss ich abschließend hinzufügen, Kristín«, ich sah meine Geliebte bedeutungsvoll an, »dass ich mit Einar H. Kvaran nicht voll und ganz übereinstimme.«

»So? Was findest du denn daran falsch?«

»Es ist meines Erachtens nicht ganz richtig formuliert, dass Gott *in* der Sünde sei. Gott *ist* die Sünde, weil Gott alles ist.«

»Denkst du etwa, dass Gott auch dieser Misthaufen da auf der Wiese ist?«

»Warum nicht? Was ist dieser Misthaufen denn sonst?«

»Das, was die Kühe seit April fallengelassen haben.«

»Ja, schon. Aber das, wovon du da sprichst, ist doch in Wirklichkeit nur eine neue Erscheinungsform dessen, was im letzten Sommer auf dieser Wiese gewachsen ist. Und als du im letzten Sommer über diese Wiese gegangen bist, war da nicht genau dieses wundersam duftende

Leben, das du vorhin ›Gottes Natur‹ nanntest? Sei ehrlich.«

»Ich könnte zumindest nicht schwören, dass mir solche Gedanken noch nie in den Sinn gekommen wären.«

»Na also. Und dann soll es sündhafter sein, sich vorzustellen, Gott *wäre* die Pflanzen der Erde, als sich vorzustellen, Gott wäre *in* den Pflanzen der Erde? Du bist Gott näher, wenn du denkst, dass alles Gott *sei* und nicht, wenn du denkst, dass Gott *in* allem sei und zwischen dir und ihm eine Trennwand von unedler Herkunft. Lass dir eins sagen: Im Herbst oder im Frühling verteilt ihr den Dung auf den Wiesen, und der ruft von neuem all diese schlafenden Schönheiten des Feldes hervor, die ihr Gras und Pflanzen nennt. Das ist Gott, wie er sich selbst erneuert. Und ihr werdet wieder jung durch frische Milch, Schafsinnereien und Rauchfleisch, Käse und gesäuerte Hammelhoden. Das ist Gott, wie er sich selbst erneuert in essender Menschengestalt.«

»Sollte man dann den Misthaufen anbeten wie Gott?«

»Das wird wohl nicht notwendig sein. Warum sollte man sich überhaupt dieser erniedrigenden Anbeterei hingeben? Ein verliebter Jüngling betet die Seele seines Mädchens an. Sie erscheint ihm klüger, edler und liebevoller als alle anderen Seelen. Warum betet er ihre Seele denn an?«

»Weil die Seele der wichtigste Teil des Menschen ist.«

»Das ist wahrscheinlich nicht der Grund. Ich glaube, es gibt zwei andere Ursachen, die ihn dazu bringen, ihre Seele anzubeten. Zum einen liegt es in der Natur des Liebesrausches, dass er an seiner Geliebten alles für großartig hält. Der Liebesrausch ist eine Art Nebel, der vor die Augen seiner Seele zieht und Einzelheiten übergroß

45

erscheinen lässt. Aber der noch viel wichtigere Grund ist, dass der Jüngling ihre Seele nicht kennt. Deshalb betet er sie an. Genau wie die Menschen Gott im Himmel anbeten. Wir beten immer nur die Dinge an, die wir nicht kennen, nie das, was wir kennen. Anbetung ist die Unkenntnis von Schwächen. Wenn wir eine Person kennen, egal, ob es sich um Gott oder einen Menschen handelt, hören wir auf, sie anzubeten. Dann verstehen wir sie. Und wenn wir sie verstehen, gehen wir mit der Person um wie mit einem Bekannten, einem Ebenbürtigen, statt zu ihr aufzusehen wie Untertanen.

Wenn ein Verliebter seine Angebetete heiratet, hört er Stück für Stück auf, ihre Seele anzubeten, weil er anfängt, sie zu verstehen. Deswegen gibt es im ganzen Universum nichts, was so profan ist wie die meisten Ehen.«

»Warum die meisten und nicht alle?«

»Weil es manchen Eheleuten einfach nie gelingt, einander zu verstehen ...«

Die Augen meiner Geliebten tänzelten über mich hinweg. Wie sollte ich nun das verstehen? Hatten meine weisen Worte sie derart entzückt? Will sie, dass nur wir beide hinaus auf die Wiese gehen, auf dass sie mich in Gottes Natur in aller Ruhe mit ihrer Begeisterung übergießen könnte? Aber warum sah sie mich dann *so* an? Ich fuhr zusammen. Eiskalte Nadelstiche regneten mir den Rücken herunter. Ich ahnte Schreckliches. Die mir angeborene Leidenschaft, Tatsachen offen auszusprechen, hatte mich auf tückisches Terrain geführt. Dies war nicht der richtige Ort dafür. Und dies war auch nicht die richtige Zeit. Ich errötete bis in die Zehen. Wird ein Mädchen, das auch nur einen Kehricht auf seine Ehre hält, einer Kreatur wie mir in Liebesdingen trauen? Welches redliche Mädchen wird schon Erkenntnis der Anbetung vorziehen? Einen Gefährten einem Untertan? Einen scharfsichtigen Philosophen einem blinden Familienvater? Hatte ich eine Todsünde begangen? Sollten diese angeregten Abendstunden die Ursache lebenslanger Verheerung sein? War dieser vielversprechende Tag auch nicht mehr, als eine der vielen schwarzen Einöden meines Lebens?

Ich versuchte, mich zu einem praktischeren Gesprächsthema vorzutasten, doch niemand ging darauf ein. Ich hörte mir selber beim Reden zu. Es wurde spät, und ich musste mich auf den Weg machen, damit mich heute Abend noch jemand auf die Ostseite des Fjords übersetzte. Meine Geliebte war aufgestanden und zeigte ein energisches Aufbruchsgesicht. Auch ich stand auf, dankte Kristín für die Bewirtung und verabschiedete sie mit einem alles zurücknehmenden Handschlag.

Auf dem Hofplatz standen einige Reitpferde. Meine Geliebte hatte offensichtlich vor, mit mir zusammen bis Borðeyri zu reiten.

»Mit dir? Mach dir nichts vor. Ich will nicht mit dir zusammen reiten, sondern mit diesen Bekannten aus dem Laxárdalur. Du kannst hinter uns hertrotten, wenn du willst.«

Das freute mich sehr. Es war geradezu wünschenswert, dass wir nicht allein sein würden. Es gäbe schließlich kaum eine schlimmere Gewissensqual, als sich die letzten Stunden mit seiner Geliebten in Untätigkeit durch die verfrorenen Hände rinnen zu lassen, während ein Teil der Seele dem in der Brust zitternden Herzen zuflüsterte: Die Zeit ist gekommen! Wann, wenn nicht jetzt? Glaubst du, es kommt eine bessere Gelegenheit? Dieser Augenblick kommt nie wieder. Vielleicht hörte man gar dunkelrote Flammen, die einem aus der Seele der Geliebten ins Ohr fauchten: »Wenn du jetzt nichts unternimmst, werde ich dich mein Leben lang verachten.«

Und dann passiert trotzdem nichts.

Aber wenn andere Leute dabei waren, konnte einem niemand einen Vorwurf machen, auch wenn nichts passierte.

Andererseits störte mich die Gegenwart dieser hellhörigen Leute aus dem Laxárdalur. Die ganze Zeit suchte ich nach einer Gelegenheit, meiner Geliebten einen kleinen philosophischen Kommentar zu dem einzuflüstern, was mir die Wahrheitsliebe vorhin über die Seele und die Ehe entlockt hatte. Aber ich kam nicht dazu. Die Leute aus dem Laxárdalur sperrten die Ohren auf und tauschten vielsagende Blicke. Ihre guten Reitpferde schnaubten um die Wette, den ganzen Weg am Fjord entlang. Im Bauch des Reitpferds meiner Geliebten machte es schwapp.

Wenig später hatte die Abschiedsstunde geschlagen. Die Uhr war sieben. Sieben Uhr abends, um genau zu sein. Es war bewölkt. Nasser Nordwind. Die höchsten Berghänge standen im Nebel. Wir reichten uns die Hände und sagten zueinander, sie von oben aus dem Sattel, ich stehend auf der Erde unterhalb ihres Sattels:

»Lebe wohl!«

»Lebe wohl und alles Gute!«

Und im selben Moment stieß sie ihrem Pferd die Peitsche in die Flanke und schoss mit ihren Weggefährten davon. Sah sich nicht um. Mir schwindelte, als zöge sie die Erde hinter sich her und unter meinen Füßen weg. Ich glotzte ihr nach. Eng anliegende Reitjacke. Schwarzer Hut mit weißem Schleier. Eine silberbeschlagene Peit-

48

sche in der schneeweißen Hand. Hüftenstarkes Wogen im Damensattel. Dann verschwand sie hinter dem Hügel.

Gibt es etwas Traurigeres, als die Liebe seines Herzens hinter einem Hügel verschwinden zu sehen? Der Hügel steht felsenfest da, ewig und einsam, als ob nie jemand über ihn hinweggegangen wäre und ihn nie wieder jemand überqueren würde. Ich kann beim besten Willen nicht glauben, dass es überhaupt Leben jenseits dieses Hügels gibt.

Ich sehe mich außer Stande zu erinnern, wie ich es zu dem Fährmann geschafft hatte, der mich an diesem Abend über den Fjord setzte. Ich erinnerte mich erst wieder an etwas, als ich an einem schmucken, von grünen Hügeln umgebenen Hof auf der Ostseite des Fjordes angekommen war, ungefähr auf der Höhe von Borðeyri. Er hieß Thóroddsstaðir, und da verbrachte ich die folgende unvergessliche Nacht.

Als ich allein in der Stube auf Thóroddsstaðir saß, war mir, als ob alle Seelenregungen in meinem Bewusstsein ausgetrocknet wären – alle bis auf eine. Das war das Leiden, ein allumfassendes, regungsloses, höllendunkles Leiden, ein abgründiges, stillstehendes Tief monotoner Qual. Es gab keinen Unterschied zwischen einem Augenblick und dem nächsten, der keinen Deut heller war oder dunkler. Keine noch so kleine Empfindung bewegte sich von den Gehirnzellen hinter meinen Ohren in Richtung der Gehirnzellen hinter meiner Schläfe. Meine ganze Seelenwelt war ein Meer aus geschmolzenem Blei, in dem keine Trennung zwischen Wasser und Himmel auszumachen war. Ich saß totenstill da und sah mit stumpfen, unbewegten Augen auf eine graue Wand.

49

Erst lange nach Mitternacht, nachdem der Bote des Schlafs allen Gedanken Fesseln angelegt hatte, sah ich fern am Horizont einen bleichen Lichtstreifen, der die Dunkelheit zu durchbrechen schien wie ein Wolkenmeer, das durch eine schwarze Nacht zog. Da holte ich Tagebuch und Bleistift aus meiner Tasche und kritzelte als Erinnerung an diesen schwermütigsten Abend meines Lebens die folgenden dilettantischen Sätze aufs Papier:

»Ich finde das Leben vollkommen unaushaltbar. Blutige Fleischwunden und schneidender Gram peinigen mich derart, dass der Tod an der Pforte meines Herzens zu stehen scheint. Aber *eine Hoffnung* leuchtet mir matt und halbverloschen einen Weg, der noch nicht beschritten ist. Erst wenn der Schein dieser Hoffnung stirbt, wird es auch diesen Weg nicht mehr geben.«

Woraus bestand diese matte und halbverloschene Hoffnung?

Daraus, dass im nächsten Herbst etwas passieren würde. Das war die Hoffnung. Das war der närrische Trost, der meinen leckgeschlagenen Körper über Wasser hielt.

7

NACH SIGLUFJÖRÐUR

Zehn Uhr.

Ich stand angekleidet auf dem Hofplatz von Thóroddsstaðir und glotzte umher, als sei dies der erste Tag in meinem Leben. Ein bisschen verwirrt, ein kleines bisschen wunderlich und ein winzig kleines bisschen blöde stand ich in der Welt. Ich schien weder zu begreifen, wo ich war, noch wie die Schöpfung um mich herum aussah; ich war mir nicht einmal sicher, dass es mich überhaupt gab. Aber ziemlich bald entwirrte sich alles, ein Sinnesorgan nach dem anderen nahm seine Arbeit auf, und die liebe Welt erschien vor mir wie am ersten Tag: ein wolkenloser Himmel, Windstille, angenehme Sonnenwärme.

Vor den Scheunen und über dem Hofplatz sangen die Fliegen Oden an den Sonnenschein, schwangen sich von Giebel zu Giebel, dösten eine Weile in stillem Verweilen, sausten dann singend in scharfem Zickzack zu Jauchegrube und Misthaufen. Das war ihre Suche nach Glück, ihre trügerische Reise zu der Geliebten hinter den Bergen.

Der Fjord lag still wie eine glattgefrorene Eisdecke am Fuße des hellgrünen Hügels. Am anderen Ufer Anhöhen und Bergrücken, die im frischen, prächtigen Lichtmeer des Morgens badeten. Im Nordwesten ein Berg. Das war ihr Berg. Was mochte sie jetzt wohl tun? Worüber mochte sie nachdenken? Nach was mochte sie sich sehnen?

Was für eine Tollpatschtorheit, von hier fortzugehen! Was für ein liederlicher Leichtsinn, diesen mächtigen Sonnenzauber, all diese vielversprechenden Heimlichtuereien auf der anderen Seite des Fjordes zurückzulassen! Hier wird nie mehr eine Wolke vor die Sonne ziehen.

Meine edlen Bande mit den Freuden des Lebens zerrissen abrupt, als eine Geldbörse durch die lichtbeglänzte Oberfläche meines Seelenmeers schoss wie ein gieriger Mörderwal. In ihrem Kielwasser folgte ein praktischer Satz aus der Psychologie von Eiríkur Briem, den ich im Winter abgeschrieben hatte: Jede Idee ergibt sich aus einer ähnlichen. Ich griff nach meiner Geldbörse. Suchte sorgfältig in allen Fächern. Nur noch ein paar Kronen! Das reichte nicht einmal halb bis nach Siglufjörður. Was war aus meinem Geld geworden? Es gab einige Gedächtnislücken in der Nacht zum Sonntag, die ich nicht richtig ausfüllen konnte. Eine Zeitlang stand ich ratlos da. Und dann das. Ich lief zum nächsten Hof. Er hieß Gilsstaðir und lag direkt gegenüber von Borðeyri. Warum nicht mal kurz über den Fjord rudern, und ein wenig den Stimmen der Erinnerung nachhorchen, die aus derselben Erde kamen, die ihren Fußsohlen in der letzten Nacht eine unsterbliche Sprache verliehen hatte? Vielleicht war sie in diesem Moment gar selbst in Borðeyri, hatte dort etwas vergessen, holte es nun, und der Sohn der Gasthofwirtin hatte sie eingeladen, noch fünf Minuten auf einen Schluck Kaffee mit ihm in die Dachkammer hinaufzugehen. Das konnte immerhin sein. Und ich konnte vielleicht noch ihre Fußspuren auf dem Weg zum Gasthof finden. Neue Sohlen. Hohe Absätze. Weder knick- noch spreizfüßig. Lebensfreudiger Schritt. Auf den Wegen der weltlichen Freuden.

Ich lieh mir auf Gilsstaðir ein Boot und ruderte über den Fjord nach Borðeyri zurück, ging auf direktem Weg zu dem Kaufmann Hinrik Theódórsson und haute ihn um zehn Kronen an. Unter dem Vorwand, dass ich bei meiner Arbeit im Straßenbau ein Werkzeug liegen gelassen hatte. Dann ging ich sogleich in den Gasthof und sprach mit der Wirtin Thóra. Eine Dreiviertelliterflasche Brennivín. Voila! Kostenpunkt zwei Kronen.

Wenig später hatte ich überraschenderweise jegliche Lust verloren, nach den Fußspuren meiner Geliebten zu suchen. Ich konnte nichts dagegen tun, es war mir plötzlich ganz gleich, ob ihre Unschuld gerade in diesem Moment dort oben in der Dachkammer einen verzweifelten Kampf focht, oder sich reumütig in eine schattige Mulde außer Sicht der Gehöfte am Hang ebenjenes Berges schmiegte, der mich von der anderen Fjordseite so verzückt hatte. Wie neugeboren stieg ich hinunter zu dem kleinen Boot, stieß mich vom Land ab, griff die Ruder und versuchte, die Ruderblätter so vorsichtig wie möglich in den spiegelstillen Fjord zu tauchen. Es wäre frevelhaft gewesen, das heilig nüchterne Wasser aufzuwühlen, unhöflich gegenüber der Natur. Die Schäbigkeit des Westufers hüllte sich mehr und mehr in einen romantischen Zauber. Das Bild meiner Geliebten stieg aus den Wiesen und über den Hügeln empor, mit schwebend umherstreifendem Blick, als suchte sie etwas. Wonach sie wohl suchte? Wie herrlich ihre Füße die Erde berührten! Und wie gut die Erde sich fühlen musste unter ihren Füßen! Dann legte ich mit dem Boot auf der anderen Fjordseite an.

Als die Sonne direkt über dem kleinen Gehöft stand,

auf dem ihre Augen das Licht der Welt erblickt hatten, ritt ich aus der Scheune von Thóroddsstaðir auf einer struppigen Mähre, der wohl ältesten, faulsten, blutärmsten Kreatur, auf deren Rücken ich je gesessen hatte. Es war um die Mittagszeit. Nun ging die Reise nach Norden Richtung Hvammstangi im Miðfjörður, denn von dort wollte ich ein Schiff nach Siglufjörður nehmen. Das war meine letzte Station im Traumland. Sobald der Minutenzeiger seinen Ring auf dem Zifferblatt vollendet hat, wird alles Ihrige Teil meiner zerfallenden Erinnerung sein: ihr Berg, ihr Fjord und auch Gottes Himmel über dem Berg und dem Fjord.

Aber bis dahin dauert es noch lange, sogar länger als bis ein Uhr, als du gestern auf der anderen Fjordseite im Gasthof wieder zu dir gekommen bist. Wenn du siehst, wie die Karawane deiner Sorgen langsam zur dir zurückkehrt, erscheint sie in deiner Vorstellung umso weiter entfernt, je näher sie kommt. Eine Woche wird eine längere Zeitspanne als ein Monat sein, ein Tag länger als eine Woche, eine Stunde länger als ein Tag. Und wenn die Karawane dann endlich wieder Abschied nimmt und weiterzieht, hast du das Gefühl, als ob überhaupt nichts passiert, niemand da gewesen wäre. So behält das Ewige in dir den Überblick über das Blendwerk der Dinge, die kommen und gehen.

Heute mag das jedes Menschenkind verstehen. Aber welcher Jüngling verstand diese Lebensweisheit an einem Montag im Jahre 1912, auf dem Weg über den Hrútafjarðarháls, während der Hammer der Zeit die letzten Minuten auf eine Weise schlug, als würden die wahren Qualen erst noch kommen, sobald das Traumland sich in Erinnerung aufgelöst hatte?

Hin und wieder nippte ich an der Brennivínflasche, um meine Widerstandskräfte gegen die Hammerschläge der Zeit zu dieser äußersten Stunde zu stärken. Gelegentlich stieg ich ab, setzte mich auf eine Erhebung oder einen kleinen Hügel und starrte auf die Berge im Licht der kraftstrotzenden Mittagssonne am Westufer des Hrútafjörður. Allmählich entfernten sie sich, wurden betörender, noch betörender, und wandelten sich allmählich wieder in jenes blaubergige Abenteuerland, in dem der alltägliche Lebenskampf nichts weiter zu sein schien als ein liebestaumelnder Gang zum Traualtar. Schließlich sah man nichts mehr außer dem Grat eines fernen Berges. Das war ihr Berg. Ich sprang von meinem Pferd und erklomm eine grasbewachsene Erhebung am Wegrand. Dort saß ich lange und betrachtete jede Klippe, jeden kleinen Pass, jeden sonnengeröteten Hügelzug, jedes schattige Bett eines Baches. So sah der Berggrat hinter ihrem Heimathof aus. Meißele dir jede Einzelheit in dein Gedächtnis ein, auf dass sich das Auge deiner Seele an demselben Berg erfreuen kann wie sie, wenn die Liebe dich an diese Aussicht denken lässt. Vielleicht sieht sie sogar in diesem Moment zu ebendiesem Berg hinauf. Wer weiß, vielleicht treffen sich eure Augen gerade dort in dieser kleinen Mulde im Süden unter diesem Felsüberhang. Und ihr merkt es nur nicht, weil die beschränkten Sinnesorgane euch glauben machen, dass sich Blicke nicht treffen können, wenn ihr euch nicht leibhaftig gegenübersteht.

Es schien mir bloß ein Steinwurf bis zu dem Berggrat zu sein. Als hätte ich hinspringen können. Wie wäre das schön! Dann könnte ich ihren Berg zu Fuß hinabsteigen. Sie sitzt in ihrer zauberhaften kleinen Kammer.

Es ist nicht abgeschlossen. Sie häkelt eine kleine Decke, vielleicht für den Nachttisch im Schlafzimmer. Wie weiß ihre Hände doch sind! Und ihre Finger flink! Und dann diese verführerischen Halbmonde auf ihren Fingernägeln!

Plötzlich ist ihr, als flüstere jemand: Sieh aus dem Fenster! Sie sieht aus dem Fenster, aber da ist niemand. Wer hat denn da geflüstert: Sieh aus dem Fenster? Nun scheint sie die Stimme abermals zu hören: Siehst du den Mann, der da den Berg herunterkommt? Da sieht sie einen Mann den Berg herunterkommen. Wer mag das wohl sein? Er kommt näher und näher. Jetzt ist er schon auf der Wiese. Nein, ich sehe wohl nicht richtig! Sie schmeißt Häkeldeckchen und Häkelnadel auf die Kommode, rast die Treppe hinunter und ruft, ohne sich darum zu scheren, wer sie hören kann:

»Nein, wenn das nicht der Thórbergur ist!«

Dann rennt sie mir über die Wiese entgegen wie einem schmerzlich vermissten Geliebten, der zehn Jahre auf einer Walfangstation am anderen Ende der Welt verbracht hat. Mitten auf der Wiese treffen wir aufeinander. Außer Sichtweite des Hofes. Und jetzt steht niemand hinter mir und sagt: Sobald ihr in ihrer Kammer seid, muss aber etwas geschehen.

Ach, was bin ich froh, dass du zu mir zurückgekommen bist, mein allerbester, liebster Herzensschatz! Nun wollen wir uns nie mehr trennen, nie, nie.

Uns nie mehr trennen! Ritterlich stieg ich wieder auf die Mähre und wandte dem Berg den Rücken zu. Dann begann mein Ritt ins Gelobte Land.

Doch ehe ich mich versah, hatte ich begonnen, ein herzergreifendes Liedchen zu singen, das ich im Winter von ihr gelernt hatte. Sie sang es oft leise vor sich hin, zur blauen Stunde in ihrer Kammer, wenn sie wusste, dass nur ich zu Hause war:

> Wie friedlich, still und wunderschön
> Ruht dort der blaue See.
> Es spiegeln sich der Berge Höhn,
> Felsen, Wald und Schnee.

Ja, damals gab es noch blaue Stunden. Ich hatte es mir angewöhnt, die blaue Stunde rauchend auf einem alten Sofa im Bischof-Peter-Stil zu verbringen, das an der gleichen Stelle stand wie ihr Bett, nur ein Stockwerk tiefer und mich in keuschen Gedanken über das Seelenheil zu ergehen. Da kam sie mir mit ihrem Bergsee natürlich ganz schön in die Quere – hatte ich mich doch gerade auf den Weg des Heils gebracht. Was für ein Schund, sagte ich mir: »friedlich, still und wunderschön«. Was für eine wahllos zusammengetriebene Wörterherde! »Drin spiegeln sich der Berge Höhn.« Als wollten die Berge sich im Wasser betrachten mit Felsen, Wald und Schnee. Warum nicht gleich mit Engelwurz, Kalb und Klee? Jedes Mal, wenn sie diese banalen Worte sang, hatte ich das Gefühl, sie sofort deutlich weniger zu lieben. Hatte sie etwa keinen Sinn für Poesie? Vor dem großen Weltkrieg konnte das dem Ansehen eines Menschen enorm schaden. Nur Langweiler und Dummköpfe hatten keinen Sinn für Poesie. Und dass ein junger Mann ein Mädchen heiratete, das keinen Sinn für die Dichtung eines Genies hatte, kam überhaupt nicht in Frage.

Doch dann hob sie einen wehmütigen Gesang von einer duftenden Sommerrose an, die der Herrgott auf die Brust irgendeines Heimatlandes gelegt hatte. Ich bin natürlich der Herrgott, sie die Heimat, Mutter Erde, auf deren Brust ich eine Rose legen soll, und zwar bei Nordlicht, an einem vom Meer umschlungenen Ort. Da brach meine Liebe wieder hervor, ja, sie war sogar noch heißer und reiner als vor dem hässlichen Bergsee-Liedchen.

Bei diesen herzerweichenden Gedanken fiel es mir schwer, meinen Geist zu zügeln. Es war, als ob unsichtbare Winde meinen Kopf herumwirbelten wie einen Wetterhahn, in Richtung Berg.

Der letzte Moment nahte unweigerlich heran, Schritt für Schritt, ruhelos. Eins, zwei, drei. Und dann stürzte alles auf mich ein wie ein gewaltiger Erdrutsch. Die höchsten Klippen ihres Berges verschwanden hinter dem Rücken des Hrútafjarðarháls.

Ich stieg ab und riss zwei Blümchen aus der Erde, genau an dem Fleck, wo der letzte Gipfel aus meinem Gesichtsfeld verschwunden war. Ich küsste die Blumen, zuerst die, die näher an dem Berg wuchs, dann die, die ein Stück weiter weg gewachsen war, drei Küsse für jede. Dann wickelte ich sie in ein schneeweißes Blatt Papier und steckte sie in meine Brusttasche über dem Herzen. Warum band ich sie nicht mit einem Stück Bindfaden zusammen? Ich dachte, sie würden dann sofort sterben. Also nahm ich eine vornehme Pose ein und sprach, was mir in den Sinn kam, während ich gleichzeitig drei Finger der rechten Hand so hoch wie möglich in den allwissenden Himmel reckte: Mit diesem Atemzug, in diesem Augenblick, beginne ich ein neues Leben, das ich der Weisheit widmen werde, der universalen Liebe und Willensstärke. Hört es, seht es, vernehmt es, ihr großen

Mächte des Alls. Du Geist der Weisheit, du Geist der Liebe, du Geist der Macht. Amen!

Aber als das letzte Wort von meinen Lippen verklungen war, spürte ich, wie irgendwo nahe meines Herzens eine Uhrfeder mit einem kläglichen Laut zersprang, der noch lange in den stillsten Regionen meiner Seele nachhallte. Ich zog den Korken aus der Flasche und nahm große, verwirrte Schlucke.

Heute war wohlgemerkt der erste Tag des Monats. Es war Montag, und die Sonne neigte sich bereits am Himmelsgewölbe. Und ich war ein Dummkopf, der nicht zwischen dem vergänglichen Blau eines fernen Berges und dem reinen Glanz der in diesem Moment so greifbaren Ewigkeit zu unterscheiden wusste.

Nach dem Ende dieser feierlichen Weihehandlung raffte ich mich wieder auf den Gaul und setzte meinen Ritt ins Gelobte Land fort. Alle Dinge, die zu meiner Geliebten gehörten, waren Erinnerung geworden.

Es war schon fast neun Uhr, als ich in Hvammstangi ankam. Da war ich sehr betrunken, und meine Gedanken glichen am ehesten hoch aufgetürmten Wellen bei Wetterwechsel. Der erste Mann, den ich im Dorf traf, war einer der Kumpane, die im Laufe des Sommers das kulturelle Leben in der Heringsverarbeitung prägen sollten. Er hieß Sveinn Jónsson und hatte einige Tage zuvor das erste Jahr auf der höheren Schule abgeschlossen. Wir wurden schnell miteinander bekannt, weil es bei uns um die Herzensangelegenheiten des Lebens ganz ähnlich bestellt war.

Sveinn erzählte mir, dass ich im Gasthof eines gewissen Sveinbjörn Jónsson unterkommen könne, und ich gab ihm zur Belohnung das, was noch in meiner Flasche war. Sveinn war außerordentlich froh, weil er seit einigen Tagen nichts mehr getrunken hatte. Bis in den Abend hinein saßen wir zusammen und sprachen mit tiefer Andächtigkeit über das Übel in der Welt und das unbegreifliche Schicksal der Menschen.

Apropos unbegreifliches Schicksal. In jenen Jahren galt es unter jungen Leuten als ein Verstoß gegen die guten Sitten, dem tief Empfundenen durch Wissen oder gar Vernunft Gewalt anzutun. Die jungen Leute wollten das Unergründliche genießen und verabscheuten klarsichtige, enthüllende Intelligenz. Sie interessierten sich für nichts außer Stimmungen, suchten nach dem wehmütigen Grundton im Klangkörper des Daseins, dem Sonderbaren, Unaussprechlichen, Rätselhaften.

Sveinn war ein glühender Verehrer des Unergründlichen. Außerdem war er ein Mann mit großen Idealen und wird später noch ausführlicher beschrieben.

Den folgenden Tag verbrachte ich in Hvammstangi. Mein Seelenzustand hatte in ein befremdliches Gleichgewicht zurückgefunden. Die schneidenden Stimmen der Erinnerung hatten wieder in die angenehm-wehmütige Hintergrundmusik eingestimmt, die wie ein alter Refrain zu allem erklang, was das Auge sah, das Ohr hörte, der Geist dachte und das Herz empfand.

Aber als ich nach Gründen für diese überraschende Ausgeglichenheit suchte, wurde mir klar, dass ich mich nicht genug angestrengt hatte. Ich tröstete mich lediglich mit der Hoffnung auf ein bewegtes Liebesleben im kommenden Herbst über meine Enttäuschung hinweg. Wieder einmal lebte ich in der Hoffnung. Und die, die in der Hoffnung lebten, waren Treibgut auf der sturmgepeitschten See des Lebens.

Lange saß ich dieser Tage an einem entlegenen Ort unter einer kleinen Klippe oberhalb des Dorfes und vertiefte mich in suchende Mutmaßungen über das Vergängliche und das Ewige. Dabei gelang es mir, zumindest einen kleinen Teil einer neuen Lebensweisheit zu begreifen, die mir seitdem nachhängt wie ein totes Glied.

»So ist es mit Euch und Eurem feigen Egoismus«, sprach die Stimme des Abstrakten in die Dunkelheit meines Selbstbetrugs. »Sobald eine Hoffnung vor Euren Füßen in sich zusammenstürzt, flüchtet Ihr Euch erschrocken unter die Fittiche einer neuen Heilserwartung, die Ihr eilig vor dem nächsten Horizont Eures Lebens aufziehen lasst. Wieder und wieder flüchtet Ihr Euch aus einer gegenwärtigen Enttäuschung in eine zukünftige Hoffnung, bis diese Euch schließlich auch enttäuscht und in die Arme einer neuen Hoffnung scheucht. Diese selbstverliebten Kindereien werden Euch so lange von einer Illusion zur nächsten treiben, bis Ihr eines verzweifelten Abends vor der Gewissheit steht, dass alles nur ein armseliges Nichts gewesen ist, ein Haschen nach Wind – nur eine goldene Wolke, die sich in graue Nebel auflöst, sobald Ihr Euch nähert.

Erst dann werden sich die Winternächte des wahren Leids über Euer Herz legen. Und Ihr werdet dastehen, zitternd und ratlos zwischen zwei getrennten Welten – wie eine herrenlose Fundsache, die der Fortschritt im mächtigen Gebäude des Lebens in irgendeine Ritze zwischen Fußleiste und Wand gestopft hat. Ihr steckt im Treibsand der Selbsttäuschung, wo Ihr niemals Halt finden werdet. Das ferne Festland der Ewigkeit liegt immer noch im Dunkeln, verfinstert von jahrtausendealter Torheit. Und in dieser Finsternis wird es niemals hell werden, wenn Ihr nicht mit Herz und Verstand begreift, dass keine Geliebte Euch ins Licht führen kann, kein Pfaffe, kein Christus, kein allmächtiger Gott, kein lebendiges Wesen im ganzen Universum, außer Ihr selbst. Erst wenn Ihr das begriffen habt, beginnt die entbehrungsreiche Zeit, zu der Ihr ganz auf Euch allein gestellt seid und schließlich zu mir findet, zur Erleuchtung und ewigen Freiheit.

Ihr werdet mir antworten und sagen:

›Das ist einfach. Das ist leicht verständlich. Das ist eine schöne Lebensweisheit.‹

Aber Ihr hört nur mit den Ohren. Und Ihr versteht nur mit dem Gehirn. Aber Eure Ohren sind abgestumpft. Und Euer Gehirn ist versunken im Nebel des Selbstbetrugs. Ihr müsst mich mit Eurem ganzen Körper und Eurer ganzen Seele verstehen, wenn das Verstehen Euch sehend machen und Eure Füße aus der Finsternis führen soll. Doch sobald Euer Gehirn, Eure Hand oder Zunge auch nur für einen Moment mit der wahren Erkenntnis in Berührung kommt, wird diese Erkenntnis so allumfassend, so flammend und lebendig sein, dass Euer Magen sofort alle Nahrung erbricht. Das bedeutet verstehen. Alles andere ist nur ein langweiliges Spiel mit toten Steinen.«

So sprach die Stimme des Abstrakten am Dienstag, dem 2.Juli, in die Dunkelheit meines Selbstbetrugs hinein, als die Sonne zwischen drei und sechs Uhr stand. Aber ich hörte nur mit den Ohren und verstand nur mit dem Gehirn. Also stand ich auf, ging zurück ins Dorf und freute mich weiterhin auf den Herbst.

Am Mittwoch, dem 3. Juli, lief um acht Uhr morgens ein Überseedampfer der Vereinigten Reederei namens

Vesta in den Hafen von Hvammstangi ein. Und anderthalb Stunden später hatten drei elegant gekleidete Heringsbräutigame auf einem Fischabfallsack in einem Beiboot Platz genommen, das sie an Bord des ehrenwerten Postdampfschiffes brachte. Diese Herren waren der Studienassessor Ingimar Jónsson, der Oberschüler Sveinn Jónsson und Thórbergur Thórðarson, der das Gedicht *Nacht* auf der Titelseite des Magazins *Ísafold* verfasst hatte. Um zehn Uhr stach die *Vesta* in See, auf dem Weg in ein goldenes Land im Reich der nächtlichen Abenteuer.

An Bord der *Vesta* stießen wir auf einen jungen Mann, der auf dem Weg nach Siglufjörður war. Er hieß Magnús Stefánsson und wurde später unter dem Namen Örn Árnarson ein landesweit bekannter Dichter. Stefán, Magnús und ich saßen die meiste Zeit zusammen und tranken Whisky aus schönen Fläschchen, für die wir, glaube ich, je 50 Öre oder eine Krone bezahlten. Mit tiefer Andacht diskutierten wir über die Sinnlosigkeit des menschlichen Strebens und die Qualen, die ein Genie zu erleiden hatte. Dann mussten wir schlafen gehen.

8

DIE EDELMÄNNER VON WESTFJORDEN

U nter den Passagieren auf der *Vesta* war ein älterer Mann, der mich besonders beeindruckte. Noch Jahre später durchstreifte er meine Gedanken wie ein hochwohlgeborener Diplomat, eine Art Außenminister der Ausgestoßenen. Sein Benehmen und seine Kleidung ließen darauf schließen, dass er sich immerfort auf Reisen befand, um äußerst dringliche Angelegenheiten zu regeln, über deren Erfolg er es nicht für schicklich hielt, zum jetzigen Zeitpunkt zu sprechen – ganz so als wäre er eine Art Monsieur Paul Boncour oder ein Verwandter von Anthony Eden.

Wie Eden war er von großem Wuchs und ähnlich gentlemanlike in der Haltung, nur in den Schultern war er ein wenig krumm, was sicher daran lag, dass er sich seit Jahren über Dinge den Kopf zerbrach, die der Finsternis der Erde verwandter waren als dem Licht des Himmels. Er hatte eine etwas gebogene Nase, einen wolfsgrauen Schnurrbart, buschige Augenbrauen und ziemlich kleine graue Augen, die sich tief in ihren Höhlen immerfort in Bewegung befanden. Er ging an einem Stock, den er zwischen seinen Beinen aufstellte, wenn er saß. Sein ganzes Äußeres war umweht von dem altehrwürdigen Hauch eines blaublütigen Familientreffens. Er nahm Schnupftabak und hantierte ab und zu mit einem zerknitterten rotgepunkteten Taschentuch. Er war die ganze Zeit betrunken, aber anstatt im feinen Speisesaal in Gesellschaft trinkender Huren zu delirieren, zog es ihn an die frische Luft an Deck, wo er auf einer Bank oder einem Lukendeckel saß und immer von einer Schar aufmerksamer Zuhörer umgeben war, als würde er seelentröstende Weltweisheiten verkünden. Es schien, als hätte er alle Schneestürme des Lebens durchwandert.

Sein Kopf und seine Hände zitterten, während er mit einer Stimme, die aus tief schmerzlichem Leid aufzusteigen schien, von der Drangsal der Ausgestoßenen erzählte. Doch eh man sich versah, schwoll die Stimme zu einem zornigen Wiehern an, das sein Gesicht zu krampfartig-konvulsivischen Grimassen verzerrte, die ein ungestümer Dämon aus seinem Inneren herauszupeitschen schien. Im selbem Moment sprang er von seinem Sitz auf und wirbelte über das Deck wie ein Kreisel, fuchtelte mit dem Gehstock herum und stieß, weiterhin wiehernd, derbe Schmähverse hervor. Er tat dies mit derart düsterer, knurrender Stimme, als müsste er sich eine Meute von Gassenjungen, einen bösen Geist oder ein ganzes Teufelsvolk vom Leib halten, und die Jüngerschar stob zu Tode erschrocken auseinander und vereilte sich weit über das Deck:

> Ganz Ísafjöður heult und schreit,
> es dröhnen Bässe und Geigen.
> Der Teufel schnarchend Bogenstreich
> auf deine Sünden zeigen.

> Hnöö-hnöö-brrr-brrr-ürr-ürr-ürr-ürr-ra-a!

> Ganz Ísafjöður lärmt und grölt,
> kein Singen, nur noch Quaken.
> Die Heuchelschlampen aus der Höll
> hängen da am Haken.

Plötzlich veränderte sich die Stimme abermals im Ton, wurde weinerlich und empfindsam, und der Alte setzte sich tatternd auf die nächste Luke oder Bank und stellte den Stock zwischen seinen Beinen auf. Von seinen Augenlidern fielen ein paar zusammenhanglose Tränen, und er begann, mit serenadenhaft belegter Stimme gereimte Lebensweisheiten zu deklamieren, die er in seinem schattenkalten Leben offensichtlich einmal unscharf durch ein raureifbedecktes Oberlicht der Seele erblickt hatte:

> Im Reich der Fische lernte ich,
> wie Schwanz und Flosse fliegen.
> Das Fell des Abendrots fällt auf mich,
> kommt über der Seele zu liegen.

Im Nu sammelte sich die Jüngerschar wieder um ihn, und er begann aufs Neue, sie auf dem Schiff zu unterrichten wie der Große Meister.

Dieser hagere Greis hieß Jón Strandfjeld oder Jón Bassi, wie die Welt ihn ebenfalls nannte.

Jón Strandfjeld wurde im Jahre 1851 auf Bassastaðir im Steingrímsfjörður geboren. Seinen Rufnamen Bassi hatte er wahrscheinlich von seinem Geburtsort bekommen. Den Namen Strandfjeld, glaubten gelehrte Männer, hatte Jón sich selbst gegeben. Man erzählt sich, es habe ihn einmal nach Norwegen verschlagen, wo er anfing, sich nach dem Berg in seiner Heimat im Landkreis Strandasýsla zu nennen.

Die meiste Zeit seines Lebens verbrachte Jón aber im Landkreis Strandasýsla und in den Westfjorden. Dort unterrichtete er im Winter Schulkinder in Steingrímsfjörður oder auch in der Gegend von Ísafjöður, und im Sommer verrichtete er verschiedene Arbeiten zu Land und auf See, wenn er nicht gerade auf Reisen war.

Nachdem ich eine Weile beobachtet hatte, wie Jón sich dort auf dem Deck der *Vesta* verhielt, wandte ich mich zu Sveinn und sagte:

»Keine Frage, dieser Mann hat großes Liebesleid erlitten. So ergeht es den meisten, die viel geliebt haben und nie etwas unternahmen.«

»Ja«, antwortete Sveinn, »solchen Schiffbruch erleiden nur Männer, die die süße Rose ihres Herzens verloren, bevor ihre Sinne einmal deren Duft verspüren durften.«

Etwas später gesellte ich mich zu den Jüngern von Jón, und wir sprachen die längste Zeit vom Übel der Welt und dem Zerwürfnis zwischen Gott und dem menschlichen Geschlecht. Ich sagte, dass der Gottesbegriff der Christen ungemein dumm sei, auf geradezu verachtenswerte Weise unsittlich und nicht besonders weltläufig obendrein. Kein Tierquäler behandelte sein Vieh so schlecht, wie dieser Gottesbegriff die Menschen. Es fing schon damit an, dass die Schöpfung den Menschen so gemacht hatte, dass er weder widerstandsfähig noch weise genug war, um der Zauberkraft der Versuchung etwas entgegenzusetzen. Die, die nicht der Trunksucht anheimfielen, ließen sich von Habgier unterjochen oder von Machthunger, Neid, Verbrechen, Hochmut, Feigheit, Verschwendungssucht und so weiter; manche erlagen gleich allem auf einmal. Darüber hinaus habe dieser Gottesbegriff die Menschen auf der ganzen Welt erst verdorben und dann ebendiese Welt mit den Fallgruben und Fallstricken verlockender Verfehlungen geradezu übersät. Drittens habe er frisch von der Arche Noah einen heimtückischen Teufel ausgesendet, der mit Hilfe einer ganzen Legion von Unterteufeln nichts anderes tat, als die Menschen in diese Fallgruben der Versuchung zu locken. Viertens bestrafe er die Dummheit der Menschen und deren Schwächen im Diesseits wie im Jenseits mit ausgeklügelten Foltern, wobei manche dafür leiden mussten, dass sie in die Fallen der Versuchung getappt waren, andere dafür, einen allzu großen Bogen um all diese Delikatessen gemacht zu haben. Und zur Krönung dieses Teufelswerkes dränge er Jung und Alt dann auch noch die Irrlehre auf, dass dieser Gott allwissend sei, allmächtig und gut.

Jón versuchte, all das mit den unergründlichen Wegen des Herrn zu erklären. Ich hingegen antwortete, dass dieser Gottesbegriff das idiotischste Geschwätz, die ekelhafteste Gotteslästerung und menschenverachtendste Dummheit sei, die mir jemals untergekommen war. Nur rachsüchtige Unmenschen konnten sich eine solche Teufelei ausdenken. Das schwachsinnige Lumpenpack, das dafür sorgt, dass eine solche Hundsgemeinheit weiterhin Teil unserer Weltanschauung ist, sollte man ins Irrenhaus sperren.

Da wandte sich Jón der großen Belohnung zu, die im Jenseits auf diejenigen wartete, die hier im Tal der Tränen ihre Qualen erduldeten. Ich entgegnete, die Menschen im Jenseits würden weder für Rituale noch für Demut etwas ernten. Das Leben nach dem Tode sei nicht

mehr als eine logische, naturwissenschaftliche und seelische Ableitung vom Charakter des Verstorbenen, seiner Weisheit und Bildung. Ob er für seine Eigenschaften auf Erden verehrt oder gedemütigt wurde, war völlig
egal. Ein böser Mensch blieb ein böser Mensch – egal, ob
er von einem goldenen Thron über Millionen geherrscht
hatte oder bettelnd durch die dreckigsten Armenviertel
einer Großstadt kroch. Die barbarische Vorstellung von
einem belohnenden und strafenden Gott war eine Erfin-
dung von Feiglingen, die sich nicht mit den unvorteil-
haften Facetten ihres Charakters beschäftigen wollten
oder von Misanthropen, die Freude empfanden, andere
zu quälen.

»Dann kann ein Säufer also nicht auf ein besseres Leben im Jenseits hoffen?«

»Doch, darauf können alle hoffen. Der Säufer wird al-
lein dadurch erlöst, dass er im Jenseits nichts mehr zu
trinken bekommt, und sein Leben in einem reineren
Licht sieht. Nur dass ihm der Weg ins Jenseits viel mehr
Schmerzen bereitet als der in dieser Welt, weil nach dem
Tode des irdischen Körpers alle Gefühle ungebremst ins
Herz treffen.«

Es folgte ein langes und verständnisloses Schweigen
seinerseits und meinerseits ein nagendes schlechtes Gewissen, am falschen Ort zur falschen Zeit die Wahrheit
gesagt zu haben.

In diesem Gespräch mit Jón bestätigte sich mir, was
ich schon zuvor angenommen hatte, nämlich dass er unglaublich geliebt haben musste. Dabei torpedierte eine
Tatsache meine Theorie über die Folgen einer unerfüll-
ten Liebe: Jón hatte nicht nur geliebt, er hatte auch einige Dinge geschehen lassen und kam trotzdem nicht

von seiner Liebe los. Dabei hatte ich doch gedacht, man müsste nur handeln, um das Herz von ihrem Joch zu befreien. Das war eine ziemlich überraschende Erkenntnis, und ich starrte ihn an wie ein Seeskorpion.

Jón war mit einem wunderbaren Mädchen aus Hleiðargarður im Eyjafjörður verheiratet gewesen und hatte mit ihr eine liebreizende Tochter. Aber die Frau hatte ihn bereits vor langer Zeit verlassen, und ihre Tochter war gestorben. Davon hatte Jón sich nie erholt. Er konnte kaum über diese Dinge reden.

Dieses Mal wollte Jón mit der *Vesta* nach Akureyri und von dort noch etwas weiter. Ich malte mir aus, dass er nach Hleiðargarður wollte, um den Stein zu betrachten, hinter dem er saß, als er seine Geliebte zum ersten Mal geküsst hatte. Wer weiß, vielleicht fand er sogar noch eine einsame Spur ihres rechten Fußes in der lehmigen Erde hinter dem Stein, an der Stelle, die man vom Hof nicht sehen konnte? Dann müsste er sich allerdings beeilen. Fußspuren in der Erde verschwinden schnell.

Im Herbst traf ich Jón in Reykjavík wieder und wenn ich mich recht erinnere, half ich ihm damals, eine Unterkunft zu finden. Doch eins weiß ich noch ganz genau, nämlich, was für ein Erweckungserlebnis unsere Bekanntschaft für einen empfindsamen jungen Mann wie mich gewesen war. Ich schrieb sogar einen herzergreifenden Aufsatz über ihn, der im damaligen Herbst in der Zeitschrift des Reykjavíker Vereins Junger Männer erschien.

Dann vergingen zehn bis zwölf lange und entbehrungsreiche Jahre. Jón Strandfjeld sah ich nie, hörte auch nichts von ihm, mit der Ausnahme, dass ich mit einigen Jahren Abstand gleich zweimal in den Zeitungen von seinem

Tod las. Es hieß, er sei irgendwo auf den unbewohnten Hochlandebenen der Westfjorde in einem Schneesturm erfroren. Und ich fand, dass Jón sich so grundlegend von allen anderen Menschen unterschied, dass ich nie an seinem zweifachen Tod zweifelte.

Wundersamerweise sah ich ihn dann in den Zwanzigerjahren einige Male auf meinen Spaziergängen durch Ísafjöður. Seit der Zeit, da wir uns im Herbst 1912 in einem kalten, schneereichen Ostwind voneinander verabschiedeten, hatte er sich kein bisschen verändert. Wir unterhielten uns lange, und ich erfuhr, dass er noch immer geheimnisvolle Reisen zu unbekannten Orten unternahm. Von Zeit zu Zeit war er in Ísafjöður zu Gast, und erweckte doch fortwährend den Anschein, auf dem Sprung zu einem noch bedeutungsvolleren Ort zu sein. Er wohnte immer in einem kleinen Haus, das an einem grasbewachsenen Berghang stand. Dort fanden in jenen Jahren einige der vornehmen Männer ein Nachtasyl, die keinen bestimmten Platz in der Gesellschaft hatten – die letzten verbliebenen Edelmänner von Westfjorden. Zu den bedeutendsten unter ihnen zählten Kristófer Kólumbus und Jón Strandfjeld. Das Haus hieß Slunkaríki, und der Gastgeber hieß Sólon.

Mich beschlich ein unwiderstehliches Verlangen herauszufinden, wer dieser Sólon von Slunkaríki war. Ein Mann, der ein Haus mit einem solch bemerkenswerten Namen besaß und derart ungewöhnliche Männer wie Kristófer Kólumbus und meinen Freund Jón Strandfjeld beherbergte, musste anders sein als die meisten Leute. Und nicht viel später bot sich mir die glückliche Gelegenheit, Slunkaríki zu besuchen, als Begleiter von Vilmundur Jónsson, dem Arzt, bei dem ich in diesen Jahren mehr oder weniger den ganzen Sommer wohnte. Danach wusste ich mehr über Sólon und seine Lebensgeschichte.

Sólon Guðmundsson war ein großgewachsener Mann, schlank und ausdrucksvoll und so schlaksig, dass es schien, als seien herrenlose Arme unterwegs, wenn er ging. Sein Gang erweckte den Anschein, er würde nur mit den Zehen und Zehenballen auftreten. Er strotzte vor Kraft, war in seiner Jugend ein guter Ringer gewesen und sehr geschmeidig. Er war ein ziemlich hübscher Kerl mit männlichen Zügen, gerader Nase, bräunlichen Augen. Er war heiter und gutmütig, auf eine alltägliche Weise ausgeglichen und still, doch manchmal umspielte ein vieldeutiges Grinsen sein Gesicht, als ob von dort zu jeder Zeit alle möglichen Dinge ausgehen könnten.

Sólon wurde am 6. August 1860 auf dem Bauernhof Laugaland im Skjaldfannardalur bei Ísafjöður geboren, wuchs aber auf Múli in der Gemeinde Nauteyrarhreppur bei dem Bauern Illugi Örnólfsson auf. Dort blieb Sólon bis zu seiner Konfirmation.

Der Bauer Illugi galt in vieler Hinsicht als bemerkenswerter Mann, und die vielen Geschichten, die bis heute über seine Erziehungsmethoden kursieren, zeigen, dass diese Einschätzung nicht ganz aus der Luft gegriffen sein kann. Seine Erziehung war darauf ausgerichtet, dass die Jünglinge bei ihm auf dem Hof einen klaren Zusammenhang zwischen ihrem Benehmen und dessen Folgen erkannten – dies sollte ihnen eine Lehre fürs Leben sein. Damit gelang es ihm überdurchschnittlich oft, in einem jungen Menschen die besseren Eigenschaften hervorzulocken, so dass oft unkontrollierbare Jungen zu ihm geschickt wurden und zur selben Zeit wie Sólon gleich drei andere dort waren.

Illugis Erziehungsmethoden lassen sich wohl wie folgt zusammenfassen: Wenn ein Junge Faulheit oder Nachlässigkeit an den Tag legte oder Tüchtigkeit und Pflichtbewusstsein bewies, nahm Illugi ihn mit in seinen Schuppen und verschloss die Tür. Dann holte er alle möglichen Delikatessen hervor, die er dort aufbewahrte, wie zum Beispiel Rauchfleisch, Rollfleisch, Magenschwarte, Hammelkopf und dazu den abgebrochenen oberen Teil eines Ruders. Das legte er in aller Seelenruhe vor dem Jungen hin und erklärte dann, was diese Dinge bedeuteten. Hier, mein Lieber, siehst du die Tüchtigkeit und zeigte dabei auf das Essen. Und hier siehst du den Verrat und die Treulosigkeit und nahm das Ruderblatt. Diejenigen, die redlich und tüchtig sind, werden mit dem Wohlwollen ihres Hausherren belohnt und zeigte dabei auf einen Leckerbissen nach dem anderen. Doch auch diejenigen, die faul sind, unredlich und träge, bekommen ihren Lohn. Diesen Lohn siehst du nun hier und hob dabei das Ruderblatt. Wenn der Junge nun zu den Tüchtigen und Redlichen gehörte, gab der Bauer ihm gut zu essen. Aber wenn er zur Gemeinde der Faulen und Gleichgültigen zählte, griff Illugi ihn und verprügelte ihn mit dem Ruder. Wahrscheinlich verspürte Sólon zeit seines Lebens die Auswirkungen dieser Erziehung. So war er zum Beispiel für seine Hilfsbereitschaft bekannt, seine Treue und eine gewisse Neigung zu philosophischen Gedankengängen.

Sólon war ein legendärer Arbeiter, sowohl fleißig als auch derart geschickt, dass viele Hände durch die Luft zu wirbeln schienen, wenn er am Werk war.

Im großen Frostwinter 1917/1918 wurde in Ísafjöður das Brennholz knapp, und das wenige Holz, das es gab, wurde zu Höchstpreisen verkauft. Die ärmeren Leute versuchten sich mit Torf zu behelfen, von dem es allerdings nur wenig gab, und den in ziemlich schlechter Qualität. Andere kauften Braunkohle, die in Bolungavík abgebaut wurde, oder im Norden bei Hornstrandir. Wiederum andere holten sich Treibholz, das allerdings schwer zu verarbeiten war.

Damals gab es in Ísafjöður einen schmächtigen dänischen Apotheker, der Rasmussen hieß und die Kälte schlecht vertrug. Er hatte einen großen Treibholzstapel und musste Männer anheuern, um ihn zu verarbeiten. Da wandte er sich unter anderem an Sólon von Slunkaríki. Sólon bot an, einen Tag für ihn zu arbeiten, wenn Rasmussen sich um geeignetes Werkzeug kümmerte.

Nach den Forderungen von Sólon besorgte Rasmussen ihm eine große Säge, die eigentlich für zwei Männer gedacht war. Sólon ging sofort ans Werk, doch als er einige Zeit gesägt hatte, ging er wieder zu Rasmussen, bat um eine zweite solche Säge und bekam sie umgehend. So sägte Sólon den ganzen Tag mit einer Zweimann-Säge in jeder Hand; wie viel Holz er dabei verarbeitete, ist nicht überliefert.

Als das Tagwerk vollbracht war, ging Sólon in die Apotheke und forderte von Rasmussen seinen Lohn. Da legte Rasmussen einen normalen Tageslohn auf den Tisch, doch Sólon reichte das nicht. Er forderte zwei Tageslöhne, schließlich hatte er ja mit zwei Sägen gearbeitet. Eigentlich müsste er sogar vier Tageslöhne bekommen, weil normalerweise zwei Männer an jeder Säge arbeiteten. Aber Rasmussen überzeugte diese Argumentation nicht, was sicher auch daran lag, dass er nicht viel Isländisch verstand. Da machte Sólon sich so breit wie möglich, fuhr die Ellenbogen aus, schnitt dem Dänen Grimassen, legte eine Faust auf den Tisch und hielt Rasmussen die andere direkt vor die Nase. Da fügte Rasmussen sich und gab das Geld heraus.

Aber Sólon war nicht nur ein ausgezeichneter Arbeiter. Er philosophierte auch gern und war jederzeit bereit, Gesprächspartnern sein philosophisches System darzulegen. Außerdem dichtete er gelegentlich, wobei seine Lyrik an die kunstvollen Zimmermannsarbeiten erinnerte, für die er in ganz Westisland bekannt war. Aber Sólon wusste zu gut über das Zeitliche und das Ewige Bescheid, als dass er sich auf seine Versschmiederei etwas einbildete. Er nannte seine Verse noch nicht einmal Lyrik, sondern Anekdötchen. »Ich sage dazu nicht Lyrik, sondern Anekdötchen, mein Lieber«, und zuckte dazu mit einer Schulter, als wollte er betonen, wie wenig er von seiner Kunst hielt.

Der Großteil von Sólons Dichtung besteht aus Vierzeilern, die oft sehr verschiedenartige Themen zusammenbringen: Von tiefsinnigen Erkundungen des Seelen- und Arbeitslebens über Kurzbiographien bis zu hellseherischen Visionen. Und das nicht selten in halb-rätselhaften Worten oder einer Art höherer Bildsprache. In dieser Hinsicht hat Sólons Dichtung geradezu frappierende Ähnlichkeit mit dem Werk des indischen Genies Rabindranath Tagore. Dieser Vergleich beruht wohl eher auf der gemeinsamen arischen Abstammung der beiden als in unwillkürlicher oder bewusster Nachahmung. Noch bemerkenswerter an Sólons Dichtung ist, dass er häufig die Ketten des Reimzwangs sprengt, um seinen Gedanken mehr Spielraum zu geben und größere Genauigkeit in Ausdruck und Wortwahl zu erreichen. Dieser Kunstgriff erinnert dann eher an die Versverhaue einiger zeitgenössischer isländischer Dichter.

Einmal schickte der Lehrer Guðmundur Geirdal fünf Kronen an Sólon und Jón Strandfjeld, der damals gerade bei Sólon wohnte, damit sie sich zu Weihnachten Rauchfleisch kaufen konnten. Für dieses Geschenk bedankte Sólon sich mit einem Gedicht, an dessen Schluss er Guðmundur allerdings den Ratschlag unterbreitete, nicht zu viele solcher Gaben unters Volk zu bringen, weil sich die Menschen nun mal eher an Hinterlist und Betrug erinnerten als an gönnerhafte Wohltaten:

> Hüte dich, zu gut zu sein,
> Mein lieber Guðmund Geirdal.
> Hinterlist kommt besser an.
> Sie drückt auf die Seele.

Das ist die Erkenntnis eines scharfsinnigen Dichters, der die Seele der Bedürftigen kennt.

Ich habe bisher unerwähnt gelassen, dass die Genialität der Mechaniker nie mit originellerer Kraft beschrieben worden ist als in diesem Vierzeiler, den Sólon über den Stadtmechaniker von Ísafjöður, Guðmundur G. Kristjánsson, schrieb:

> Wunder nimmt uns dieser Mann,
> Der Eisen sägt und Rohre schweißt.
> Es pusten wohl die Zwerge ihm
> Geschicklichkeit in die Nasenlöcher.

Und was für ein Panorama bietet uns erst der folgende Vierzeiler. Habt ihr es nicht genau wie ich vor Augen, wie

Kapitän Eiríkur Einarsson aus Ísafjöður zum Ruder greift, auf hoher, aufgewühlter See mitten in einer dunklen Winternacht? Und wer erklimmt die irdenen Stufen des Grabes so behände wie dieser Kapitän, der seinen Kahn unbeschadet durch Sturm und Wellen steuert? Und ist nicht dieser Schiffsführer an und für sich, obwohl unbekannt, mehr wert als all die berühmten Gecken, die nie auch nur das Leben eines einzigen Menschen gerettet haben? Von diesen Überlegungen handelt Sólons folgendes Gedicht:

> Der unbekannte Eiríkur
> War unendlich weise,
> Entkam stets Grab und Finsternis
> Und fand jeden Hafen.

Außerdem hat der Dichter Einsicht in die psychische und historische Tatsache erhalten, dass Gästen an einem kalten Wintermorgen mit größerer Gastfreundschaft begegnet wird als an einem warmen Sommertag. Würde es nicht viele gottesfürchtige Hausfrauen mit Stolz erfüllen, wenn ihr Gast die Bewirtung mit der freudigen Erwartung auf einen kleinen Pastor vergilt, aus dem einmal ein großer Pastor werden könnte, der seine verirrten Schäfchen zum Licht der Taufkerze führt? Und ist das im folgenden Vers nicht genial beschrieben?

> Der schöne sanfte Morgenschnee
> bringt so manchen Schluck Kaffee.
> Zum Lohn gibt es einen kleinen Pastor,
> den trägt sie unter ihrer Schürze.

Der folgende Dreizeiler, ein Aphorismus über Gyða, die Leiterin der Mädchenschule von Ísafjöður, ragt aus dem poetischen Nullniveau auf wie ein philosophisches Münster von weltumspannendem Ausmaß:

> Von der Himmelsfeste stieg hinab
> Für einige schäkernde Jahre
> Das Hauptbuch Gyða.

Selten wurde das Seelenleben der Menschen mit so taktvoller Kunstfertigkeit durchleuchtet wie in diesem Vers, in dem der Dichter mit lyrischem Röntgenblick die Vorsteherin des Greisenheims von Ísafjöður durchleuchtet:

> Am allergrößten in Ísafjöður
> ist Gróa, deren große Jungfräulichkeit
> über allen scheint.

Auch den Tanz vermag Sólon formvollendet zu beschreiben:

> Alalína tanzt mit Jungs
> Den Bummbulpe.
> Der Plumpe tanzt
> Und findet auch ein Korn.

Unsere Komponisten sollten sich bemühen, dazu ein schmissiges Tanzlied zu schreiben.

Tiefes Mitgefühl mit unseren taubstummen Brüdern und Schwestern drückt dieser Vierzeiler aus, der glücklicherweise nicht allzu gefühlsduselig ist:

Hartem Schicksal gebunden
Kleines weißes Schneehuhn
Ein Raubvogel kommt aus dem Raum
Falke genannt – Halbbruder.

Es ist, als würde hier mit wenigen, wundersam klaren Pinselstrichen das Leiden im Tierreich verbildlicht.

Zum Abschluss noch ein meisterlich gezeichnetes Gesellschaftsbild en miniature:

Viertausend schwarze Männer
Arbeiten voll Leidenschaft.
Und der Kohlenrauch
Erreicht die hohen Berge.

Das steuert der fürchterliche Riese,
Den keiner abbringen kann
Von seinem festgesetzten Ziel.

Sólon von Slunkaríki hatte seine Verskunst nie zum Beruf gemacht. Er nährte sich nie an den Zitzen der Staatskasse und quetschte nie Geld unter den blutigen Fingernägeln einer Kunststiftung hervor. Er war einer dieser altmodischen, grundguten, rechtschaffenen Isländer, die ihr Brot im Schweiße ihres Angesichts verdienten und doch nicht schlechter dichteten als die anderen. In Ísafjöður wartete man mit Ungeduld auf jeden neuen Vers des Sólon von Slunkaríki. Seine Dichtkunst war ehrliche Freizeitbeschäftigung, er dichtete weder sich selbst zum Lob noch zum Ruhm, sondern einzig zur Gemütsergötzung. Daran bleibt kein Zweifel, weil dem Leser aus dem Werk Sólons der Geist der originellen Ursprünglichkeit unverfälschter entgegenschlägt als aus der Dichtung vieler seiner Zeitgenossen.

Sólon hatte nicht einmal so viel auf seine Verse gegeben, dass er sie zu seinem Vorteil genutzt hätte. Und doch werden viele seiner Gedichte auf den Lippen der Nation weiterleben, solange die isländische Sprache gesprochen wird. Es wäre verwerflich, wenn das poesieverliebte isländische Volk nicht versuchte, Sólons Gedichte an einem Ort zu sammeln. Sie sollten 1960 zu seinem hundertsten Geburtstag in Buchform erscheinen. Damit hätte man ein zusammenhängendes Kunstwerk, das alle Grenzen derart sprengen würde, dass nicht einmal die höchsten Steigerungen unserer Adjektive ausreichten, um es zu beschreiben. Das wäre *sein* Buch.

Sólon war viele Jahre seines Lebens zur See gefahren. In seiner Jugend ging er mit den Amerikanern vor den Westfjorden auf Heilbuttfang. Danach pflegte er zu sagen, dass dieses und jenes passiert oder so und so gewesen sei, während er ›bei den Amerikanern‹ war, oder wie er sich auch manchmal ausdrückte, ›bei den Leuten aus Kanaan‹.

Von seiner Zeit bei den Amerikanern hatte Sólon nicht nur einen Hang zur Verzierung zurückbehalten, sondern auch ein Interesse an wissenschaftlichen Instrumenten zur Messung von kosmischen Begebenheiten und irdischen Wetterbewegungen – eine Prägung, die an seinem Haus nicht spurlos vorbeiging. So hing zum Beispiel draußen an der Hauswand ein Gemälde, auf dem wunderliche Fische in allen möglichen Farben durch die Luft sprangen, ein den Rachen aufsperrender Zentaur, ein dräuender Skorpion und einiges mehr aus dem vielfältigen Reich der Natur.

An der Südwand des Hauses hatte er einen trutzigen Sturmkeil aus Kiefernholz gezimmert, der die Form eines Dreiecks hatte und so aus der Wand ragte, dass er die von Süden kommenden Unwetter vor dem Haus spaltete. An jeder Ecke des Gebäudes – es waren vier – hatte er ein Windspiel angebracht, das je nach Windstärke singendklingelnd herumwirbelte. Ihnen bei Sturm zuzuhören, war ein großes Vergnügen, da jedes Windspiel in der ihm eigenen Tonlage trällerte. Wenn der Wind zu stark wurde, nahm Sólon sie manchmal zur Nacht herunter, damit sie seine Gäste nicht wach hielten, ließ ihnen aber früh am nächsten Morgen wieder freien Lauf.

In der Nähe des Sturmkeils ragte eine mächtige Eisenstange aus der Hauswand hervor, die unten aus Grassoden und im oberen Teil aus Holz bestand. An ihrem Ende war ein Kompass befestigt, auf dem zwei Holzlatten so über Kreuz genagelt waren, dass sie in die vier Himmelsrichtungen wiesen: Norden und Süden, Osten und Westen. An den Enden der Latten erhoben sich wiederum kleine Stangen oder Standarten. Manche nahmen an, dass ihr Zweck darin bestand, den Gästen die genaue Lage der Himmelsrichtungen vor Augen zu führen, sobald es Grund zur Annahme gab, dass jemand nicht ausreichend über den Kompass und seine Peilrichtungen orientiert war.

Eines Nachts wurde auf Slunkaríki eine Gewehrkugel durch den vorderen Giebel des Hauses geschossen, der aus Holz war und zur Straße zeigte. Die Kugel flog durch das dahinterliegende Zimmer und blieb in einem Brett gegenüber dem Giebel stecken. Obwohl sie keinen weiteren Schaden anrichtete, zweifelte Sólon nicht daran, dass diese Übel-Kugel seinem Kopf gegolten hatte und auf das Konto der sogenannten Glatzenbande ging – drei Bürger aus Ísafjöður, die sich gegen ihn verschworen hatten und ihm nach dem Leben trachteten, und das nicht nur mit Gewehrschüssen, sondern auch mit arglistigen Giftmischereien. Es handelte sich dabei um Faröerinsel-Jens, Amerika-Gvendur und Ólafur Smali. Sólon nahm an, dass Jens der Anstifter sei, doch da Ólafur eine Glatze hatte, benannte Sólon die Bande nach ihm.

Jens und Gvendur waren Nachbarn von Sólon. Da sie alle in derselben Straße wohnten, kam Sólon auf dem Weg in die Stadt an ihren Häusern vorbei. Nach diesem Vorfall aber nahm er Umwege auf sich, kraxelte hinunter zum Strand oder den Berghang hinauf, um jenseits aller Häuser und Zäune in die Ortsmitte und zurück zu gelangen. Doch auch diese Gewohnheit brach Sólon von Zeit zu Zeit und trabte fröhlich tanzend die Straße entlang, direkt vor der Nase der Halunken vorbei, gestikulierte dabei nach französischer Manier, gab seine »Anekdötchen« zum Besten oder erläuterte sein philosophisches System. Seine Weggefährten vermuteten, er wollte der Verschwörerclique auf diese Art zeigen, dass er nicht klein beigab.

Auch auf das äußere Erscheinungsbild des Hauses Slunkaríki hatte der mysteriöse Gewehrschuss einigen Einfluss. Es war Sólon nicht unbekannt, dass Vorsicht besser war als Nachsicht. Also machte er sich daran, an der Nordwand des Hauses einen Wall aus Grassoden und Felsen aufzuschütten. Der Wall war so hoch wie die Hauswände und auf der Oberkante zu einer Art mit Eisenstangen befestigtem Podest ausgebaut. Man erreichte das Podest durch eine kleine Tür vom Dach des Hauses, so dass man unverzüglich zur Verteidigung bereitstehen konnte, falls die Feinde plötzlich auftauchten.

Auch für den Fall, dass das Schurkengesindel sich einen Spaß daraus machte, ohne Grund nah am Haus vorbeizugehen, sorgte Sólon vor. Das verhinderte er mit einer langen Eisenröhre von großem Durchmesser, deren eines Ende auf der Ostseite der Rampe lag, wogegen das andere Ende bis ganz zur Straße reichte, so dass man in den offenstehenden Schlund der Röhre sah, sobald man den Weg unterhalb des Hauses betrat.

Diese Anlage nannte Sólon Bastille.

Auf Sólons Dachboden war eine kleine Kammer, die man durch dieselbe Tür erreichte, die auch zur Bastille führte. Sie war von innen mit Königsblättern tapeziert, so nannte Sólon die dänischen Illustrierten *Hjemmet* und das *Familie-Journal*. Dort hatten Sólons Gäste ihr Nachtquartier. An einer Wand stand das Gästebett. Es hatte die Form einer Kiste, die einem normalen Mann bis zur Hüfte ging. Und da die Kammer nicht groß genug war, um ein normal langes Bett unterzubringen, musste das, was an Bettenlänge fehlte, durch Tiefe wettgemacht werden, also war das Bett abschüssig und reichte bis zum Fußboden, so dass die Gäste halb standen, nachdem sie sich zur Ruhe gelegt hatten.

Wenn es sich ergab, dass ein Unbekannter, der bei Sólon zu Besuch war, sich danach erkundigte, wo das Gästezimmer sei, führte Sólon ihn bescheiden zu der Kammer, öffnete die Tür, die einem normalen Mann kaum bis zu den Brustwarzen reichte, wies hinein und grinste den Besucher vielsagend an.

»Hier, mein Lieber.«

Wurde er gefragt, wo die Gäste denn schliefen, machte er eine Handbewegung in Richtung der sargartigen Kiste und sagte:

»Die schlafen hier, mein Lieber.«

Sollte der Fremde seine Verwunderung darüber äußern, dass erwachsene Männer, nicht zuletzt solche Hünen wie Jón Strandfjeld, in so einem kurzen Bett Platz finden könnten, entkräftete Sólon alle Mäkeleien mit einer immer gleichen Antwort:

»Das wird alles durch Tiefe wettgemacht, mein Lieber.«

Dort schlief Jón Strandfjeld während seiner geheimnisvollen Aufenthalte in der Hauptstadt der Westfjorde, und man sagt, dass er Sólon und nicht zuletzt seiner Haushälterin damit dankte, dass er ihnen gelegentlich ein Fläschchen Brennivín zusteckte.

Von Saufgelagen in seinem Haus hielt Sólon allerdings ebenso wenig wie die meisten Philosophen. In den Westfjorden erzählt man sich, dass Kristófer Kólumbus, den Sólon für gewöhnlich Kitti Kolli nannte, an einem ewig dunklen Abend sturzbesoffen nach Slunkaríki kam. Wie es der Zufall wollte, hatten die Abstinenzler von Ísafjöður am selben Abend ihre Zusammenkunft im Guttemplerhaus. Sólon gingen die unphilosophischen Suffplaudereien seines Gastes auf die Nerven. Er hatte eine Schubkarre, die er bei der Heuernte benutzte. Ohne zu zögern packte er Kitti, setzte ihn in die Karre und schob ihn direkt ins Guttemplerhaus, lud ihn ab und sagte: »Hier gehörst du hin, mein Lieber.«

Das Ringen und die meisten anderen Leibesertüchtigungen gab Sólon im Laufe der Jahre auf. Einen Sport jedoch betrieb er auch noch in hohem Alter. Das war das sitzende Skilaufen, und man konnte ihn durchaus als den Urheber der Skibegeisterung in der Gegend von Ísafjöður bezeichnen. Das Skilaufen von Sólon war so, dass er in einer Kiste einen Berghang in der Nähe seines Hauses herunterrutschte, wenn der Schnee verharscht war. Dabei nahm er oft eines seiner Windspiele vom Dach und befestigte es an der Kiste, um zu beschwingten Klängen über den Schnee zu rodeln. Das war sein Grammophon.

Sólons Haushälterin war nun schon lange unter den Grassoden der Erde, und wachsende Altersgebrechlichkeit sowie die zunehmende Verrohung der Menschen sorgten dafür, dass Jón Strandfjeld und die anderen Freibeuter immer seltener nach Ísafjöður kamen. Da beschloss Sólon, dass Slunkaríki seine Schuldigkeit im Interesse der isländischen Kultur getan habe, verkaufte den Hof und erbaute nur für sich selbst eine kleine Hütte oberhalb des Städtchens.

Von seinem Ideenreichtum und seiner Sorge um das Wohl der Allgemeinheit trennte er sich hingegen nicht. Er baute die Hütte so, dass er einen relativ großen Holzrahmen zusammenzimmerte und dann dessen Innenseite mit Wellblech verkleidete. Dann zog er ein. Er hatte vor, diese Hütte so weit zu vervollkommnen wie Material und Umstände es erlaubten. Alles sollte genau andersherum sein als hierzulande im Hausbau üblich. Das Wellblech war innen, alles andere sollte in umgekehrter Reihenfolge folgen, so dass die Tapeten außen am Haus wären. Als Sólon gefragt wurde, warum er beschlossen hatte, die Hütte so zu bauen, antwortete er grinsend:

»Die Tapete ist zur Zierde, mein Lieber, da muss ich sie doch dort anbringen, wo sich die meisten an ihr erfreuen können.«

Doch es kam nicht dazu, dass Sólon seine Hütte vollendete. Vor Ende der Bauarbeiten konnte er nach ebenso zahlreichen wie langwierigen Überredungsversuchen überzeugt werden, ein Zimmer im Altersheim des Städtchens zu nehmen. Dort wurde Sólon gut aufgenommen, nach seinem langen und kunstvollen Lebenswerk, das so reich an angeborener, erfrischender Originalität und durchdrungen von selbstloser Hilfsbereitschaft im Dienste seiner Mitmenschen war.

Sólon starb im Krankenhaus von Ísafjöður am 18. Oktober 1931. In der Nacht, in der er starb, war einer seiner Freunde aus Ísafjöður, der Bäcker Helgi Guðmundsson, mit dem Schiff auf dem Weg von Akureyri nach Húsavík. Dort träumte er, dass er bereits wieder bei der Arbeit in seiner Norska Bakarí wäre, wo Sólon ein häufiger Gast war. Da schien es ihm, als wäre Sólon in die Bäckerei gekommen, elegant gekleidet und allerbester Laune. Helgi wunderte sich darüber, wie feingemacht und munter Sólon war, schließlich war es bekannt, dass er krank im Spital lag. Da sagte Sólon, dass es ihm nun viel besserginge und er aus dem Krankenhaus heraus sei. Als Helgi von seiner Reise zurückkam, erfuhr er von Sólons Tod – er war in derselben Nacht gestorben, in der Helgi diesen Traum hatte.

Als einer der bekanntesten Kaufleute von Ísafjöður erfuhr, dass Sólon von Slunkaríki gestorben sei, sagte er, dass Sólon der erstaunlichste und tiefsinnigste Dichter gewesen sei, den Island seit langer Zeit gesehen hatte – schließlich kannte man in der Gegend von Ísafjöður von keinem Isländer mehr Verse als von ihm. Vielen Leuten aus Ísafjöður lief ein Schauer über den Rücken, als sie das hörten. Aber was haben die Zeitungen und der Rundfunk getan, um dem Volk die Bedeutung dieses Jahrhundertereignisses zu vermitteln?

Jón Strandfjeld ward das Glück zuteil, seinen Gast-geber zu überleben, denn er ist jetzt noch auf der Erde, soweit ich weiß. Vor einigen Jahren wurde er gesehen, wie er die Bankastræti in Reykjavík entlangstapfte. Als er am Regierungssitz vorbeikam, hörte man ihn vor sich hinmurmeln:

»Endlich haben sie diesen verdammten dänischen Lappen runtergerissen.«

9

EIN UNBEKANNTER DUFT

Ich erreichte Siglufjörður, es war das erste Mal in meinem Leben, am Morgen des 6. Juli bei Nordwind und Kälte. Sveinn und Ingimar fuhren mit dem Schiff nach Akureyri weiter, und ich weiß noch genau, wie hilflos und einsam ich mich fühlte, als ich mein Gepäck mutterseelenallein die Gangway der *Vesta* herunterwuchtete, umringt von nackten Felswänden, die den letzten Flecken Hoffnung auf eine Rückkehr in mein sonniges Traumland verdunkelten.

Am tiefsten hatte sich allerdings etwas anderes in meine Erinnerung eingegraben. Es war der Geruch, der mir entgegenschlug, als ich bei meiner ersten Begegnung mit Siglufjörður, morgens um halb sieben, von Schlaflosigkeit und aufrichtigem Lebensüberdruss erschöpft, am Hafen entlangschlich. So einen Geruch habe ich noch nie zuvor verspürt. Wie er war? Der Frühlingsduft aus dem jahrealten Schlamm der Sickergruben in meiner Heimat Suðursveit war ein Kolonialwarenladenduft dagegen. Dieser anschmiegsame Gestank war die atmosphärische Essenz der ganzen Stadt. Er hatte sich auf jede Gasse und Straße gelegt, schlich durch alle Löcher und Luken, ergriff von Mark und Bein Besitz wie unsichtbare Teufel von einem betrunkenen Mann. Ehrlich gesagt empfand ich es als nicht gerade kleine Demütigung, dass ich lyrischer Dichter mir nun von diesem Fäulnisdorf meine Inspiration einhauchen lassen musste. Aber die Geschmackssicherheit lernt schnell, sich vor den Begleitumständen kleinzumachen.

In Siglufjörður gab es keine Arbeit. Der Hering war immer noch nicht gekommen, und es sah auch nicht danach aus, dass er bald käme. Manche, deren Hellsichtigkeit bis zu den unergründlichen Wegen der Fischschwärme reichte, begannen schon zu bezweifeln, dass in diesem Sommer überhaupt noch Hering angelandet würde. Aber ich nahm diese Ertraglosigkeit nicht so tragisch, fühlte nicht einmal den Anflug eines Gewissensbisses dafür, dass ich meine leidlich gut bezahlte Arbeit im Hrútafjörður hatten sausen lassen.

Am Hafen traf ich einige Bekannte aus Reykjavík mit ähnlichen Lebensidealen wie den meinen. Sie suchten nach Arbeit wie ich, stromerten ebenso obdachlos durch die Gegend, waren größtenteils pleite, und aßen mit mir im Posthaus, wofür uns pro Tag eine Krone angeschrieben wurde.

Wir hatten eindeutig gemeinsam Schiffbruch erlitten, und retteten uns doch, allen Grübeleien über die Schlechtigkeit der Welt zum Trotz, fast ohne Mühe auf eine Insel des gemeinsamen Philosophierens über das Leben an sich. Tag für Tag spazierten wir mit weißen Gummizugkrawatten durch die Straßen oder lagen am Berghang herum und begafften die glänzenden Wolkenstädte, die die Winde am Himmel aufbauten und ebenso schnell wieder zerstörten, um andere, noch schönere zu errichten. Die Nächte verbrachten wir auf dem Dachboden ei-

89

nes Lagerhauses irgendwo am Hafen, wo der Geruch des Tages am unvergesslichsten war, und stritten über Einar Benediktsson und Gott.

10

THÓRLEIFUR UND GUNNAR

Einige Tage nach meiner Ankunft in Siglufjörður machte ein Reykjavíker Trawler namens *Íslendingur* an der Landungsbrücke fest, der direkt aus der Hauptstadt zum Heringsfang gekommen war. Kurz danach schritten zwei komische Vögel den Hafenrand entlang, elegant gekleidete Herren um die zwanzig, unverbraucht und frisch wie erste Menschen vor dem Sündenfall. Der eine war stämmig mit breitem Gesicht, kurzer Nase und grauen Augen, eher klein und blickte in die Welt hinaus, als ob sie eine ziemlich ernsthafte Angelegenheit wäre. Jener war dürr und schmalgesichtig mit langer, krummer Nase und großen braunblauen Augen. Er hinkte, ging am Stock und sah die Welt an, als ob er dort auf verschiedenen Wegen zu verschiedenen Dingen kommen könnte. Sie standen eine Weile herum, glotzten unverwandt die Berghänge hinauf oder auf den Boden herab wie Kälber, die im Frühling zum ersten Mal aus dem Stall in diese exotische Welt gelassen wurden. Als sie es schließlich aufgegeben hatten, diese wunderliche Umgebung auch nur ansatzweise verstehen zu wollen, begannen sie, die Leute nach einem gewissen Thórbergur Thórðarson zu fragen, der das Gedicht *Nacht* auf der Titelseite der Zeitschrift *Ísafold* verfasst hatte, denn sie glaubten zu wissen, dass er auch in Siglufjörður war. Aber niemand, den sie fragten, konnte sich an einen Mann dieses Namens oder das Gedicht *Nacht* auf der Titelseite der *Ísafold* erinnern. Die literarische Welt reichte damals noch nicht so weit in den Norden.

»Aber habt Ihr denn keinen barhäuptigen Mann mit dichtem roten Haarschopf und spitzer Nase gesehen, der erhobenen Hauptes herumläuft und flink zu Fuß ist, ungefähr … so?«

In der Tat, diesen Gesellen hatten alle Leute aus Siglufjörður gesehen und konnten den beiden sogar zeigen, wo er untergekommen war.

Die beiden Herren, die so überraschend von dem Trawler in diese neue Welt gepurzelt waren, hießen Thórleifur Gunnarsson, heute Buchbindermeister und Eigentümer der Vereinten Buchbinderei in Reykjavík, und Gunnar E. Benediktsson, damals in der Oberprima an der höheren Schule, heute Rechtsanwalt in der Hauptstadt und Vorsitzender des städtischen Arbeitsamtes, den wir zeit seines Lebens Gunnar Espólin nannten, weil er nach dem Landrat Espólin hieß.

Thórleifur und Gunnar waren in diesen Jahren unzertrennliche Freunde, obwohl man nicht sagen konnte, dass sich einer von den besseren Eigenschaften des anderen blenden ließ. Wer die beiden zusammen erlebte, bekam den Eindruck, dass sie immer irgendetwas ausbrüteten, an einer geheimnisvollen Verschwörung bastelten, die irgendwelches Zeug betraf, von dem niemand etwas wissen durfte.

Trotz ihrer tiefen Freundschaft isolierten sich die Blutsbrüder keineswegs, denn auch zwischen ihnen und mir bestanden einige geistige Verbindungen. Sie hatten

sich als Spielkameraden im Reykjavíker Stadtteil Thing-
holt kennengelernt, diese Bekanntschaft später im Ver-
ein Junger Männer vertieft und von dort ihren Weg in die
»gute Stube« gefunden, so hieß damals im Poetenjargon
das Zimmer am Skólavörðustígur 10, in dem ich das Fun-
dament meiner Ansichten über die Dichtkunst und die
vergänglichen Dinge gelegt hatte. Zwischen 1909 und
1912 waren Thórleifur und Gunnar regelmäßige Gäste in
der »guten Stube«.

Thórleifur hatte in der Vereinten Buchbinderei gelernt. Im Herbst 1911 wurde er als Buchbinder in Akureyri angestellt und blieb dort bis zum Frühjahr 1912. Als
er nach Reykjavík zurückkam, erzählte er begeistert vom
profitablen Leben der Heringsleute im Norden. In leuch-
tenden Farben malte er seinem Freund Gunnar die Abenteuer der Heringsfischerei aus wie ein amerikanischer Ex-
portagent, so dass dieser große Lust bekam, sein Glück
im Hering zu versuchen, zumal auch Thórleifur vorhatte,
dort im Sommer Geld zu verdienen. Zuvor waren die
beiden allerdings kaum in die Nähe körperlicher Arbeit
gekommen. Den Hering kannten sie nur aus mündlicher
Überlieferung. Auch ein Heringsfass hatten sie wahrscheinlich noch nie gesehen, ganz zu schweigen von Axt
oder Säge, Bandhaken und Hammer, die hier im Norden
ihre Werkzeuge werden sollten. Sie waren echte Stadt-
kinder. Ihre praktischen Fähigkeiten waren auf ein enges
Zimmer mit Aussicht auf einen unbelebten gepflasterten
Hinterhof an der Lækjargata beschränkt und auf blutlee-
res Buchstabeneintrichtern in der sogenannten höheren
Schule. Alle ihre Theorien über die sittsame Erbaulich-
keit körperlicher Arbeit beruhten auf unseren philosophischen Winterabenden in der »guten Stube«.

Auf der Überfahrt mit der *Íslendingur* gedachten sie von der Mildtätigkeit eines Schulkameraden von Gunnar zu profitieren, der auf dem Schiff Matrose war. Er hieß Eiríkur Helgason und stammte aus Eiði auf Seltjarnarnes, ein vernünftiger, gutgelaunter Zeitgenosse, erfolgreich im Haareziehen und anderen rustikalen Sportarten. Der sollte nun diese zwei Schäfchen nach Hornafjörður zu ihrem Herren bringen. Auf der Reise nach Norden schliefen sie in derselben Koje.

Als das Schiff in den Hafen von Siglufjörður einlief, forderte man von den beiden Kameraden ein geringes Entgelt für die Passage. Thórleifur zahlte unverzüglich. Gunnar hingegen sah sich gezwungen, von Bord zu gehen, bevor sich ihm eine geeignete Möglichkeit bot, seinen Obolus zu entrichten, wonach er versuchte, sich eher selten in der Nähe der *Íslendingur* aufzuhalten, solange sie im Hafen lag.

Etwas später im Sommer, als die *Íslendingur* in Akureyri vor Anker lag, wurde Eiríkur Helgason dazu verdonnert, Gunnar an der Torfunefs-Brücke an das Fahrgeld zu erinnern. Wie zu erwarten war, fand Gunnar es nicht fair, dass man von ihm ein Fahrgeld forderte, wo dieser Seelenverkäufer doch ohnehin auf dem Weg in den Norden gewesen war. Man berief eine Versammlung im Gasthof Oddeyri ein, auf der Eiríkur gebeten wurde, Rücksicht auf Gunnars elendige Situation zu nehmen, woraufhin dieser ihn feierlich von der Pflicht entband, für die Überfahrt zu zahlen. Denn die Situation vieler Männer war damals nicht weniger elendiglich als heute.

Thórleifur und Gunnar kamen im Fischlagerhaus des Kaufmanns Snorri Jónsson unter, der damals ein großer

Magnat in Siglufjörður war. Gunnar beschrieb Unterkunft und Wohnweise der beiden so:

»Auf dem Dachboden, wo wir wohnten, lagerte stapelweise der noch nasse Stockfisch. Der Boden war übersät von Salz, so dass das ganze Haus von Fischgeruch und einer klammen Salzbitterkeit durchzogen war. Der Dachboden war ein einziger, großer, feuchter Raum, in dessen Ecken der Staub schimmelte und Spinnen aller Größen beherbergte: Man betrat den Dachboden über eine Leiter, eine Bodenluke gab es nicht.«

Hier hatten die Freunde Wohnung genommen, während sie in Siglufjörður weilten. Sie ernährten sich von Leberwurstbroten und machten sich ein Lager aus Strohmatten, die sie, zusammen mit anderen Haushaltsgegenständen, aus dem Meer fischten. Und wenn sie angekleidet morgens die Leiter herunterstiegen, waren ihre staubigen Kleider mit Strohhalmen aus den Matten gespickt. Gunnar fand das durchaus nicht unschädlich für sein Ansehen als Oberschüler und Bildungsbürger.

Thórleifur und Gunnar schlossen sich uns anderen Reykjavíkern an, die wir in den letzten Tagen am Hafen zusammengefunden hatten – vollwertige Mitglieder unserer Gemeinschaft wurden sie jedoch nie. Sie gehörten einer anderen Sphäre an. Und ihre Tuscheleien passten nicht zur Aufrichtigkeit unserer leicht durchschaubaren Herzen.

11

LYRISCHE TAGE

An einem Tag, an dem nichts so war wie an den anderen Tagen, flog uns Reykjavíkern wie ein Pfingstsausen die Nachricht zu, dass der Dichter Sveinn Jónsson und ein gewisser Stefán von Hvítadal in Siglufjörður angekommen seien. Sveinn war damals bereits für seine lyrischen Geniestreiche bekannt und galt als einer der vielversprechendsten Dichter auf der höheren Schule. Er war auf der *Vestri* nach Hjalteyri gereist und dort bei seinem alten Kameraden, dem Kaufmann Haraldur Möller, zu Gast gewesen. Stefán von Hvítadal hingegen war uns allen vollkommen unbekannt. Aber wir fanden, dass der Name Hvítadal, weißes Tal, einen solch kuriosen Glanz hatte, dass es sich bei ihm um eine interessante Persönlichkeit handeln musste. Manche vermuteten, er sei ein Pferdehändler. Andere behaupteten, er sei ein skrupelloser Geldeintreiber aus Reykjavík, der während der Heringssaison für diverse Unternehmer Pfändungen am Eyjafjörður und in Siglufjörður vornehmen sollte. Zum Beispiel für das Posthaus. Die meisten hielten seinen Namen jedoch für einen symbolischen Hinweis darauf, dass er der Emissär einer neuen Glaubensrichtung sei, ein Bekehrter, der etwas in irgendetwas weißgewaschen hatte.

Am nächsten Tag lag ich auf dem Dachboden des Lagerhauses und las *Victoria* von Knut Hamsun. Da kam jemand heraufgeklettert und richtete mir aus, dass der Dichter Stefán von Hvítadal draußen sei und mich sprechen wollte.

Er ist also auch einer von denen, dachte ich. Er hatte *Nacht* gelesen. Ich legte das Buch weg und stieg hinab. Vor der Tür standen einige meiner Kameraden und bei ihnen ein unbekannter Mann von hohem Wuchs, etwas älter als ich, leicht gebeugt, mit einer krummen Nase und grauen, sonderbar starren Augen, einer hervorstehenden Unterlippe, ziemlich hoher Stirn, zurückgekämmtem, dichtem hellem Haar und gewölbten Fingernägeln mit schwarzen Rändern. Er hinkte und stützte sich auf einen grauen Gehstock. Man machte uns bekannt.

»Das ist Stefán von Hvítadal. Und das ist Thórbergur Thórðarson, der das Gedicht *Nacht* in *Ísafold* geschrieben hat.«

Stefán sah mich an wie jemanden, der ein erfolgreiches Gedicht geschrieben hatte. Wir wurden per Du.

»Kommst du von weit her?«, frage ich den Dichter.

»Ach, bloß aus Hjalteyri.«

»Willst du den Sommer über hierbleiben?«

»Davon gehe ich aus.«

»Bist du etwa zum Dichten hier?«

»Das wäre wohl übertrieben.«

»Oder um im Hering zu arbeiten?«

»Oh, das nun auch nicht gerade. Ich will hier eigentlich ein paar Aufnahmen machen. Ich warte auf Fotoplatten aus der Hauptstadt.«

Du hast es gut, dachte ich. »Willst du nicht raufkommen? Ich lese gerade *Victoria*.«

Dann stieg die ganze Bagage auf den Dachboden des

Speichers, und als alle sich auf den Boden gesetzt hatten, begann Stefán die unterhaltsame Geschichte eines Fotografen zu erzählen. Der hatte zahlreiche Dörfer und Höfe abgeklappert und viele Leute fotografiert, die allesamt die Hälfte des Fotografenhonorars als Anzahlung leisteten. Die Leute waren so begierig, Bilder von sich zu haben, dass manche gleich drei Platten wollten und zur Hälfte im Voraus bezahlten. Dann fuhr der Fotograf wieder fort, um die Bilder zu entwickeln. Die Bauersleute freuten sich schon auf die Aufnahmen und fragten einander: Wie werde ich wohl aussehen? Nun kam es aber so, dass sich die Entwicklungsarbeiten als schwierig erwiesen, da der Fotograf versäumt hatte, Fotoplatten in den Apparat einzulegen, bevor er auslöste. Er machte auf diese Weise einen ziemlichen Reibach. Diesen Fotografen beneideten wir sehr.

Man musste nicht pleite sein, wenn man Menschenkenntnis besaß.

Gegen Abend ruderten wir zum Vergnügen hinaus, um zu sehen, was auf der anderen Seite des Fjords war. Aber da war nichts, auf der anderen Seite.

So ging Freitag, der 12. Juli, zu Ende. An diesem Tage wurden Stefán und ich miteinander bekannt, und haben uns seitdem nie mehr völlig aus den Augen verloren.

Durch Sveinn und Stefán bekam unsere Dachbodengesellschaft eine noch poetischere Prägung. Wir flanierten von morgens bis abends in lyrischer Verzücktheit durch die Straßen, debattierten in weibischer Empfindsamkeit über Dichtung und Genies und deklamierten Verse mit tränenerstickter Stimme. Sveinn rezitierte in kehliger Feierlichkeit schneidende Elegien über das gescheiterte Leben, verlorene Liebe und die glanzbeschienenen Dächer bestimmter Paläste hinter den Wolken im Abendrot. Ich dankte es ihm mit einem hochtrabenden Spottgedicht, das ich über eine alte Schachtel verfasst hatte, die erst »zu den Füßen des Bösen nächtigte«, um sich dann dem Herrgott zuzuwenden, wodurch sie ein noch übleres Frauenzimmer wurde, was ja fast immer der Fall war, wenn Leute sich in diese Richtung wandten. Stefán ließ sich mit drei Gedichten vernehmen, die später in den *Gesängen des Fahrenden* erscheinen sollten: *Frühlingssonne, Skuggabjörg* und *Ich will fort.* Die Letzteren lernte ich auswendig und kann sie bis heute.

Ab und zu fielen wir aus diesen elysischen Höhen in die stinkende Wirklichkeit. Und da war immer dieselbe Flaute, dieselbe geronnene Hoffnungslosigkeit in den Seelen der Menschen. Die norwegischen Fischer, von denen in jener Zeit das Wohlergehen von ganz Siglufjörður abhing, ließen auf sich warten. Der Hering erbarmte sich der Arbeitslosen nicht. Wir machten uns kaum noch Hoffnungen, dass von ihm im Laufe des Sommers überhaupt noch etwas zu erwarten wäre, und auch unsere Geschäftsbeziehungen mit dem Posthaus waren alles andere als lyrisch.

Dann jedoch verbreitete sich das Gerücht von einem großen Heringsfang im Eyjafjörður und entfachte in uns die Sehnsucht, nach Akureyri zu gehen. Aber wie? Die meisten von uns hatten nicht einmal eine lumpige Öre für ein paar Tabakblätter, geschweige denn genug für die Überfahrt nach Akureyri – eine Flaute, aus der unsere poetischen Gehirne schwerlich einen Ausweg fanden.

Eines Tages hörten wir, dass das Motorboot *Sigmundur Brestisson* am folgenden Morgen nach Akureyri auslaufen würde. Uns war klar, dass wir mitfahren mussten – koste es, was es wolle. Wir berieten uns und betrachteten die Sache aus allen möglichen Blickwinkeln. Und als allen schien, dass es keinen Ausweg gäbe, überkam uns die Lösung so blitzartig wie eine unverhoffte Offenbarung.

Unserem Gespür für poetische Sprache war es nicht entgangen, dass Stefán eine besondere rhetorische Begabung hatte. Ferner war uns durch seine Fotografen-Geschichte der Verdacht gekommen, dass er nicht dazu neigte, sich von zimperlichen Moralvorstellungen behindern zu lassen. Darüber hinaus waren wir mehrfach Augen- und Ohrenzeugen dessen geworden, dass er nicht der typisch isländischen Schwäche anheimgefallen war, sich in Gegenwart vornehmer Menschen zu schämen. »Er war sich selbst Aristokrat genug, um kein Snob zu sein. Er war immer ganz er selbst, auch in den größten Kontorhäusern«, sagte ein aufrichtiger Verehrer, der Stefán in viele große Kontorhäuser gefolgt war.

Das Ergebnis unserer Beratungen war also, Stefán zu fragen, ob er Kapitän Ingvar Guðjónsson bitten würde, uns alle gratis auf der *Sigmundur* in den Eyjafjörður zu befördern, zwei nach Hjalteyri, die anderen nach Akureyri. Wir hielten das für eine unerhörte Dreistigkeit. Wir schämten uns zu Tode. Aber was blieb uns anderes übrig? Wir wussten ja, dass so eine Gefälligkeit für Stefán ein Kinderspiel war, und er ging auch prompt zu dem Kapitän und organisierte uns die Überfahrt. Was für ein Tausendsassa!

Die Sonne des letzten lyrischen Tages war hinter den Bergen im Westen verschwunden.

12

VOR DES TODES TÜREN

Am Mittwoch, dem 15. Juli, stach die *Sigmundur* um halb zwölf in Siglufjörður in See, so dass uns keine Zeit blieb, im Posthaus Adieu zu sagen. Der Himmel war mit bedrohlichen Wolken verhangen, der Wind brachte Regen aus dem Westen heran, der im Laufe des Nachmittags langsam versiegte. Danach trocken. Die Dünung vor der Küste war sanft, doch der Horizont war von pechschwarzer Finsternis verhüllt, so dass es unheimlich war, aufs Meer hinauszusehen.

Nun schlug das Leben andere Saiten an als auf den Straßen von Siglufjörður. Meine Kameraden wurden sehr seekrank, und ihr Betragen war nichts als erbärmlich. Benommen kauerten sie in einem schmutzigen, verräucherten Laderaum in ihren Kojen und waren nicht mehr besonders dichterisch. Sobald die schlimmste Drangsal von ihnen abließ, mümmelten sie einige vertrocknete Pumpernickelkrümel, die Seeleute vor langer Zeit in die Kojen gebröselt hatten. Ich saß backbords auf einer Bank an Deck, brachte mich mit alten Shantys in eine lyrische Schelmenstimmung und dachte darüber nach, was wohl mit der menschlichen Seele geschah, wenn ihr Besitzer seekrank wurde.

Kwiss-s-s-s! Mitten auf See, eine Stunde von der Halbinsel zwischen Siglufjörður und Héðinsfjörður entfernt, schoss auf unserem kleinen Boot plötzlich ein gischtender Feuerblitz in der Nähe des Schornsteins in die Höhe, und der Motor stoppte. Das war nun wirklich nicht sehr komisch, vielleicht gar ein wenig ernst. Doch man hörte kein Schreien und Jammern an Bord, denn ehe wir Kameraden uns eine Vorstellung von der Tragweite dieses Ereignisses gemacht hatten, waren sie bereits mit Seewasser der Flammen Herr geworden. Es brauchte eine Zeit, bis der Motor wieder in Gang kam, und er stotterte für den Rest der Reise. Die Ankunft im Eyjafjörður verzögerte sich dementsprechend, und unser Elend, der Hunger, die Kälte wurden von Minute zu Minute unerträglicher.

Sveinn und Stefán gingen in Hjalteyri von Bord. Unter einigen Schwierigkeiten machten wir an der Landungsbrücke fest, die hoch aus der rauen See aufragte. Als Stefán sich streckte, um die Brücke zu erreichen, kam er derart ins Taumeln, dass er fast in die Tiefe gefallen wäre. Doch Sveinn, der bereits auf der Brücke stand, reagierte sofort, packte Stefán an den Schultern und sagte:

»Was soll das denn werden, du Schwachkopf? Willst du dich umbringen?«

So konnte unsere Konversation manchmal einen leicht unpoetischen Tonfall bekommen. Aber es erscheint mir nicht übertrieben, dass Sveinn mit diesem beherzten Griff die stilsicherste isländische Lyrik der damaligen Zeit vor dem Ertrinken gerettet hat.

Der Rest von uns verließ die *Sigmundur Brestisson* um acht Uhr abends in Akureyri. Wir aus der »guten Stube«, Thórleifur, Gunnar und ich, marschierten mit unseren Siebensachen direkt in das erste Haus am Platze. Es hieß Hotel Akureyri und lag an einem adretten Hügel mitten in dem Städtchen. Solch eine Unterkunft hatten wir nie zuvor gesehen: große und helle Räume, roter Plüsch, weiß livrierte Dienstmädchen vor dem Hintergrund grüner Hügel. Wir bezogen zwei benachbarte Zimmer. Thórleifur und Gunnar sollten in einem Zimmer im Doppelbett schlafen, ich in einem Einzelbett im anderen.

Wir legten uns hin. Und merkten bald, dass wir viel zu fasziniert voneinander waren, um die Bande unserer Geistesbruderschaft auf diese Weise zu durchtrennen. Also öffneten wir die Verbindungstür zwischen den Zimmern und schoben unsere Betten mit den Kopfenden zusammen.

Ich eröffnete das Programm mit der Lebensgeschichte von Jón Strandfjeld. Und als sich mein Herz vor lauter Mitgefühl ob des Strandfjeldschen Liebesleids in die übliche Ekstase hineingesteigert hatte, stößt Thórleifur in gereiztem Ton hervor:

»Das sieht dir ähnlich!«

»Was? Inwiefern sieht mir das ähnlich?«

»Diese ewige Pechvogelattitüde und Disziplinlosigkeit derjenigen, die keiner rechtschaffenen Arbeit nachgehen können.«

»Das verstehe ich nicht.«

»Was soll's. Morgen früh wird er das schon verstehen, wenn er dem Hoteldirektor das Zimmer bezahlen muss«, unterbricht Gunnar ihn.

»Ja, womit willst du eigentlich bezahlen?«

»Das geht euch nichts an.«

»Das würde mich aber wundern, wenn uns das nichts anginge. Wir sind es doch, die am Ende blechen müssen, wenn du nicht für deine Übernachtung aufkommen kannst.«

»Ich stehe für meine Schulden ein.«

»Wie willst du denn für deine beschissenen Schulden einstehen, du abgehalfterter Hundsfott? Womit willst du bezahlen?«

»Mit Geld, natürlich.«

»Und was für Geld soll das sein?«

»Ich gedenke nicht, euch darüber Rechenschaft abzulegen. Was wisst ihr schon, wie ein Dichter denkt? Was versteht ihr denn von Lyrik? Ihr könnt ja nicht mal einen Anvers von einem Abvers unterscheiden.«

»Du bist wirklich ein Tunichtgut vor dem Herrn. Schmeißt deine gutbezahlte Arbeit im Straßenbau einfach hin, und nun, wo du nicht mehr weiterweißt, soll das Lyrik sein. Willst du das Hotel etwa mit Anversen und Abversen bezahlen?«

»Ja, schau dir diesen Jammerlappen an. Speist fürstlich im Posthaus für eine Krone am Tag und ist dann nicht Manns genug, sich auch nur einmal im ganzen Sommer eine Arbeit zu suchen. Wir werden ja sehen, wie der zurück nach Süden kommt. Vielleicht will er sich ja auf Versfüßen zurück nach Reykjavík reimen? Oder auf seiner komischen Geliebten hinsegeln?«

»Der hat doch eh nicht den Mumm, sich an sie ranzumachen. So einen Taugenichts wie dich gibt es kein zweites Mal. Und dann schreibst du über dein Unglücksrabendasein und dein ›glückverlassenes Leben‹ auch noch Gedichte, Waschlappen!«

»Wenn er morgen bei Sonnenuntergang seine Übernachtung nicht bezahlt hat, lassen wir ihn ins Gefängnis werfen.«

So gab ein Wort das andere, bis es unter uns Geistesbrüdern fast zu Handgreiflichkeiten gekommen wäre. Ich bereute es sehr, dieses unheilvolle Gesprächsthema aufgebracht zu haben. Am nächsten Morgen stand ich früh auf, kleidete mich geschwind an, griff meinen Gehstock und stieß ihn zürnend vor den Feinden in die Luft:

»Mit euch spreche ich nicht mehr, nie mehr, im ganzen Leben nicht. Ihr seid die unlyrischsten Rindviecher, die mir je untergekommen sind. Ihr begreift die Dichterseele nicht. Was wisst Ihr denn schon von den Qualen, die ein Genie erleidet? Und von Lyrik versteht ihr auch nicht mehr als Hunde oder Katzen.« Dann verließ ich eilig das Hotel und ging durch die Stadt, um mir eine Arbeit zu suchen.

Ich hatte noch nicht lange gesucht, da spürte ich am ganzen Körper, wie es um mich bestellt war. Obwohl ich seufzend von Arbeitgeber zu Arbeitgeber und von Landungsbrücke zu Landungsbrücke lief, fand ich keine Stellung. Ich hatte keine einzige Öre mehr für Essen, keine Krone für ein Dach über dem Kopf. Und sich auch nur lumpige 25 Öre zu leihen, erforderte damals eine gehörige Portion Mannbarkeit – von Kreditwürdigkeit ganz zu schweigen. Ich war hier völlig fremd, kannte kein lebendes Wesen am Ort, bis auf die beiden Kretins, die mich so beschimpft hatten. Den Rest des Tages litt ich Hunger und schämte mich dafür, zu existieren. Das war die Wirklichkeit. Das war die ungereimte Prosa des realen Lebens. Nach endloser, erfolgloser Klinkenputzerei stapfte ich aus der Stadt hinaus bis auf die Wiesen, versteckte mein Elend in einer Kuhle, nahm mein scharfes Taschenmesser aus der Tasche und legte es aufgeklappt an meine Seite – für den Fall, dass es mir nicht gelingen möge, diese traurige Welt des täglichen Brots damit zu vergessen, dass ich mich in *Victoria* versenkte.

Gegen Abend steckte ich das Messer wieder ein und wankte ausgezehrt zurück. Dann erfuhr ich, dass Sveinn und Stefán in die Stadt gekommen waren und beschlossen hatten, eine kleine Abendgesellschaft im Gasthof Oddeyri zu geben. Nichts wie hin. Das Fest begann. Nach einigen Gläschen waren alle Sorgen fortgewischt. Der Hunger schien nur noch ein Phantom meines wankelmütigen Wesens zu sein. Wieder einmal lächelte die Welt mir zu wie an meinen sattesten Tagen – verheißungsvoll glänzend versprach sie mir ausreichend Arbeit und üppigen Lohn. Was für eine Welt!

Um neun Uhr löste die Zusammenkunft sich auf, und wir sanken langsam zurück in das Reich der fünf vernünftigen Sinne. Da eröffnete ich Stefán, wie erbärmlich es um mich bestellt sei. Seit gestern Abend acht Uhr hatte ich keinen Bissen mehr zu mir genommen und für heute Nacht kein Dach über dem Kopf. Stefán meinte, es sei ihm ein Leichtes, da Abhilfe zu schaffen. Ich solle einfach mit ihm hinaus auf den Hof Hjalteyri reiten, dort gebe es genug zu essen und ich könne die Nacht bei ihm bleiben, denn er bewohne eine Kammer mit allem modernen Komfort. Ich könne das Pferd nehmen, mit dem Sveinn gekommen war, denn der wolle in der Stadt bleiben.

Ich sah keine andere Lösung, als sein Angebot dankend anzunehmen, obwohl der Philosoph in mir den Verdacht nicht loswurde, dass es einen etwas unschönen Fleck auf der weißen Weste des Weltgeistes hinterlassen würde, wenn man für eine Mahlzeit und eine siebenstündige Nachtruhe eine Reise von 50 Kilometern auf sich nahm, wo es doch hier im Hotel Akureyri Betten mit schneeweißen Sonntagslaken gab – von all den Delikatessen ganz zu schweigen. Aber so waren nun mal die Gepflogenheiten der damaligen Zeit.

Kurz nach neun zogen wir vom Gasthof Oddeyri los. Trunken von den Feld- und Wiesendüften der windstillen Julinacht, ritten wir unter heiterem Himmel zum Eyjafjörður hinaus, zitierten Oden und Verse und erinnerten uns der vergangenen Abenteuer goldener Tage. Wieder einmal waren wir der Welt des täglichen Brots entkommen und zu Erben im Reich des Intellekts geworden. Aber diese Befreiung führte, wie alle anderen Befreiungen auch, in neue Ketten. Als wir in Hjalteyri ankamen, hatten die Leute sich nämlich bereits schlafen gelegt, und ich durfte bis zum Mittag des nächsten Tages auf meine Mahlzeit warten. Da hatte ich vierzig Stunden nichts mehr gegessen. Und solch ein Vorkommnis geht nicht stillschweigend an den Verdauungsorganen vorüber.

Als ich Stefán um vier Uhr gesättigt und gestärkt Adieu sagte, nutzte er die Gelegenheit, um mich in seiner aristokratischen Armut mit ausreichend Tabakkrümeln und Streichhölzern für die nächsten Tage auszustatten. Dann machte ich mich allein und zu Fuß auf den Weg zurück nach Akureyri – ein fünfstündiger Marsch. Die Stimmen der Natur flossen nun wieder durch meinen satten Körper wie ein sprudelnder Bach, und ich sang ein erbauliches Lied über Löwenzahnhügel, blauheitere Himmel und schneeweiße Schiffe, die mit fliegenden Fahnen über Ozeane eilten. Die Nacht verbrachte ich auf dem Fußboden der Guanofabrik draußen in Krossanesbót.

Am Tag danach streifte ich auf Arbeitssuche durch Akureyri, käute meine Erinnerungen an die Mahlzeit auf

Hjalteyri wieder und übernachtete abermals in der Guanofabrik. Am nächsten Tag stellte Ottó Tulinius mich auf seiner Landungsbrücke in der Heringsverarbeitung ein.

13

VERÄNDERUNGEN

Gut 25 Kilometer von Akureyri ragte an der Westküste des Eyjafjörður eine schmale Landzunge in
das Meer hinein. Krossanes mit Namen. Ganz früher
musste da einmal ein heiliger Ort gewesen sein, an dem
Glockengeläut die armen Herzen in den Weihrauchnebel
des Glaubens lockte. Nun aber hatte das rational den-
kende zwanzigste Jahrhundert dort anstelle von Kreu-
zen und anderen verdunkelnden Symbolen eine Fisch-
fabrik mit wunderbaren Maschinen errichtet, in der sich
lebensfrohe Männer am Brot der Erde satt aßen, anstatt
hungernd einen hohlen Gott anzuschmachten. Der Besitzer der ganzen Unternehmung hieß Holdö und war
norwegischer Abstammung. Im Sommer 1912 landeten
dort viele Schiffe ihren Heringsfang an, und Holdö hatte
eine Menge Leute eingestellt, sowohl Norweger als auch
Isländer.

Am Tag nach unserer Ankunft in Akureyri fanden
Thórleifur und Gunnar dort eine Anstellung. Thórlei-
fur galt als ungelernter Arbeiter und sollte die Böden der
Heringsfässer anstreichen.

Gunnar hingegen war an einem Fuß etwas gebrech-
lich, so dass er sich einem kleinen Gespräch unterziehen
musste, bevor Holdö sich traute, ihm eine Arbeit in Aus-

sicht zu stellen. Holdös norwegischer Vorarbeiter stellte ihm einige überraschende Fragen:

»Bist du in der Lage, die Heringskessel zu reinigen? Kannst du Hering schaufeln? Eine Schubkarre schieben?«

Gunnar verneinte zwar nichts, wagte aber zu bezweifeln, dass er der richtige Mann für solche Schufterei wäre. Da kam dem Vorarbeiter endlich die folgende Frage in den Sinn:

»Und was ist mit Zimmermannsarbeiten?«

»Aber ja, ich habe Zimmermann gelernt«, antwortete Gunnar. »Da habe ich viel Erfahrung, nur als Meister würde ich derzeit eher ungern arbeiten.«

Ehe Gunnar sich versah, war er als Zimmermannsgeselle beim Bau des Guanospeichers angestellt, den Holdö gerade in Krossanes errichten ließ. Das Dach war bereits geschlossen, als Gunnar anfing. Seine Kollegen waren hauptsächlich norwegische Handwerker, doch auch Sveinn Jónsson schaffte es, sich als gelernter Tischler aus Reykjavík anstellen zu lassen.

Die Norweger arbeiteten mit gewaltigen Zimmermannsäxten und schwangen diese wundersamen Werkzeuge mit so großer Kunst und Fertigkeit, dass es Gunnar schien, als täten sie alles gleichzeitig damit: hämmern, sägen, hobeln und nageln. Ihm und Sveinn gingen die Augen über, als sie den Norwegern zusahen.

Im Gegensatz zu Gunnar neigte Sveinn von Natur aus dazu, sich andere Männer zum Vorbild zu nehmen. Sobald er dem Treiben der Norweger eine Weile zugesehen hatte, begann er dasselbe Spiel und schwang seine Axt mit kreisender Großartigkeit durch die Lüfte, auf dass sie sähen, dass diese Technik ihm seit geraumer Zeit von den Reykjavíker Handwerksmeistern bekannt war. Gunnar betrachtete das Schauspiel seines Landsmanns mit schauriger Verwunderung. Und es verging nicht viel Zeit, bis sich Sveinn bei dieser Fuchtelei eine derartige Fleischwunde in die Hand schlug, dass er mit dem Boot zum Arzt nach Akureyri gebracht werden musste. Danach konnte er die Hand lange Zeit kaum bewegen, bekam aber weiterhin den vollen Lohn, weil er seine Rolle in Krossanes so kunstvoll ausgefüllt hatte, dass es keinem dämmerte, dass sein Gesellenbrief nicht ganz in Ordnung war.

Gunnar ging seine eigenen Wege, denn er fand es unter seiner Würde, sich von anderen beeinflussen zu lassen. Außerdem fing er nichts an, bei dem nicht vorher klar war, dass er heil aus der Sache herauskäme. Als er auf der Baustelle begann, sagte er den Norwegern sofort:

»Wir Isländer gebrauchen die Axt nur, um zu hacken und zu nageln. Wir schwingen sie nicht so herum wie ihr. Wir benutzen sie ausschließlich so, wie ihr es jetzt bei mir seht, und ich gedenke, meine Axt auf dieser Baustelle so zu gebrauchen wie es seit Menschengedenken in diesem Lande üblich ist.«

Jedes Mal, wenn Gunnar befürchtete, die Norweger kämen dahinter, dass es mit seiner Handwerkskunst nicht so weit her war, gelang es ihm, einen der norwegischen Meister auf derart geschickte Weise zu fragen, wie man diese oder jene Aufgabe am besten lösen wolle, dass es stets wie eine kollegiale Belehrung klang und nicht wie Mangel an eigener Fertigkeit.

Kurz: Gunnar erwarb sich mit seinem fachmännischen Gehabe in Krossaness einen derartigen Ruf, dass die Bauern aus der Gegend ihn für einen genialen Handwerker und Universalexperten hielten. Manche kamen mit Fragen zum Hausbau und anderen technischen Schwierigkeiten zu ihm, mit denen sie sich bereits lange herumschlugen. Einer bat Gunnar, für ihn im Ausland Bauholz zu kaufen, weil er annahm, dass seine guten Beziehungen weit über den Bezirk hinausreichten. Ein anderer, ein angesehener Bauer aus Glerárthorp, erzählte ihm unter dem Siegel der Verschwiegenheit, dass er demnächst einen neuen Hof zu bauen beabsichtigte, traf Gunnar mit großer Heimlichtuerei und bat ihn, einen Grundriss des Hofes zu zeichnen.

Gunnar antwortete auf alle Fragen, dass er gern helfen würde, aber leider aufgrund anderer Verpflichtungen keine Zeit habe. Und den einfältigen Menschen erschien es durchaus glaubwürdig, dass so ein Mann Besseres zu tun hatte als einem rechtschaffenen Bauerntölpel im nordisländischen Glerárthorp einen Hof zu entwerfen.

Nach fünf Tagen waren die Bauarbeiten auf Krossanes abgeschlossen, Gunnars Handwerkskunst nicht mehr benötigt, und da der Vorarbeiter sich nicht dazu durchringen konnte, Gunnar in der Schwerstarbeit einzustellen, lag der Rest des Sommers nun ziemlich ungewiss vor ihm.

Da wurden an einem stillen Nachmittag in Krossanes zwei wohlgekleidete junge Herren gesichtet, die zwischen den Heringsbaracken umhergingen. Sie flanierten auf und ab, sahen sich auf der Landzunge um und warfen Dingen und Menschen blasierte Blicke zu. Es handelte sich um Kjartan und Ólafur Thors. Zusammen mit einigen anderen Bedürftigen beobachtete Gunnar das Wohlstandsgehabe dieser beiden nach neuester Reykjavíker Mode gekleideten Großunternehmer genau. Er sprach die Brüder an, beschrieb ihnen seine Nöte und bat um eine Stellung in Akureyri, wo die Trawler ihres Vaters Thor Jensen an der Torfunefsbrücke Hering anlandeten.

Die Brüder erbarmten sich des jungen Gelehrten und versprachen ihm Arbeit. Am nächsten Sonntag, bei dem es sich um den 21. Juli handelte, zog Gunnar nach Akureyri und mietete sich ein nach Süden gelegenes Zimmer über der Íslandsbanki, einem roten Holzhaus mit weißen Fenstern, groß und stattlich nach der Art der damaligen Zeit.

Den Rest des Sommers hatte Gunnar ein ziemlich ruhiges Leben. Den ganzen Tag saß er auf einem thronartig die Torfunefsbrücke überragenden Sitz, vor dem ein riesiger Bottich mit Salzlake stand, die zum Heringseinlegen benötigt wurde. Dort hielt Gunnar einen Holzspachtel hinein, den er gemächlich durch die Lake zog, damit sie in Bewegung blieb. Lakerühren nannte man das.

Wenden wir uns nun Thórleifur zu. Eine Woche nachdem Gunnar aus Krossanes abgereist war, hatte Thórleifur alle Heringsfässer angestrichen. Und zwei Dinge zur Auswahl: Krossanes verlassen oder die riesigen Heringskessel zu säubern.

Kesselschrubben war die ekelhafteste Abscheulichkeit, zur der ein zivilisierter Mensch sich herablassen konnte. Um in diese Grottengelasse hineinzukommen, musste man sich durch eine enge Luke zwängen, und wenn man einmal darin war, verschlug einem der stechende ranzigfeuchte Fischgestank die Sinne. Viele klagten über ein Brennen in Lunge, Nase und Augen, ihre Gesichter glichen schwarzbefleckten Teufeln aus einem mittelalterlichen Totentanz. Hinzu kam, dass diese Tranpestilenz sich derart in jeder Pore der Kesselschrubber festsetzte, dass sie sich waschen, parfümieren und balsamieren konnten, so oft sie wollten – wenn sie am Sonntag einen der Gasthöfe betraten, stürzten auch jene Gäste mit angehaltenem Atem aus der Tür, die die Schlechtigkeit der Welt eigentlich schon über ihren Gläsern vergessen hatten.

Trotz dieses ergreifenden Gestanks beschloss Thórleifur, es als Kesselschrubber auf Krossanes zu versuchen. Dann allerdings sah er, wie Ingimar Jónsson aus einem Kessel herauskroch, denn auch er schrubbte Kessel, bis er zu Höherem berufen wurde. Beim Anblick von Ingimar erschrak Thórleifur so sehr, dass er zu seinem Vorarbeiter lief, kündigte, seine Sachen zusammenraffte und sich nach Akureyri davonmachte. Dort fand auch Thórleifur Arbeit bei Thor Jensen, wurde Reifschneider auf der Torfunefsbrücke und schlief bei seinem Freund Gunnar im Bett.

An den ersten Tagen, die die beiden Freunde auf der Torfunefsbrücke arbeiteten, weihten sie sich nach dem morgendlichen Erwachen den erbaulichen Freuden der Arbeit. Aber es dauerte nicht lange, bis sie eine gewisse Morgenmüdigkeit ergriff, so dass sie bald die wenig erbauliche Gewohnheit zeitigten, zu spät zur Arbeit zu erscheinen.

Der Vorarbeiter auf der Torfunefsbrücke hieß Pétur. Eines schönen Morgens kam es dazu, dass die beiden Kameraden erst auf die Landungsbrücke schlenderten, als die Sonne schon fast im Süden stand. Die Trawler lagen vertäut, beladen mit silberblinkender Heringsfracht, und am ganzen Hafen brummte und pulsierte das pralle Arbeitsleben. Eh sie sich versahen, watete Pétur auf sie zu und übergoss ihre Saumseligkeit mit den übelsten Beschimpfungen. So seien sie halt, diese verfluchten Reykjavíker. Man könne ihnen einfach nicht trauen. Wenn man sie nicht mit der Peitsche antrieb, drückten sie sich vor allem. Sofortige Entlassung, das hätten sie verdient. Thórleifur ergriff im Namen der Reykjavíker das Wort und sagte, dass er gegen seine Entlassung nichts einzuwenden habe – Gunnar hingegen ertrug die Standpauke mit eingezogenem Kopf und verdrückte sich auf seinen Thron.

Am Abend luden sie Pétur in den Gasthof Oddeyri ein, und als Pétur heimging, bewegte er sich anders als gewohnt. Hiernach konnten die beiden Freunde die Morgenstunden verschlafen, bis Pétur höflich bei ihnen klopfte und sagte:

»Jungs, die Trawler haben festgemacht. Könntet ihr dann langsam mal …?«

14

TRYGGVI SVÖRFUÐUR

Es war elf Uhr abends, als ich schleimig, fischig, ent-
kräftet und nass die Plackerei des ersten Tages auf der
Tuliniusbrücke beenden konnte. Ich zitterte vor Müdigkeit und sehnte mich nach Schlaf, hatte aber keine Zeit
gehabt, mir ein Zimmer zu suchen, ja, ich hatte nicht
einmal eine Vorstellung davon, wo ein Mann mit meinen finanziellen Möglichkeiten eine Unterkunft finden
konnte.

Da ging ein junger Mann auf den Fässerstapel am Nordende des Hafens zu, an dem ich in trauriger Hilflosigkeit
vor mich hingrübelnd stand. Er trug die Krempe eines alten Hutes auf dem Kopf, hob sie mit wortloser Andächtigkeit und sagte dann in mildem, höflichen Ton:

»Bis Sie ein Zimmer gefunden haben, können Sie bei
mir nächtigen. Ich bewohne ein ganzes Klassenzimmer in
der Realschule oben am Hang.« Er hob die rechte Hand
und zeigte auf ein dreigiebeliges Holzhaus, das auf einem
steilen Hügel stand und die Hauptstraße überragte, die
sich unweit des Fjords durch das Städtchen schlängelte.

Ich bekam fast Herzrasen vor Dankbarkeit. Dieser
Mann musste mein Gedicht *Nacht* auf der ersten Seite in
der Zeitschrift *Ísafold* gelesen haben, und er wollte nicht,
dass es einem Genie schlecht erging, hörte ich meine

Eitelkeit sagen. Also schlenderten wir die Straße entlang, den Hügel hinauf und sprachen über Shakespeares *Hamlet*.

Mein Wohltäter hatte gerade das erste Jahr auf der höheren Schule abgeschlossen. Er war ein Dichter und hieß Tryggvi Sveinbjarnarson.

Tryggvi stammte aus dem Tal Svarfaðardalur am Eyjafjörður. In der Schule hatte er den Beinamen von Thorsteinn Svörfuður angenommen, der als Erster in seinem Heimattal gesiedelt hatte. Seitdem wurde er Tryggvi Svörfuður genannt, was ein exotisches Licht auf seine Person warf und ihn mit jener Aura halb-rätselhafter Edelmännlichkeit umgab, an der es all denen mangelte, deren Name ganz alltäglich auf -son endete. Er sah immer so aus, als wäre er gerade in einem neuen Sommermantel aus einem der großen Länder gekommen, in denen die Menschen gut geschneiderte Kleider trugen und den Sinn des Lebens kannten.

Tryggvi Svörfuður war ungefähr mittelgroß, kräftig gebaut und von vornehmer Gestalt, aufrecht und ehrwürdig. Er war blond, grauäugig und hübscher als die meisten – doch das, was ihn zuvorderst von den anderen unterschied, war seine ausgeprägte Kurzsichtigkeit. Sie verlieh ihm einen gewissen Zauber, dem normalsichtige Menschen sich nicht entziehen konnten. Es schien, als ob er ein ungewöhnliches Interesse an allem hatte, das er betrachtete. Darüber hinaus gab seine Fehlsichtigkeit ihm den Grund, eine schöne Lorgnette zu tragen, die an einer goldenen Kette an seiner Weste baumelte. Auf diese Weise ausgestattet bekam sein Habitus etwas derart Aristokratisches, dass manche von uns sich nichts sehnlicher wünschten, als ebenfalls kurzsichtig zu sein, nur wegen

117

der Lorgnette. Manche besorgten sich sogar goldene Lorgnetten mit Fensterglas, die sie, besonders in Gegenwart junger Damen, zu Repräsentationszwecken einsetzten.

Wenn er nicht gerade körperliche Arbeit leistete, lief Tryggvi ausnehmend gepflegt herum. Es kam uns fast unheimlich vor, wie er sich an lauen Sommerabenden auf den belebtesten Straßen des Städtchens zeigte, in blauem Kammgarnanzug, gesteiftem Leinenkragen, himmelblauer Krawatte, mit schneeweißen Manschetten, weißem Panamahut und natürlich der Lorgnette, vornehm-verträumt, mit ruhigem, ungekünsteltem Gang. Da wisperte jemand: »Wo ist eigentlich die Rúna heute Abend?«

Tryggvi war ein freundlicher Mensch, der meist gute Laune hatte, angenehm im Umgang war, herzlich und hilfsbereit. Er hatte nichts als Dichtung, Musik und geheimnisvolle Frauen im Kopf. Das Leben war ihm eine einzige dramatische Traumwelt; eine glanzvolle Aufführung auf einer prächtigen Theaterbühne, bei der sich der Vorhang im Takt mit den Regungen naiver kindlicher Liebe senkte und hob. Für praktische Dinge hatte er nicht viel übrig. Wissenschaft, Politik und philosophische Gehirnakrobatik schob er sanft beiseite. Er hatte nie über den Status Islands innerhalb des dänischen Reichs oder den Island-Minister im dänischen Regierungsrat nachgedacht. Er wusste nichts von Gott und schien sein Leben in dem Moment zu vergessen, in dem es passierte. Er trank kaum Alkohol, eigentlich nur zum Essen, und konnte gut mit Geld umgehen. Seine ganze innere Einrichtung schien merkwürdig unbefleckt von den Möglichkeiten dieser Welt.

In diesen Jahren wünschte Tryggvi sich nichts sehnlicher, als ein weltberühmter Theaterdichter zu werden. Und dieser Wunsch war nicht völlig aus der Luft gegriffen, war er doch eindeutig mit einer dichterischen Begabung ausgestattet. Im Sommer 1912 arbeitete er an einem Schauspiel, das der Theaterverein von Reykjavík, wie er uns verriet, im kommenden Winter aufführen wollte. Das brachte seiner Person große Wertschätzung ein – schließlich sah man in Akureyri nicht alle Tage einen Dramatiker bei der Fischverarbeitung und hatte eher selten die Gelegenheit, auf der rutschigen Heringsbrücke mit einem echten Dichter zu stehen, der Dinge dachte, die später einmal Tausende auf der Bühne sehen werden – menschgewordene Gedanken, von allen bewundert und beklatscht. Die Zuschauer werden gar nicht aufhören zu applaudieren, sie trampeln mit den Füßen, bis der Autor in Smoking und Lackschuhen die Bühne betritt und sich drei Mal lächelnd verneigt. Ein junges Fräulein in weißem Kleid mit blondem Haar und himmelblauen Augen geht auf ihn zu, und überreicht ihm zuzwinkernd einen großen Strauß mit weißen und roten Rosen.

Einige Zuschauer aus den hintersten Reihen rufen:

»Bravo! Bravo! O-ho! Urkomisch war das.«

Und auf dem Weg nach Hause, im abenteuerlichen Glanz eines zunehmenden Mondes, sagen die Theaterbesucher einander:

»Das ist der größte Dichter, den Island seit langer Zeit hervorgebracht hat.«

Ferner war einigen in Reykjavík und Akureyri bekannt, dass Tryggvi einen Roman über eine arme Witwe verfasst hatte, die in einem kleinen Haus wohnte. Eines Tages geschah das Unglück, dass in ihrem Haus ein Feuer ausbrach. Und die Liebe der Frau zu ihrem verblichenen Gatten überstieg die Liebe zu irdischen Gütern in solchem Maße, dass sie nichts aus den Flammen rettete, außer dem Stuhl, auf dem ihr Mann während seiner Lebtage gesessen hatte. Sanftmütig lächelnd trug sie den Stuhl aus den Flammen und ließ alles andere zu kalter Kohle verbrennen. Das war wahre, über Grab und Tod hinausgehende Liebe. Die Darstellung dieser ewig liebenden Witwe beeindruckte uns sehr – insbesondere diejenigen, die sich bereits mit der damals vorherrschenden Meinung angefreundet hatten, dass die Liebe sich mit dem Verfall der Geschlechtsteile in Luft auflöse.

Wenn Tryggvi auch meist sanftmütig war, wäre es doch übertrieben zu sagen, dass seine Gemütsverfassung in der unbeirrbaren Ruhe des ewigen Friedens schwebte. Ab und an wurde er nämlich von geradezu übermenschlichen Anfällen heimgesucht, in deren Verlauf alles Gewöhnliche von ihm abfiel. Diese abrupte Veränderung kündigte sich meist mit einem Gekicher an, das sich schnell in alles Menschliche übertreffende Höhen aufschwang. Es folgte ein greinendes Gestammel, das alsbald in einem langgezogenen Jammern mündete, das wiederum von einem schrillen Kreischen zerrissen wurde. Zur selben Zeit wirbelte er herum wie ein Derwisch, fuchtelte mit den Armen, sprang in die Luft oder auf einen Tisch, einen Stuhl oder ein Heringsfass und stieß brabbelnd und lallend eine Flutwelle von Worten hervor. Irgendwann erlahmten seine Bewegungen. Einen Augenblick stand er stocksteif da, spreizte die Finger, ließ sich dann in die Hocke fallen und hüpfte wie ein tanzender Rabe, warf sich flach auf den Boden, wälzte sich herum und strampelte dabei, als wollte er Arme und Beine von sich werfen. Dann sprang er plötzlich wieder auf, schüttelte sich einige Male, grinste in die Runde und stieß ein leises Lachen hervor, während sich auf seinem Gesicht eine schmunzelnde Glückseligkeit ausbreitete, eine fast himmlische Verklärung, als ob er sich von etwas Unreinem befreit hätte. Der Anfall war vorbei.

Die Meisten beobachteten diese Ekstasen mit schweigender Bewunderung und hofften inständig, auch einmal von etwas Ähnlichem heimgesucht zu werden, denn sie hielten das für den Widerschein einer genialischen Dichterbegabung, die von allem Organischen Besitz ergriff, weil sie sich in dieser kulturellen Einöde nicht anders ausdrücken konnte. Ein solcher Mann musste in eine der großen Kulturnationen gehen, denn nur dort konnte seine Genialität zu voller Geltung kommen. Manche von uns begannen, auch Anfälle zu bekommen, die zu aufsehenerregendem Lachen, Kreischen, ausladendem Gefuchtel, Brabbeleien und Herumwälzen führten. Wir hatten uns selbst gefunden.

In diesem Sommer arbeitete Tryggvi an derselben Landungsbrücke wie ich. Er war ein guter Arbeiter – zwar nicht der Beständigste, aber doch jemand, der einstweilen wie ein Berserker zu Werk gehen konnte. Und aufgrund seiner dichterischen Begabung – und nicht zuletzt aufgrund seiner Anfälle – genoss er ein solches Ansehen auf der Heringsbrücke, dass seine Dienstherren ein Auge zudrückten, wenn er es angelegentlich etwas ruhiger angehen ließ.

Tryggvi hatte es sich zur Gewohnheit gemacht, kurz vor Feierabend auf eins der Heringsfässer zu steigen und donnernde Reden zu halten, die er mit befremdlichen Geräuschen würzte. Dann ließen alle am Anleger die Hände sinken, Gefäße und Geräte hielten still, die Bewohner der Häuser oberhalb des Anlegers schauten aus den Fenstern; alle konzentrierten sich auf den Redner und hörten ihm mit anbetungsvollem Interesse zu. Thema und Wortwahl dieser Reden hatten meist so wenig mit unserem profanen Alltag zu tun, dass es schwierig war, sich nach ihrem Ende an deren Inhalt zu erinnern. Trotzdem waren alle der Meinung, dass auf der Tulinius-Landungsbrücke nie solche Weisheiten verkündet worden waren. Tryggvi galt zweifelsohne als der Originellste und Begabteste von uns, und auch in puncto Beliebtheit stellte er uns alle in den Schatten.

Tryggvi hatte ein Klassenzimmer im Nordflügel der Realschule bezogen. Dort kam es eines Abends dazu, dass er mich bat, hinauszugehen und am Südende des Flurs auszukundschaften, ob dort ein Damenhut und ein Damenmantel am Kleiderhaken hingen. Also schlich ich den Flur entlang Richtung Süden, betrachtete jeden Haken an jeder Garderobe, eilte sodann zurück und sagte, dass da nirgendwo etwas zu sehen sei, weder ein Damenhut noch -mantel. Daraufhin wurde mein Freund sehr betrübt.

Ich starrte ihn an.

»Was ist denn los? Ist was mit diesem Hut und dem Mantel? Du bist doch wohl nicht verliebt, mein Freund?«

»Doch, ich liebe ein Mädchen.«

»Wer tut das nicht. Warum hast du mir das nicht früher erzählt?«

»Das ist ein Geheimnis.«

»Geheimnis, so ein Blödsinn! Und sie wohnt hier in der Schule?«

»Ja, sie wohnt am Südende. In einer Dachkammer.«

»Doch nicht etwa das Stubenmädchen des Rektors?«

»Fast. Es ist Hulda, seine Tochter.«

»So, so. Keine Geringere als die. Du willst hoch hinaus. Liebst du sie sehr?«

»Wenn ich sie nicht bekomme, werde ich meines Lebens nicht mehr froh.«

»Liebt sie dich denn?«

»Das ist es doch, was ich ums Verrecken nicht weiß.«

»Hast du sie geküsst?«

»Noch nicht. Ich habe einmal ihren Mantel gestreichelt.«

»Das ist nicht gerade viel. Aber warum hast du mich gebeten, nach ihrem Hut und ihrem Mantel zu sehen? Ist sie dir nicht treu?«

»Sie geht manchmal abends aus.«

»Ist vielleicht noch jemand anders in sie verliebt?«

»Das ist es, was ich befürchte. Ich glaube, es gibt hier in der Stadt einen Kerl, der ihr Avancen macht. Deswegen geht es mir ja so miserabel, wenn ihr Mantel und ihr Hut abends nicht am Haken hängen.«

»Wie gut ich dich verstehe, mein lieber Freund. Ich finde es auch immer verdächtig, wenn Mädchen sich abends herumtreiben. Ich kannte mal eine, die sich einen Schal umwarf, noch um neun Uhr jeden Mittwoch- und Sonntagabend mit irgendwelchen Notenblättern das Haus verließ und behauptete, sie ginge zur Orgelstunde. Da muss doch etwas Unanständiges hinterstecken, findest du nicht?«

»Hast du jemals herausgefunden, ob sie zu einem Mann ging?«

»In der Tat. Irgendein Bauerntölpel aus dem Norden war das. Ich bezweifle, dass der auch nur einen lumpigen Choral spielen konnte.«

»Das ist auch nicht nötig, oder? Ich kannte einmal eine aus dem Westen, aus Snæfellsnes, die den ganzen Winter über jeden Donnerstagabend um neun Uhr zum Dänischunterricht ging.«

»Und kaum etwas lernte?«

»Sie lernte das, was sie gekommen war, zu lernen.«

»Hol's der Teufel. Die sind doch alle gleich. Ich hatte die, von der ich sprach, auch immer im Verdacht, dass sie nicht Orgel spielen lernte. Den ganzen Winter über hörte ich sie nie etwas anderes singen als zwei Choräle, immer dieselben und die konnte sie auch schon im Herbst, bevor sie mit dem Unterricht begann. Ich habe immer befürchtet, dass sich hinter diesen Dänisch- und Orgelstunden etwas Unanständiges verbirgt. Ehrlich gesagt, ich komme mehr und mehr zu der Ansicht, dass alle Mädchen, die sich abends eine Beschäftigung suchen, an Mannlosigkeit leiden, obwohl man ja sagt, dass Mädchen trieblos seien, bis sie verheiratet sind. Deswegen sollte man ihnen möglichst zu verstehen geben, dass sie außer Haus nichts zu suchen haben, wenn man in sie verliebt ist. Sonst treibt ihre Natur sie zu dubiosen Privatlehrern, die einem die Sinne und den Schlaf rauben, einem die Arbeitskraft nehmen und die Seele zerreißen, denn Mädchen finden keine Befriedigung darin, sich dem zu verweigern, das erst mit der Ehe über sie kommen sollte. Sie leben für den Moment. Sie sind dazu verdammt, auch wenn sie es nicht wollen. Als läge es nicht in ihrer Gewalt. Hat mir mal jemand gesagt. Daher lass dir eins raten, mein Freund! Gib ihr zu verstehen, dass das, was sie in andere Häuser lockt, auch in diesem zu finden ist.«

»So eine ist sie gewiss nicht.«

»Hat sie keine roten Wangen?«

124

»Nein. Sie ist blass, fast schon bleich.«

»So, so. Dann droht dir vielleicht nicht so viel Ungemach von ihr. Die rötlichen sind am gefährlichsten, weil sie gut durchblutet sind. Du erinnerst dich sicher daran, wie Hannes Hafstein sagte, dass Jónas Hallgrímsson dem Genuss zugeneigt war, weil er so gut durchblutet war. Die, die zum Orgelunterricht ging, hatte eine Gesichtsfarbe wie ein Rotbarsch. Und das Dänisch-Mädel war doch sicher auch rot und sinnlich.«

»Sie war puterrot bis in die Haarspitzen.«

»Dann war sie sicher nicht ganz trieblos. War sie dumm?«

»Das weiß ich nicht. Ich habe noch nie einer Frau Dänisch beigebracht.«

»Dann ist Hulda das erste Mädchen, das du glaubst zu lieben?«

»Nein. Ehrlich gesagt, mache ich das nur aus Verzweiflung.«

»Wie meinst du denn das? Aus Verzweiflung? Hat dich jemand betrogen?«

»Nein. Aber ich liebe eigentlich ein anderes Mädchen. Ich kann sie nicht vergessen und bin mir sicher, dass ich sie lieben werde, so lange ich lebe. Ich werde mein ganzes Leben ihretwegen unglücklich sein.«

»So, so. Dann geht es dir wie mir. Ist sie tot?«

»Ja, sie ist tot.«

»Woran starb sie?«

»Sie ist nicht körperlich gestorben.«

»Ist ihre Seele zum Himmel aufgefahren?«

»Nein.«

»Ist sie etwa verrückt geworden?«

»Nein, sie wird niemals verrückt werden.«

»Hat sie sich umgebracht?«

»Nein, sie würde sich nie umbringen.«

»Dann ist sie eines plötzlichen Todes gestorben?«

»Nein. Sie ist mir gestorben, aber ich kann ihr nie sterben.«

»Jetzt verstehe ich dich. Du meinst, dass sie von dir gegangen ist.«

»Ja, sie ist fortgegangen.«

»Und kommt nie zurück?«

»Nein. Nie. Manche kommen nie zurück.«

Flüsternd: »Wie heißt sie?«

»Sag es niemandem weiter. Sie heißt Katrín Norðmann.«

»Was für ein wunderschönes Mädchen! Ich habe sie einmal im Frühjahr durch Reykjavík flanieren sehen, und da sagte man mir, dass dieses Mädchen Katrín Norðmann heiße. Für den Rest des Abends habe ich das Mädchen, das ich eigentlich liebte, deutlich weniger gemocht.«

»Sie ist das schönste Mädchen der Welt.«

»Hat sie dich geliebt?«

»Das hat sie nie gesagt. Sie hat ohnehin nie etwas gesagt.«

»Konntest du sie küssen?«

»Nein. Ich habe nicht einmal den Arm um sie gelegt.«

»Hast du sie nie darum gebeten, dich zu küssen?«

»Das habe ich mich nicht getraut. Das ist es ja, was diese Liebe so verheerend unsterblich macht.«

»Glaubst du, es lindert die Liebe, wenn man seine Angebetete küsst?«

»Ja. Die Liebe, die man nie küsst, brennt am heißesten, sagt Shakespeare irgendwo.«

»Fandest du, du hast sie normal viel geliebt?«

»Was meinst du mit ›normal viel‹?«

»Ob du zum Beispiel für sie in den sicheren Tod gehen würdest.«

»Ich könnte mir kein größeres Glück vorstellen, als für sie gekreuzigt zu werden. Mit dem Kopf nach unten …«

»Weißt du, was du da sagst? Meinst du das ernst?«

»Ich könnte nichts sagen, was wahrer ist. Stell dir vor! Ich habe sie so unglaublich geliebt, dass jedes Ding, das sie berührte, für mich zu ihrem Ebenbild wurde. Ich habe mich abends zu dem Haus geschlichen, in dem sie hier in Akureyri wohnte, nur um die Türklinke zu liebkosen, auf die sie tagsüber ihre Hand gelegt hatte. Dann habe ich die Türklinke geküsst, und bevor ich nach Hause gegangen bin, sagte ich: Gute Nacht! – Einmal spielte sie mir auf dem Klavier das Lied: ›Zum Arzt ging einst der Jüngling‹ vor. Ich stand barhäuptig auf der Straße unter ihrem offenen Fenster, und sie spielte.«

»So übermäßig habe ich wohl nie geliebt. Und trotzdem wurde deine Liebe nie erwidert?«

»Doch, einmal. Ein einziges Mal.«

»Aber wenn du sie nicht einmal geküsst hast, was ist denn dann passiert?«

»Es war so, dass wir eines Abends in gleißendem Mondlicht draußen bei Oddeyri zusammen Schlittschuh liefen. Da fielen wir plötzlich hin und rollten Brust an Brust zusammen einen kleinen Hügel hinunter, so dass unsere Gesichter sich einander zuwandten und ich in ihre endlos tiefen blauen Augen sah, die im Mondlicht funkelten. Das war die glücklichste Stunde meines Lebens, und während wir noch den Hügel runterrollten, betete ich mit Tränen in den Augen, dass unser ganzes Leben so sein möge.«

»Und das war alles?«

»Mehr war mir nie vergönnt. Aber dieser kurze Augenblick enthielt mehr Glück als alle anderen Augenblicke meines Lebens zusammen. In diesem Bruchteil einer Minute, den wir Brust an Brust den Hügel hinabschlitterten, fand meine Liebe so tiefe Erfüllung, dass ich in den folgenden Tagen nicht einmal ihre Türklinke küsste.«

»Das ist die wahrhaftigste Liebe, von der ich je gehört habe. Und nun ist alles aus?«

»Alles ist aus! Nein, alles ist ganz und gar nicht aus. Nie wird irgendetwas aus sein. Nur, dass sie jetzt in Reykjavík wohnt.«

»Hast du sie dort nie getroffen?«

»Doch, einmal.«

»Hast du es da nicht bei ihr versucht?«

»Nein, das war am Heiligabend. Ich bin zur Kirkjustræti 4 geschlendert, wo sie mit ihrer Mutter und ihren Geschwistern wohnt. Es war Nordsturm und bitterkalt, und ich hatte weder Mantel noch Handschuhe. Bei ihr war alles festlich erleuchtet. Bei mir zu Hause war keine Weihnachtsbeleuchtung. Nachdem ich eine Weile auf der Straße vor ihrem Haus gestanden bin, erschien sie hinter einem Fenster. Rate mal, was ich da getan habe?«

»Du hast wohl kaum ›Zu Bethlehem geboren ist uns ein Kindelein‹ gesungen, dort auf der Straße vor ihrem Fenster?«

»Ich habe einen Eiszapfen abgebrochen, der an ihrem Haus hing und an das Fenster geworfen, um sie wissen zu lassen, dass ich dort draußen bin, um mein Weihnachtsfest vor ihrem Haus zu feiern. Ich war überglücklich, ihr so nah zu sein. Ich spürte, wie traumhaft zarte Wallungen mich durchfuhren, als ich mit meinen nackten Handflächen das eiskalte Wellblech streichelte, mit dem ihr Haus verkleidet war, das ihren Körper vor dem Nordsturm schützte. Das war der festlichste Heilige Abend meines Lebens. Bis weit in die Weihnachtsnacht stand ich vor ihrem Haus, erhob meinen Blick zu ihrem Fenster und streichelte das Haus, ohne Mantel, ohne Handschuh bei Nordsturm und Eiseskälte.«

»Aber, mein lieber Freund, war dir gar nicht kalt? Hattest du keine Angst, dir eine Lungenentzündung zu holen?«

»Nein, mein Bester! Ich fühlte nicht die geringste Kälte, bis ich mich auf den Heimweg gemacht hatte und die Häuser auf der Bröttugata die Weihnachtsbeleuchtung in ihrem Fenster verdeckten.«

Ich saß sprachlos da und hörte zu. Er ist außer sich, verrückt, der hat wirklich nicht mehr alle Tassen im Schrank, murmelte ich zu mir selbst, während ich meinen leidenden Wohltäter mit forschend-mitleidsvollem Blick betrachtete. Und das nannte er, sie in Reykjavík einmal *getroffen* zu haben!

Etwas später in diesem Sommer ging es eines Tages auf der Tuliniusbrücke außergewöhnlich turbulent zu. Zwei von Tulinius' Schiffen hatten gerade festgemacht, die *Súlan* und die *Danía*, vollbeladen mit Hering, der schon anfing, in der Sonnenhitze zu faulen. Alle versuchten sich gegenseitig darin zu übertreffen, den Fang zu verarbeiten. Einige schippten den Hering in Holzwannen, andere wuchteten die Wannen auf die Brücke. Die nächsten nahmen ihn aus, wieder andere salzten aus Leibeskräften. Die Zimmerleute schlugen schwitzend Deckel auf die Fässer und legten Fassringe an, die Jüngsten rollten die verschlossenen Fässer mit einem Eisenstab die Brücke hinauf. Und Tulinius lief zwischen allen herum.

Als diese Tollheit der arbeitenden Klasse ihren Höhepunkt erreichte, sahen wir, dass Tryggvi plötzlich die Arbeit niederlegte und wie hypnotisiert hinauf zur Realschule starrte. Dann durchfuhr ihn ein krampfhaftes Zucken. Er packte einen Fassdeckel, zog seinen Bleistift aus der Westentasche und begann, etwas auf den Deckel zu schreiben.

Ich brauchte nicht lange, um zu verstehen, was vor sich ging. Es war der Weltgeist selbst, der meinen Stubengenossen mitten in der Geschäftigkeit des Tages als Träger einer erweckenden Botschaft an das im Schweiße seines Angesichts schuftende Volk des profanen Erdenlebens auserwählt hatte. Genauso war es nämlich damals in jener seligen Nacht auf dem Skólavörðustígur gewesen, als der Weltgeist mich auserkoren hatte, dem isländischen Volk das Gedicht *Nacht* zu schenken. Bestürzt stand ich da, fast wie gelähmt, und sah in die Ferne, während ich spürte, wie sich ein göttliches Zittern in meinen Adern ausbreitete. Ich ging zu Tryggvi und sagte leise, aber doch feierlich:

»Hattest du eine Inspiration?«

Er antwortet nicht. Mit der ihm innewohnenden, allumfassenden Anteilnahme hält er mir den Fassdeckel unter die Nase. Dann liest er mit lauter Stimme von dem Deckel ab, so dass man es auf der ganzen Landungsbrücke hört:

Himmlische Hulda!
Du heiligste aller Rosen, du!
Traumhafte Hulda!
Bring meiner Seele verlorene Ruh!
An dich nur denk ich, meine Blum,

wenn am Land das Heu wird gold
und das Meer mir sagt, ich sollt
dichten, dichten, dir zum Ruhm.
Hulda, schönste Hulda!
Mein Herz sei deine Lust.
Komm, liebste Hulda!
Ach, komm an meine Brust.

Am Abend nahm er den Fassdeckel mit nach Hause, befestigte eine Schnur daran und hängte ihn über dem Kopfende seines Bettes an die Wand.

In diesem Sommer arbeiteten auf der Tuliniusbrücke zwei redliche Gestalten, die sich mehr um Tryggvis Wohlergehen bemühten als alle anderen. Das waren die Rote Dísa und Jónatan.

Die Rote Dísa war schon etwas altersgebeugt, als diese Geschichte sich ereignete. Sie war eine Frau von mittlerem Wuchs, gedrungen, ehrlich im Umgang und verspürte keine Scheu, den vollen Wortschatz ihrer Muttersprache zum Einsatz zu bringen. Sie war etwas zerzaust, faltig und rotäugig. Rothaarig und unverheiratet. Sie lebte als alte Jungfer in einem alten Holzhaus in der Nähe der Kirche und war oft betrunken. Sturzbesoffen war sie allerdings nie – sie nutzte die Wärmeenergie, die der Brennivín in ihrem verfallenen Körper freisetzte, lediglich, um durch den ruhelosen Daseinskampf der Tage zu schwimmen. Sie arbeitete ohne Unterlass, und wo immer sie hinging, verbreitete sie eine Atmosphäre von Hering und Salzlake.

Dísa war die einzige Person auf der Brücke, die dazu neigte, über gewisse Begabungen von Tryggvi anders zu denken als der Rest. Nicht, dass sie jemals einen Zweifel an seiner Klugheit hervorgeschnaubt hätte. Sie folgte seinen Abendansprachen ebenso andächtig wie wir. Und sein dichterisches Talent war ihr ebenso heilig wie uns anderen auch.

Eine Sache jedoch zog sie mehr als nur in Zweifel. Sie schwor Stein und Bein, dass er unten herum so kärglich ausgestattet sei, dass er nicht in der Lage wäre, den Frauen jenes Seelenvergnügen zu bereiten, das sie sich in einsamen Lebensstunden herbeisehnten. Wieder und wieder bezichtigte sie Tryggvi auf der Landungsbrücke mit lauter Stimme der Feingliedrigkeit. Er wehrte sich mit der großkotzigen Antwort, dass es für sie auch dann noch reichen würde, wenn er es ihr in Ölzeug mit Südwester und Gummihosen besorgte. Aber die Rote Dísa hatte bereits zu lange in der Welt der erfahrbaren Dinge ausharren müssen, um sich von derart unglaubwürdiger Wortklauberei beeindrucken zu lassen.

Eines komplett windstillen Abends hörte man Dísa bei einsetzendem Nieselregen auf der Brücke plötzlich rufen:

»Da schwimmt ein halber Mann im Wasser. Seht nur! Dort!«

Alle Blicke schossen auf die Stelle vor der Landungsbrücke, auf die Dísa zeigte. Einige glaubten wie sie, dass dort der Unterkörper eines Mannes im Wasser treibe. Wie merkwürdig! Als einige das Phänomen näher untersuchten, stellte sich jedoch heraus, dass dort niemandes bessere Hälfte schwamm, sondern nur die langen Unterhosen eines Mannes, die sich irgendwie aufgeblasen hatten. Wahrscheinlich war Luft in sie gekommen, als sie ins Wasser fielen. Als man begann, den Eigentümer dieser Unterhosen zu suchen, behauptete die Rote Dísa gesehen zu haben, dass Tryggvi Svörfuður kurz vorher zu den Latrinen gegangen sei, die am Nordende der Brücke standen und das Weltmeer als Klosettschüssel nutzten.

Dieses Ereignis, das sich schnell unter den emporstrebenden Dichtern auf der Heringsbrücke herumsprach, galt als ein großartiger Beweis dichterischer Originalität. In den folgenden Tagen aßen wir mehr, als wir normalerweise gewohnt waren.

Jónatan war ein Jónatansson und kam aus dem Norden, aus dem Landkreis Thingeyjarsýsla. Er war groß von Wuchs, mit rotem Schnurrbart und nicht unschön anzusehen. Er war angenehm im Umgang und so gutmütig und unprätentiös, dass es schien, als ob ein himmlischer Friede in ihm ruhte, der allen weltlichen Konflikten eine Abfuhr erteilte, und die Streitsüchtigen zügelte, wohin er auch ging. Jónatans Aufgabe war es, die Arbeiten auf der Landungsbrücke zu überwachen, und er vermittelte gern den Eindruck, gegenüber höheren Stellen die Verantwortung für alle großen und kleinen Dinge zu tragen, weil er körperlicher Arbeit wenig zugeneigt war.

Jónatan war verheiratet, aber kinderlos und lebte allein mit seiner Frau. Essen bedeutete ihm so viel, dass es am ganzen Eyjafjörður ohne Beispiel war. Es gab kaum ein Gericht, das er nicht mit größerem Vergnügen verspeiste als alle anderen Leute, aber Fleisch hatte es ihm besonders angetan. Man sagte, er nehme es zu mehr oder weniger allen Mahlzeiten zu sich – selbst Kaffee bereitete ihm keine große Freude, wenn er nicht einen Bissen Fleisch dazubekam.

In Akureyri kursierte die Geschichte, dass Jónatan einmal mit einigen Leuten Torfstechen war. Seine Frau brachte ihm Essen in die Torfgrube, Eier, Fleisch und andere Leckereien, und eine Mahlzeit bestand bei ihm aus vierzehn Trottellummen-Eiern, einem gehörigen Fleischbrocken und dazu Brot und Grütze.

Mancher konnte nicht in Jónatans Nähe sein, wenn er Essen zu sich nahm, denn er zeitigte dabei einen derartigen Eifer, dass der ganze Körper am Essprozess beteiligt zu sein schien. Diejenigen, die Gott auch in der Nahrung suchten, verstörte das sehr. Außerdem hatte er die Angewohnheit, nach dem Ende einer Mahlzeit auf und ab zu springen und dabei Kopf und Oberkörper zu schütteln, als ob er das Essen nur halb in sich hineingeschlungen hätte und nun möglichst viel davon unterbringen wollte.

Jónatan war wohl der aufrichtigste von Tryggvis Bewunderern auf der Tuliniusbrücke. Er verehrte ihn als erstklassigen Dichter, Denker und Redner. Tryggvis Anfälle hielt Jónatan für Beweise seiner übernatürlichen Begabung und als solche für ebenso kostbar wie die Begabung selbst. Und auf seinen häufigen Kontrollgängen über die Landungsbrücke übersah er es geflissentlich, wenn die Inspiration Tryggvi während der Arbeitszeit ereilte.

Jónatan starb an Magenkrebs.

Im Herbst 1911 hatte Tryggvi Svörfuður dann in der höheren Schule angefangen. Er wohnte die ganze Schulzeit über in demselben Haus. Das war das rote Holzhaus an der Geirstún-Wiese, das ich am Anfang dieses Buches erwähnt hatte. In jenen Tagen wurde es von allen Unuhús oder Garðastræti 4 genannt, und es hat zweifelsohne eine interessantere Geschichte als jedes andere Haus in Reykjavík. Und wir haben die glücklichen Aussichten, ebendiese im Verlauf des Buches besser kennenzulernen.

15

SVEINN JÓNSSON

Der durch seine Zimmermannskünste auf Krossanes berühmt gewordene Sveinn Jónsson war ein Freund und Schulkamerad von Tryggvi Svörfuður. Er hatte in Akureyri die Realschule besucht und im selben Herbst wie Tryggvi in der höheren Schule in Reykjavík angefangen. Auch er lebte seine Schuljahre hindurch im Unuhús. Die beiden Schulkameraden wohnten unter dem Dach, Tryggvi in der Südost-Ecke, Sveinn im Nordosten. Ihre Zimmer waren nur durch eine dünne Bretterwand voneinander getrennt, und man sagt, dass Sveinn sich im Liebesleben seines Zimmernachbarn ähnlich gut auskannte wie Karl Marx in der Philosophie von Hegel.

Sveinn Jónsson stammte aus dem Miðfjörður im Landkreis Húnavatnssýsla. Er war mit Jón Thórarinsson verwandt, dem Schulrat, der ihm auch das Schulgeld zahlte, was nicht gerade einen mäßigenden Einfluss auf Sveinns Vorstellung von seiner Stellung im Dasein hatte.

Sveinn war ein mittelgroßer Mann von eher krummem Wuchs, weder dicklich noch dünn. Er hatte dunkle Haare und Augen, ein breites Gesicht und buschige Brauen, eine breite und etwas abgeflachte Stirn, was Kopfformkundler zu der Annahme verleiten könnte, er habe Talent, sich profitable Handelsbeziehungen zu erschließen.

Er konnte das -R- nicht rollen. Er war blitzgescheit und sollte einmal ein guter Dichter werden. Er war sehr empfindsam und infolgedessen sprunghaft. Meistens war er angenehm im Umgang, gutmütig, fröhlich und hilfsbereit. Seine Art sorgte dafür, dass ihm die meisten Menschen Wohlwollen entgegenbrachten, in das sich eine Spur von Mitleid mischte. Der weltlichen Vernunft war er sehr viel eher zugeneigt als Tryggvi und hatte ihm besonders im Rechnen einiges voraus. Sein Charakter war also äußerst facettenreich, was ihn die verschiedensten Erfahrungen machen ließ, ihn aber auch auf das rutschige Kopfsteinpflaster der Straße der Verführung brachte.

Außerdem war er ziemlich romantisch. Die Romantik war in ihm fester verwurzelt als in Tryggvi. Tryggvi war ein Zuhörer. Sveinn ein Draufschauer und Berührer. Tryggvi war ein Bhakti-Yogi. Sveinn eine Mischung aus Bhakti- und Karma-Yoga.

Sveinn strebte nach der Gunst geheimnisvoller Welten. Damit waren nicht die Seelen- und Gedankengebäude der Theosophie gemeint, nicht das Sommerland des Spiritismus und nicht das Himmelreich der Kirche. Es handelte sich vielmehr um unsichtbare Gefilde, die weder logisches Denken noch empirische Forschung, noch Aberglaube in ihren Ideenarsenalen führten. Er sehnte sich nach der schwindelerregenden Liebe mysteriöser Jungfrauen, die sich nie durch Verkehr mit anderen Wesen verunreinigt hatten, der Menschheit nie Erlösung brachten, nie den Ektoplasma-Vorhang eines geheimnisvollen Mediums lüfteten und sich denen, die im Tal der Tränen herumirrten, nie als strahlende Wohltäterinnen zur Verfügung stellten.

Sveinns Welten waren im Universum weder auf der X-

noch auf der Y-Achse zu finden. Er war entschlossen zu verhindern, dass seine Jungfrauen auf einer Daseinsebene festen Boden unter den Füßen bekämen, die man unter der Reiseleitung weiser Denker erreichen könnte. Sonst wäre es ja denkbar, dass sein Sehnsuchtstraum in Erfüllung gehen könnte, und was war das Leben dann noch wert? Würde die Sehnsucht gestillt, wäre alles nur noch profan, unpoetisch, unromantisch. Geheimnisvolle Welten durften nie entdeckt werden. Nichts durfte das Leiden lindern. Die Sehnsucht musste Sehnsucht bleiben.

Eines einsamen Tages sitzt der Dichter nun tief in Grübeleien über die Leiden des Lebens versunken in seiner Kammer. Da kommt ein junges, unglaublich schönes Mädchen hinein, die nur auf die Welt gekommen ist, um zu träumen, träumen. Sie heißt Sólveig. Der Dichter erhebt sich aus dem Schattenreich seiner Gedanken über die Leiden des Lebens und begrüßt das Mädchen freudig. Der Realist würde nun gleich vor Ort seine Seele von der Last des Alleinseins befreien. Der Poet aber nimmt einen anderen Weg. Anstatt dem Mädchen einen Platz auf seinem Bett anzubieten, nimmt er sie mit auf einen Spaziergang zu den Klippen. Dort angekommen, sind ihr plötzlich Schwingen gewachsen und sie will mit ihm hoch in den heiteren Himmel fliegen. Der Dichter aber will dem Mädchen ein für alle Mal zeigen, wie geborgen sie sich bei ihm fühlen kann und zu was für gewaltigen Opfern er bereit wäre, um sie bei ihrem Himmelsflug begleiten zu dürfen. Und er weiß kein größeres Opfer, als sie inständig zu bitten, alle Wohnungen seines Herzens einzureißen, bevor sie gemeinsam entschweben. Doch überraschenderweise kann das Mädchen dieser romantischen Abrissunternehmung nicht viel abgewinnen.

Dann stechen sie in See. Sólveig scheint sich im letzten Moment dagegen entschieden zu haben, auf ihren Schwingen zu entschweben, und sitzt stattdessen in einem Bötchen, das ihr Liebhaber steuert. Sie segeln auf sonnigen Wogen, und das Brennen einer tränenreichen Vergangenheit verschwindet mehr und mehr, je näher sie dem Wunschland kommen, denn darum geht es bei dieser Pilgerfahrt natürlich: eine neue Heimat zu finden, eine kostbarere Welt, die ihnen mehr Romantik bieten kann als die heimischen Klippen.

> Hinter den Wolken im Abendrot
> Weiß ich Paläste, glanzvoll und groß.

Als sie bereits ein gutes Stück ihrer Wunschland-Reise zurückgelegt haben, fällt plötzlich eine kohlschwarze Finsternis über die Szenerie. Aber was soll's! Der Liebhaber tröstet seine Sólveig, indem er ritterlich die Ruderpinne umfasst und ihr ungefragt verspricht, auf schnellstem Wege ins Licht zu steuern, was auch passieren mag. Doch genau in dem Moment, als sie aus der Finsternis herauszukommen scheinen, kommt ihm der entsetzliche Verdacht, all dies könne womöglich ein gutes Ende nehmen. Dann wäre er sein Herzeleid ein für alle Mal los – wie unromantisch wäre denn das? Da reißt er das Ruder herum, so dass sie kentern und in den gähnenden Abgrund der Meerestiefen stürzen, ohne seine kleine Sólveig groß zu fragen, ob sie sich denn überhaupt ertränken wolle. Und die gnädige Tiefe des Meeres breitet einen Schleier des Vergessens über ihrer beider Leben.

Im Alltagsleben wird der Tod gemeinhin als eher unromantisches Ereignis wahrgenommen, zumindest von

all denen, die keinen Genuss bei dem Gedanken empfinden, wie Pastoren und Sargverkäufer sich am Schock-
zustand ihrer Nachkommen bereichern. Aber dem Hin-
scheiden unserer unglücklichen Liebenden muss man
doch etwas Romantisches abgewinnen, wo sie auf so eigentümliche Weise plötzlich ins Eismeer stürzten. Hinzu
kommt, dass der Tod sie nicht bei Windstille ereilt. Denn
sobald sich das nasse Grab des Meeres über ihren Gebeinen geschlossen hat, bekommt das Eis plötzlich eine
vergnügte Singstimme und beginnt, mit dem Wind eine
traumverlorene Weise zu singen. Auch die salzige Woge
stimmt mit ein und singt den Gebeinen einen letzten Gruß hinterher. Dieses traurige Trio von Woge, Eis
und Wind erklingt übrigens zur Abendzeit, während die
Sonne sich von der See verabschiedet und die Schatten
empfindsam durchseufzter Nächte den Frohsinn des Tages bezwingen.

So endete die Fahrt dieser beiden todessehnsüchtigen
Liebenden zu ihren Palästen in den freundlichen Ländern hinter den Wolken im Abendrot.

Am nächsten Tag jedoch, als der Dichter von den Toten auferstanden ist, sucht ein anderes junges und schönes Mädchen seine Behausung auf. Das ist die meeres-
blaue Hulda. Da sie lange Fußwege nicht gewöhnt ist,
spaziert der Dichter mit ihr nicht zu den Klippen hinaus.
Hulda stammt aus der geheimnisvollen See, die die Menschen noch viel zu wenig erkundet haben. Sie kann
schöne Geschichten erzählen, und die Wellen haben sie
Verse und Lieder gelehrt. Sie setzt sich zu dem Dichter
und besingt Paläste, die hoch aus der Meerestiefe auf-
ragen. Diese Paläste haben schöne Gewölbe. Diese Gewölbe sind rot wie Blut.

Auch sie erzählt ihm von namenlosen Ländern jenseits des Ozeans. Diese Länder tragen feines Tuch. Und dieses feine Tuch ist aus glänzendem Platin. Alles Ungemach, das uns Menschen je verdarb, hat diese glücklichen Gefilde noch nicht heimsuchen können. Alles ist rein und makellos wie am Anbeginn der Zeit. Doch eine vollkommene Seligkeit herrscht auch dort nicht, denn die Bewohner sehnen sich schon lange nach einem König, haben aber bis dato niemanden gefunden, der edel genug ist.

Das soll sich nun ändern, denn der Dichter macht sich unverzüglich auf den Weg in diese unverdorbene Welt. Er ist ihr Kronprinz. Allein sein Gefolge ist ärmlich. Es umfasst weder Minister noch Kammerdiener; anstatt aus Hofmeistern und Generälen besteht es lediglich aus ein paar offenen Wunden, wehmütigen Erinnerungen an verflossene Jugendlieben und ungezählten Abschiedstränen. Bevor er sein Boot vom Land abstößt, stellt er sich einen Moment vor Hulda hin und überlässt ihr zum Abschied seine ganze Wärme und alles Herzblut als Dank für ihre Geschichte. Mit welchem Blut er sich nun auf der Fahrt über das wellengeschwollene Meer warm halten will, erfährt der Leser des Gedichtes nicht. Vielleicht wird ihm an dieser Stelle gar der unangenehme Verdacht kommen, der Dichter habe sich beim Ablegen verletzt, weil er es romantischer fand, vor der meeresblauen Hulda die letzten Blutstropfen zu vergießen, anstatt ein zufriedener König in den glücklichsten Gefilden der Welt zu werden.

In diesem Märchen hinter den Bergen ist der Weltschmerz nicht minder siegreich. Dort befindet sich eine alte Ritterstadt. Diese Ritterstadt hat bunte Säulenhallen, Balkone, Straßen und Plätze.

Auf dem Balkon stehen *sie* gemeinsam und schauen gedankenverloren auf das zauberhaft weite Meer. Ihre Seelen fließen zusammen. Aber sie können es nicht genießen. Noch an diesem Abend, an dem ihre Seelen auf dem Balkon in der Ritterstadt zusammenfließen, wird er in ein unbekanntes Land davonsegeln. Niemand weiß, warum. Sein Schiff fliegt mit schneeweißen Segeln wie ein Schwan auf einen Ort zu, der natürlich im Orient liegt, im Feuer der Morgenröte. Diese Seereise verläuft anfangs so gut, dass der geneigte Leser sich bereits auf den Anblick freut, wenn ihre Seelen das nächste Mal auf dem Balkon zusammenfließen. Aber – o weh! Da ist das Boot auch schon gekentert, und die kühlen Wellen bereiten dem Jüngling ein feuchtes Grab. Seitdem steht sie nun jahraus, jahrein bei Sonnenuntergang allein auf dem Balkon und sieht hinaus aufs Meer – bei Sonnenuntergang – auf dem Balkon – allein – hinaus aufs Meer.

Schließlich kommt es so weit, dass kein Liebestod mehr aufregend genug ist, um den Weltschmerz des Dichters zu befeuern. Also will er ein tödliches Gift einnehmen, auf dass es seiner verflachten Gegenwart etwas Romantik gebe.

> Gift will ich, gebt mir mehr,
> tanzen will ich hin und her!

Aber niemand will ihm eine ausreichend hohe Dosis verabreichen. Also bittet er darum, zu Stein zu werden wie ein Troll, oder er will sich von der Klippe in das kohlschwarze Meer zu der jungfräulichen Meeresgöttin Unnur stürzen, die ihre »turmhohen Wellen aus blauklarem, sonnenrotem Holz erbaut«. Aber niemand will ihn zu Stein verwandeln, und niemand will zusehen, wie er sich von der Klippe stürzt. Und was bringt einem weltschmerzkranken Romantiker der Tod, wenn er kein Publikum für den großen Abtritt von der Bühne des Lebens hat?

Es wäre sicherlich falsch, nur Sveinn mit diesen Gefühlsregungen in Verbindung zu bringen, die seiner Dichtung ihren prägenden Stempel aufdrückten. Es lag vielmehr im Zeitgeist jener Jahre, dass junge Männer mit vor Weltschmerz auseinanderklaffenden Herzen durch die Gegend liefen. Sie konnten keinen vernünftigen Sinn im Leben sehen. Sie konnten keinen Trost in der Rebellion finden. Und vor allen Dingen konnten sie keine Hoffnung aus dem unausweichlichen Herannahen des Todes schöpfen. Und wenn unser Jammertal ihnen nicht mehr niederschmetternd genug war, wurden sie eben ihres eigenen Unglückes Schmied und schufen sich eine komplette Welt voll unbesiegbarer Qualen. Es war schön, zu leiden. Es war feiner, mit einer verkniffenen Weltschmerzmiene herumzulaufen, als mopsfroh vor sich hin zu glotzen. Schwermut, Schwarzseherei und Sorge um das Wohlergehen der Menschheit wiesen auf ein tiefgründiges Seelenleben und großes Talent hin. In den Qualen lag ein ähnlicher Genuss, wie an dem Grab eines Freundes zu stehen, von dem man überzeugt war, dass er kein Leben nach dem Tod haben und nur wenige Erinnerungen im Kronleuchter des Lebens hinterlassen würde. Frohsinn war ein Zeichen von Dickfelligkeit und eine Beleidigung für alle feinstofflicheren Aspekte des Daseins.

Hunde waren froh. Sokrates litt. Alle großen Männer haben gelitten. Dante verzehrte sich sein Leben lang nach einem Mädchen, das er einmal kurz auf der Straße erblickt hatte. Nietzsche trieb das Nachdenken über das Wohlergehen der Menschheit in den Wahnsinn. Jónas Hallgrímsson litt an Schwermut, weil böse Hexen es ihm verwehrten, die Liebe zu genießen. Und Kristín Jónsson soff sich zu Tode, weil er den Sinn des Lebens nicht fand. Was für wunderbare Männer, was für Geistesgrößen. Die Nachwuchs-Genies jener Jahre übertrafen sich gegenseitig in den Versuchen, ihnen zu ähneln.

Die Dichtung des Sveinn Jónsson ist ein Abbild dieses Zeitgeistes. Sie ist gleichzeitig Spiegel und Essenz dessen, was viele Männer damals über das Menschsein und das Leben gedacht haben.

Aber sie spiegeln nicht alles wider. Neben der Befindlichkeit, die Sveinn in seiner Dichtung porträtierte, gab es auch andere Mächte, die betonten, wie lebensnotwendig es für junge Männer sei, sich *Meinungen* zu bilden und den *Sinn* des Lebens zu erkennen. Sie hielten es für Feigheit und einen Mangel an Charakterstärke, wenn jemand keine Meinungen hatte und nicht Manns genug war, um den Sinn des Lebens zu erkennen. Und einige junge Männer ersehnten nichts mehr als das Alter, in dem sie sich ›eine Meinung bilden‹ konnten. ›Eine Meinung zu haben‹, galt für wichtiger als die Suche nach Wahrheit oder Gerechtigkeit. Kaum jemanden kümmerte es, ob diese Meinung vernünftig war oder einfach nur dummes Zeug.

Sveinn Jónsson dichtete während seiner ganzen Zeit in der höheren Schule, und alle jungen Männer waren der Ansicht, dass er einmal ein großer Lyriker würde. Deswegen firmierte er in seinem Freundeskreis unter dem Namen Sveinn, der Dichter.

Diese Einschätzung war keineswegs aus der Luft gegriffen. Sveinn dichtete gut. Seine Lyrik war stilsicherer, als es normalerweise bei jungen Amateurdichtern der Fall war. Es schien nur eine Winzigkeit gefehlt zu haben, und er hätte jenen kristallklaren lyrischen Ton erreicht – eine Gnadengabe, die der Weltgeist in den Ländern der Fleischesser und Brennivínsdeliranten nicht gerade großzügig verteilt hat.

Zu der Zeit, als Sveinn im Unuhús lebte, hatte dort auch ein begabtes Mädchen Wohnung genommen. Sie war eher hübsch anzusehen, enorm romantisch und einem frühlingshaften Spaziergang zu den Klippen durchaus nicht abgeneigt.

Sveinn entbrannte in Liebe zu ihr.

Was ihm anfänglich einige Unannehmlichkeiten einbrachte, denn ein anderer Dichter wohnte seit dem Sommer 1910 im selben Haus.

Stefán von Hvítadal.

Dies führte zu einigem internen Argwohn und staatsmännisch-vielsagenden Blicken zwischen den Dichtern, was an ihrer Lyrik nicht spurlos vorüberging. Sie wendeten alle ihnen zur Verfügung stehenden Tricks an, um dem anderen gegenüber ihre Pfründe zu schützen. Ihr dichterischer Instinkt und ihr rhetorisches Talent motivierte sie – besonders in Gegenwart der jungen Schönen –, über den jeweils anderen derart zu sprechen, dass kaum etwas, das die Erfolgsaussichten eines jungen Mannes in Liebesdingen schmälern könnte, von ihrer damenhaften Geschmackssicherheit unbemerkt blieb.

Im Winter 1911/1912 hielt Sveinn eine große Gesellschaft im Haus ab und lud eine Menge Gäste ein, unter ihnen auch seinen Dichterkollegen Stefán und das Mädchen. Nachdem alle Platz genommen hatten und die ersten Flaschen geöffnet waren, bemerkte Sveinn auf einmal, dass er es versäumt hatte, für seine Gäste Zigaretten zu kaufen. Daraufhin sah er erst Stefán an, dann das Mädchen und sagte in jovialem Ton:

»Stefán, mein Freund! Könntest du mal schnell zu Leví gehen und Zigaretten holen. Du bist so gut zu Fuß.«

Nun war Dienstfertigkeit nicht gerade Stefáns herausragendste Eigenschaft. Und den Gästen abermals vor Augen zu führen, dass Stefán ein Bein fehlte, wäre auch nicht nötig gewesen.

Stefán wurde puterrot. Es folgte ein lang anhaltendes Zerwürfnis zwischen den beiden Dichterkameraden, bis es Stefán gelang, sich mit handfesteren Methoden zu rächen, als mit süffisanten Anspielungen auf den Körperbau seines Konkurrenten.

Nachdem Stefán im Frühjahr 1912 aus dem Unuhús auszog, verlief Sveinns Liebesleben mit weniger Störungen. Trotz alledem konnte er sich nicht gerade als Schoßkind des Glücks bezeichnen. Sein Leid rührte nun voll und ganz daher, dass das Mädchen seine Liebe zielsicher erwiderte. Etwas derart Unpoetisches war kaum auszudenken. Das war so gefährlich für den Weltschmerz, so schädlich für sein Leiden, dass der Dichter für einige Tage von den Segnungen der Liebe Urlaub nehmen und sich in wilde Besäufnisse stürzen musste – mit allem, was dazugehörte. Und als er seinem Mädchen schließlich wieder geläuterten Herzens und sittlich kasteit zu Füßen lag, wollte sie von ihm weder etwas hören noch sehen. Das Ziel war erreicht. Drückende Schwermut und herzzerreißende Traurigkeit nahmen wieder von seiner Seele Besitz, und er dichtete hochtrabende Elegien über das Unglück eines Paares, das von bösen Hexen in die Ketten des Ungemachs geschlagen wurde und nie die Gelegenheit bekam, sich der Liebe hinzugeben. *Gift will ich, gebt mir mehr,* sprach er und sehnte sich nach einem wahnsinnsumnachteten Totentanz, ewiger Auslöschung. Aber er bekam kein Gift, der Totentanz musste verschoben werden, und statt ewiger Auslöschung ging es ihm bald besser; seine Lebensfreude wuchs von Tag zu Tag. Da blieb ihm nichts anderes übrig, als nachzugeben, sich derart zu erniedrigen, bis er die Liebe des Mädchens zurückerlangte und so lange in glücklicher Zweisamkeit zu leben, bis sein Leben kaum noch Ähnlichkeit hatte mit dem von Jónas Hallgrímsson und Dante.

16

EINE NEUE UNTERKUNFT

Die nachdenklichen Nachtgespräche, die ich mit Tryggvi Svörfuður über das Liebesleid junger Leute, die Unergründlichkeit der weiblichen Seele und die zweifelhaften Vorzüge des Selbstmordes führte – all das kam ohne Vorwarnung zu einem Ende, löste sich plötzlich in flirrende Erinnerung auf, die den trägen Geist für alle Ewigkeit an einen kleinen Sonnenscheinfleck in den schattenschweren Niederungen des Lebens bindet.

Ich stand nun im dritten Stock eines roten Holzhauses am Fenster und betrachtete einen winzigen Ausschnitt aus der endlosen Weite des Daseins, das kleine bunte Viereck, das meine Seele für die nächsten zwei Monate betrachten würde, sobald der Körper etwas freie Zeit hatte. Direkt vor mir ein hässlicher Giebel. Zu meiner Linken ein Fetzen spiegelglatter Fjord, den Küstenseeschwalben ab und zu kreischend aufwühlten, wenn sie um ein Stück Fischleber kämpften, das auf dem Wasser trieb; in der Ferne eine grünschöne Bergflanke. Zur Rechten ein steiler Hang und auf ihm ein Haus. Das war ein einsames Haus. Das waren die Sigurhæðir – stolzes Symbol des teuer erkauften Sieges der Seele über die Schwerkraft des Fleisches. Unten vor dem Haus torfgraue Erdwege mit weit auseinanderliegenden Fußspuren, die sich halb kraftlos in den Feierabend schleppten. Und über allem der windstille Julihimmel mit einigen verträumten Schäfchenwolken. Hier und da machte sich blauer Rauch auf seinen verdrießlichen Weg in den Himmel. In der Ferne muhte es. Dann knallte irgendwo links eine Schiffsmaschine.

Das war die Welt, die ich aus dem Zimmer, das Gunnar E. Benediktsson im Haus der Íslandsbanki gemietet hatte, erblickte. Es lag nach Süden, maß ungefähr zwölf Fuß in der Länge und acht Fuß in der Breite. Ein Drittel bestand aus Dachschrägen. Vor der Tür war ein geräumiger Gang, der einem Trockenboden glich.

In dieser Unterkunft war ich unverhofft mit allen meinen Sachen eingezogen: meinen Tagebüchern und Manuskripten, Federhaltern und Tintenfässern, Sternenkarten, Tabakdose, Pfeife und Schnupftabaksvorrat in einem weißen Lederbeutel. Ich war auf immer von meinem besten Freund Tryggvi getrennt, dem reinsten Hüter der Liebe, dem unseligsten Liebhaber aller Zeiten. Das passierte am Montagabend des 22. Juli, drei Tage, nachdem er mir, schwer am Joch der Liebe tragend, auf der Tuliniusbrücke zum ersten Mal über den Weg gelaufen war.

Am Abend kritzelte ich in mein Tagebuch: »Mein Seelenleben pendelt sich wieder ein. Die schönen Erinnerungen verblassen, und der Lichtschimmer neuer Hoffnung blitzt hier und da in der Dunkelheit auf, die vor mir liegt. Ich habe endlich eine Seele gefunden, die noch tiefer in der Dunkelheit steckt als meine.«

Mein Freund Gunnar hatte das Zimmer mit dem Hintergedanken gemietet, dass nicht nur wir beide dort wohnen könnten, sondern auch Thórleifur, so er denn in

Akureyri Arbeit finden sollte. Es war Gunnar eine Herzensangelegenheit, seinen Freund aus Krossanes herauszubekommen. Er ließ nicht lange auf sich warten. Einige Tage, nachdem ich mich in der Íslandsbanki niedergelassen hatte, floh Thórleifur endgültig vor den dortigen Begebenheiten und legte sich, zu Tode erschöpft, zu Gunnar ins Bett. Für den Rest der Heringssaison waren wir zu dritt in dem Zimmer.

Irgendjemand hatte mir ein klappriges Bettgestell geschenkt. Es handelte sich um ein altes Gitter, in das rostige Eisenmaschen eingebunden waren. Die Maschen bogen sich so weit nach unten durch, dass ich jedes Mal, wenn ich mich in dieses schwarze Bett gelegt hatte, das verblüffend angenehme Gefühl bekam, ich hätte mich in einen Sarg gelegt, dessen Deckel irgendeine unbekannte Macht zuknallte, sobald ich eingeschlafen war. Doch schon bald weckten mich die Stimmen des hiesigen Lebens wieder auf. Jede kleinste Bewegung, die ich auf meinem Strohsack vollführte, wurde von den verrosteten Maschen mit schrillem Gequietsche kommentiert. So marschierten die erquickenden Sommernächte vorbei, begleitet von einer Musik, die mein heringsmüder Dichterkörper auf diesem nuancenreichen Naturinstrument spielte, das weder ein deutsches noch italienisches Fabrikat war.

Mein Bett stand an der Ostwand gegenüber dem Bett von Gunnar. Und von da murmelten manchmal strenge Sittenpredigten aus dem Halbschlaf zu mir herüber, wenn mein Bettgestell das lauteste Gequietsche von sich gab.

Nachdem wir uns in der Íslandsbanki eingerichtet hatten, erwachte in uns der Wunsch, ein möglichst aussagekräftiges Symbol dafür zu finden, dass wir von vornehmer Herkunft und unserer Unterkunft im angesehensten Geldinstitut des Landes würdig waren. Am geeignetsten erschien es uns, ein adrettes Mädchen einzustellen, das unser Zimmer aufräumte und sauber hielt. Sie würde mit entsprechender Miene die Flure der Bank beschreiten, und wenn sie vor dem Haus mit Putzeimer und Lappen herumlief, würden die Leute sagen: Das ist das Zimmermädchen der Herren aus Reykjavík in der Íslandsbanki.

Aber die armselige Wirklichkeit holte uns schnell wieder ein. Bald wurde uns klar, dass wir das Haushälterinnengehalt sparen konnten, indem wir diese Dinge selber erledigten – am Abend, damit es möglichst wenig auffiel. Also entließen wir das Dienstmädchen und trafen die folgende Verabredung: Ein Mal pro Woche wird geputzt. Dieses Putzen beinhaltet: das Zimmer feucht zu wischen und alle angefallenen Flüssigkeiten zu entfernen. Thórleifur sollte beginnen, dann wäre ich an der Reihe, danach Gunnar und dann wieder von vorn.

Dieser Hausputz erwies sich als aufwändiger als erwartet. Wir mussten das Wasser zwei steile Treppen zu je zwanzig Stufen hinauftragen. Und das Abwasser, das unbedingt aus dem Zimmer geschafft werden sollte, musste auf demselben Weg herunter und vor allen Leuten über die Eingangstreppe aus dem Haus geschafft werden, bevor wir es dem Meer anvertrauen konnten.

Das war, wie wir fanden, ein schweres Los. Viel mehr als die Tätigkeit an sich, schmerzte uns dabei der Prestigeverlust und seine negativen Auswirkungen auf unsere Chancen, mit anständigen Mädchen in Kontakt treten zu können; die Scham, die unsere lyrischen Ichs empfanden, wenn wir auf der Treppe einem der schicken, schalumschlungenen Mädchen begegneten, die zum Teil gar silbern bestickte Westen trugen und alle von unerwiderter Liebe erfüllt waren, während wir schmutzige Lappen und übelriechende Gefäße voll mit Säften aus dem Haus schleppten, in denen gern auch mal etwas Verdächtiges schwamm. In den ersten fünfzehn Jahren des Jahrhunderts, bevor der Sozialismus das Arbeiterhemd zur Ausgehuniform erhob, konnte einem unverheirateten jungen Mann keine größere Demütigung widerfahren.

Momente derartiger Peinlichkeit sorgten dafür, dass wir anfingen, unsere Putzpflichten zu vernachlässigen, was die brüderliche Eintracht in unserem Zusammenleben etwas beeinträchtigte. Thórleifur erledigte seine Pflichten eigentlich ganz gut, ich leidlich, wogegen Gunnars Wochen damit endeten, dass im Zimmer nichts angerührt worden war, was man als unsauber hätte bezeichnen können. Und an wem blieb das in der nächsten Woche hängen? Das führte zu fortwährenden Streitigkeiten, für die sich partout keine Lösung finden wollte.

Eines Tages jedoch sah eine Frau, die in einem großen Zimmer auf unserer Etage wohnte, ein unheimliches Rinnsal den Flur entlangkriechen, das seinen feuchten Ursprung in unserem Zimmer hatte. Sie öffnete die Tür, schaute hinein. Pfui! Da standen überall bis zum Rand gefüllte Gefäße, um die sich hier und da Pfützen gebildet hatten, die sich, dem alten Naturgesetz der Schwerkraft gehorchend, durch Risse und Ritzen in den Fußbodenbrettern einen Abfluss suchten. Was sind das nur für Herren!

Gegen Abend brachte sie diese atemberaubende Mangelhygiene in einer höflichen Unterredung zur Sprache und bot an, künftig das Reinemachen in unserem Zimmer zu übernehmen. Wir bedankten uns und sagten uns von allen Pflichten los.

Ansonsten konnte man unser Zusammenleben als harmonisch bezeichnen, zumindest abgesehen davon, dass wir uns aufgrund der enervierend beengten Verhältnisse gelegentlich bemüßigt sahen, die Gewohnheiten der anderen zu kritisieren. Ich war es gewohnt, einigermaßen gut zu essen und zu trinken. Die Folgen einer auf Wasser und Butterbrot basierenden Ernährung gingen mir auf die Nerven. Daher brachte ich mich schnell bei Helga Ásgeirsdóttir in Kost, die damals als beste Köchin von Akureyri galt.

Gunnar und Thórleifur hielten das für eine unerträgliche Verschwendung – sie hielten es nachgerade für eine so verabscheuenswürdige Verweichlichung, dass kein Tag verging, an dem sie mir nicht in pikiertem Ton vorrechneten, wie teuer mich diese Kostgängerei zu stehen kam. Am Anfang der Heringssaison kauften sie sich lediglich ein Mittagessen und aßen morgens und abends aus der Brotdose. Im Laufe des Sommers gaben sie diese Gewohnheit allerdings auf, nahmen bald alle Mahlzeiten im Gasthof Odeyri ein, und ich hörte über das ach so verweichlichte Auswärtsessen kein böses Wort mehr.

Während der Zeit ihrer Brotdosen-Askese ernährten meine Kameraden sich morgens von Schwarzbrot mit Margarine und tranken dünnen Kakao mit ein paar Zuckerklümpchen. Sie waren so sparsam, als hielten sie jedes Lebensmittel für eine unbezahlbare Gottesgabe. Gunnar ging mit seinem Essen und Trinken besonders sorgsam um. Er aß, als hätte er die Hungerjahre nach dem großen Vulkanausbruch von 1783 erlebt. Dafür schien Gunnar damals ein besonderes Talent zu haben.

In einem der folgenden Sommer arbeitete Gunnar in einer Heringsfabrik in Siglufjörður und wusch dort die Säcke oder, wie es damals in feiner Sprache hieß, reinigte das Tuch. In derselben Fabrik arbeitete ein Schulkamerad von Gunnar, Knútur Kristjánsson, der heute Amtsarzt im Landkreis Austur-Skaftafellssýsla ist. Die Fabrik stand am Ostufer des Fjords, so dass die meisten Lebensmittel aus dem Ort auf der anderen Seite herbeigeschafft werden mussten.

An einem Abend gegen Ende des Sommers fuhren die Freunde mit einem Boot über den Fjord, um Weißbrot zu holen. Es war stockdunkel an jenem Abend, eine von diesen dicken, sterbensschwarzen Finsternissen, die zum Herbst hin oft über enge Fjorde fallen. Nachdem sie ihre Besorgungen im Dorf erledigt hatten, gingen sie zurück zu dem Anleger, an dem sie ihr Boot festgemacht hatten. Knútur ging, die Weißbrote tragend, voran, und Gunnar trottete hinterdrein. Da stolperte Knútur, fiel mitsamt der Brotlaibe ins Wasser und ging so schnell unter, dass Gunnar ihn nur mit Mühe retten konnte. Dann starrte Gunnar in die stockfinstere See, und wie er dort die Weißbrotlaibe schwimmen sah, kam ihm ein Satz über die Lippen, an den man sich heute noch auf allen Heringsbrücken diesseits und jenseits des Fjords erinnert:

»Was für eine Affenschande vor dem Herrn!«

In Akureyri hatte Gunnar sich angewöhnt, ein Schwarzbrot zu kaufen, das er sofort in Scheiben schnitt. So konnte er genau ausrechnen, wie lange es reichen sollte. Darüber hinaus war es ihm ein Bedürfnis, sich gegen alle dunklen Mächte zu wappnen, die versuchen könnten, ihm dabei einen Strich durch die Rechnung zu machen, und merkte sich genau, wie viele Scheiben am Ende jeder Mahlzeit übrig waren. Gunnar hatte sich ein Ziel gesetzt. Am Ende der Heringssaison wollte er mit nicht weniger als 150 Kronen nach Hause fahren.

17

RAUCHEN

Mein Hauptvergnügen zu dieser eintönigen Zeit war das Rauchen. Sobald ich morgens die Augen aufmachte, zündete ich mir eine Pfeife an, rauchte mehr oder weniger den ganzen Tag und löschte sie abends, nachdem ich mich zur Ruhe gelegt hatte, zusammen mit dem Licht. Die Raucherei hatte meinen Körper in ihrem giftigen Griff und brachte das Versmaß meines Herzens derart durcheinander, dass ich mich manchmal hinlegen musste, nachdem ich eine halbe Pfeife geraucht hatte, um auch noch die andere Hälfte genießen zu können.

Ich hatte es mir in meinem dritten Jahr auf See angewöhnt, meine Atome auf diese Art in fröhliche Schwingung zu bringen. Während einer Wintertour konnte ich so schlecht einschlafen, dass ich in der erbärmlichsten aller Verfassungen war, als ich um vier Uhr morgens bei wütendem Nordsturm zu meinem Kombüsentagewerk hochgerissen wurde. Ich war von der Sorge besessen, dass dies die Ouvertüre zu lebenslangem Wahnsinn wäre. Wahnsinn beginnt immer mit Schlaflosigkeit – noch bevor es Mai wird, stecke ich in einer Zwangsjacke.

In der Koje hinter mir schliefen zwei verschwägerte Fischer, die in Reykjavík in der Vesturgata wohnten. Steinn und Hafliði. Steinn nannte mich immer Großmaulaffe und starb an der spanischen Grippe. Hafliði behandelte mich meist, als sei ich bereits verstorben und müsste nur noch zu Grabe geleitet werden. Später machte er es zu seiner Lebensaufgabe, mit einem Zylinder hoch auf einem schwarzen Leichenwagen zu sitzen, den er mit solch todernstem Gesichtsausdruck durch die Reykjavíker Straßen fuhr, als ob er dem Heiland nur ungern die Seelen der Verstorbenen anvertrauen würde, die er zur ewigen Ruhe kutschierte.

Steinn und Hafliði waren gute Fischer, hatten aber auch Mitgefühl mit denen, die es schwer hatten. Sie nahmen sich vor, meine Schlaflosigkeit zu heilen. Sie versprachen Abhilfe, wenn ich nur abends in der Koje rauchen würde. Was mir sofort einleuchtete. Einer der Matrosen erbarmte sich meiner und lieh mir eine alte, abgenuckelte Pfeife; Steinn und Hafliði versorgten mich mit grobgeschnittenem Schnupftabak, der meiner Wachheit den Rest geben sollte. Ich trocknete den Tabak am Ofen, bröselte ihn sodann in die Pfeife und steckte sie an, als ich mich kurz vor Mitternacht endlich hinlegen konnte. Was für eine Welt! Was für eine Erlösung, auf diese Art dem schmierig-gelben Kabinenfußboden, den verdreckten Seemannsklamotten, dem qualmenden Kanonenofen, der Salzlake und den grauen Nordstürmen mit ihrem stechenden Frost, den gefrorenen Suppenfischen und der unvermeidlichen Gischtdusche des nächsten Morgens entschweben zu können! Herzliebste Traumwelt, warum bist du nicht früher in das Elend meines Lebens gekommen?

Es hatte mich sofort gepackt. Ich lernte das Rauchen so leicht, dass es mir schien wie die Auffrischung einer in Vergessenheit geratenen Lektion über das wiedergefun-

156

dene Paradies und nicht wie ein Anfängerlehrgang im Alphabet des körperlichen Zugrunderichtens.

Einige Tage später liefen wir in den Hafen von Reykjavík ein. Sofort nachdem ich die Erlaubnis zum Landgang erhielt, zog mich eine unsichtbare Macht in den Kolonialwarenladen von Thórleifur Jónsson an der Ecke Vitastígur und Hverfisgata. Und dort kaufte ich die ersten Rauchutensilien meines Lebens: Eine Pfeife mit blechernem Pfeifenkopf, Tabak und eine Schachtel Streichhölzer.

So kam die tiefste Glückseligkeit und hartnäckigste Plage in mein Leben – bei heulendem Nordsturm spät im April des Jahres 1908.

Aber das Rauchen war nicht nur ein Betäubungsmittel, damit mein kritischer Geist der Elendigkeit des Lebens entfliehen konnte. Gleichermaßen genoss ich es, mich rauchend in tiefsinnige Grübeleien wissenschaftlich-philosophischer Natur zu hüllen oder in meiner Seele einen dichterischen Gedankenwirbel zu entfachen. Mein linkisches Wesen vollführte grazile Pirouetten, bis es im glänzenden Rondo der Himmelskörper aufging. Und jahrelang warf das Rauchen wieder und wieder dieselben Fragen auf: Sollen die Dänen weiterhin über Island bestimmen? Soll unser Minister isländische Gesetzesentwürfe wirklich dem Regierungsrat zum Absegnen vorlegen? Das Rauchen bewegte mich dazu, nach den Wurzeln der Freiheit zu suchen. Bei jedem Neu- und Vollmond säte es bedeutende Fragen in meinen wach liegenden Geist: Hatte der Mond etwa Einfluss auf das Verhalten von Mensch und Tier? Das Rauchen erweckte in mir die Sehnsucht, nach dem Ursprung der Worte zu forschen, und ließ mich sinnierend zwischen Schlachtern und Torfstechern umherwandeln: Welchen Einfluss haben Ebbe und Flut auf die Erdoberfläche und die Häute der Lebewesen? Es sorgte dafür, dass ich den unkrautüberwucherten Pfad der Gerechtigkeit nicht aus dem Auge verlor. Und wenn die Cirruswolken an einem dösenden Sonnentag ihre bedrohlichen Klauen nach der unbefleckten Heiterkeit des Himmels ausstreckten, zwang das Rauchen mich, die folgende Frage in den taubstummen Raum hinauszurufen: Was sagt uns diese Klaue über die Zukunft der Witterung? Wird es morgen einen Sturm geben oder einen Wolkenbruch? Es verleitete mich dazu, über Kindeserziehung nachzudenken. Und wenn ich eine Hundetöle auslachte, die wie von der Tarantel gestochen aus ihrem Korb aufsprang und ein Nichts ankläffte, rief das Rauchen meine Niedertracht zur Ordnung: Sie täten gut daran, die Hellsichtigkeit der Hunde nicht zu verachten. Es lehrte mich, die Begriffe haargenau zu definieren. Und wenn ich mich allein an einem einsamen Ort in der Dunkelheit zur Ruhe legte, war es das Rauchen, das mir ins ängstlich lauschende Ohr flüsterte: Nun kannst du dich mit dem Charakter und der Lebenseinstellung von Gespenstern bekannt machen.

Und wie oft meine Pfeife mich nicht dazu zwang, mich mit Rätseln wie diesem zu befassen: Woran liegt es, dass Fabelwesen genauso gekleidet sind und die gleiche Arbeit verrichten wie wir Menschen? Aus welchem Grund heizen sich Heuhaufen bei Flut mehr auf als bei Ebbe? Was ist schlimmer, an Tuberkulose zu sterben oder an Lippenkrebs? Doch mehr als alles andere versenkte mich das Rauchen in Meditationen über die Wahrheit.

Tja, was ist die Wahrheit? Christus oder Pilatus? Weltliche oder ewige Wahrheit? Wodurch zeichnet sich ein wahrheitssuchender Mann aus? Wie wäre die Welt, wenn alle nach Wahrheit strebten? Warum streben nicht alle nach Wahrheit? Sparbücher und Wahrheit? Ist der Wahrheitssuchende langweiliger als der Lügner? Kann Wahrheit schädlich sein? Verleugnet man die Wahrheit, wenn man eine Lüge schweigend hinnimmt? Bestätigt man die Lüge, wenn man die Wahrheit schweigend hinnimmt? Nehmen wir an, ich würde jemanden dabei beobachten, wie er Gunnars Schwarzbrotration um ein paar Scheiben erleichtert, und Gunnar würde mich fragen: Weißt du, wer von meinem Schwarzbrot gegessen hat? Was sollte ich antworten? … Ein wahrer Mann und ein unwahrer.

Die, die sich lange über gereimte Sprache und Silbenklang den Kopf zerbrochen haben, berichten alle von derselben Erfahrung. Ihr Gefühl für Reim und Ton ist mit der Zeit so empfindlich, so unbestechlich geworden, dass sie intuitiv sagen können, ob ein Vers richtig gebaut ist oder ein Lied fehlerlos gespielt wird. Übung schärft die Empfindsamkeit der Sinne. Die Sinne erhöhen die Empfindsamkeit des Geistes. Und der Geist lässt wiederum die Empfindsamkeit der Sinne reifen.

Im selben Maße steigerte mein Nachdenken über die Wahrheit auch mein Empfinden für das Rechte und Unrechte, Wahre und Erlogene, Echte und Falsche. Mir wurde regelrecht übel, wenn ich hörte, wie ich oder jemand anders etwas Unwahres sagte, selbst wenn es sich um ein harmloses Vergehen handelte und jemand lediglich eine Begebenheit falsch wiedergab, weil er für seine Gedanken nicht die passendsten Worte fand.

Im Laufe der Zeit erstreckte sich dieses Unwohlsein auf immer größere Bereiche. Ich entwickelte ein über alle Logik erhabenes Gespür dafür, ob dieser oder jener, mit dem ich redete oder von dem ich etwas las, in seinem innersten Wesen wahrhaftig war oder falsch; ob in seiner Seele reine Akkorde klangen oder verstimmte Saiten zitterten. Alles, was gekünstelt oder falsch war, unwahr oder unrein, beleidigte meinen Wahrheitssinn wie ein schlecht gereimter Vers oder eine holpernde Strophe das wohltemperierte Ohr.

Im Umgang mit anderen führte das manchmal zu Schwierigkeiten, weil der wohlmeinende Mensch in mir sich nicht immer von meinem misstrauischen Wesen lösen konnte. Aber langsam lernte ich, über diese Missklänge von einer höheren Warte aus hinwegzusehen, ohne dass dies mein feines Gespür für den Lebensrhythmus meiner Mitmenschen betäubte.

Dieser leuchtende Wahrheitssinn sollte später großen Einfluss darauf haben, wie ich über alle gesellschaftlichen und literarischen Dinge dachte.

So war das Rauchen in vielerlei Hinsicht mit meinem Geistesleben verbunden. Infolgedessen legte ich großen Wert auf eine Tabakspfeife, die die sinnstiftende Verbindung zwischen Rauch und Seele nicht störte. Die Pfeife durfte zum Beispiel weder zu scharf schmecken noch zu heiß werden. Große Schärfe und Hitze erhöhten zugegebenermaßen mein krankhaftes Rauchvergnügen, schadeten aber dem Denkerfolg, was das Rauchen zu einem unfruchtbaren Sinnesrausch werden ließ.

Ich hatte viel Zeit in Tabakläden verbracht, um eine Pfeife zu finden, die diese beiden Ansprüche miteinander verband, das Denken schärfend vertiefte, aber auch meine wachsenden Anforderungen an den Rauchgenuss befriedigte. Doch trotz vierjähriger Suche in allen Winkeln des Landes war es mir nie gelungen, eine Pfeife zu finden, mit der ich vollkommen zufrieden war. Ich hielt trotzdem an der verlockenden Hoffnung fest, dass es für dieses Problem eine großartige Lösung gab, die nur in meinem Geist noch keine klare Gestalt annehmen wollte. Sie trieb in den hintersten Winkeln meines Seelenlebens herum wie ein Wechselbalg aus kindischer Sehnsucht und halbvergessenem Traum von einer gigantischen Idealpfeife, die mein Leben von Grund auf verändern und mich weise und glücklich machen würde.

Dann war es so weit. Eines Abends in schönster Windstille und milder Luft, als ich allein durch die Straßen von Akureyri schlenderte. Ich war des Lebens überdrüssig. Und schlecht ging es mir auch. Da sah ich ein Haus, das an einem grünen Hügel oberhalb der Straße stand. Auf der Veranda, die an der Straßenseite des Hauses lag, sah ich einen feingekleideten Herrn in einem gletscherweißen Hemd mit gestärktem weißen Kragen und schneeweißen Manschetten, die halb unter seinen schwarzen Jackettärmeln hervorstanden. Er hatte einen dicken Bauch, der seiner Erscheinung eine würdevolle Ruhe verlieh, wenn er nicht sogar den Keim philosophischer Erhabenheit in sich trug. Er lief mit ruhigen und wohlbedachten Schritten auf der Veranda hin und her, ganz so, als ob er dem Rätsel um den Sinn des Lebens höchstselbst auf den Grund ginge.

Das muss ein überaus weiser Mann sein, dachte ich. Nein! Was ist das? Aus dem Mund dieses feinen Herrn hing etwas unfassbar Merkwürdiges, das meine Aufmerksamkeit in den Bann schlug und mich an der Straße festkleben ließ. Ich gaffte wie ein Kind, das zum ersten Mal ein Pferd sah. Es handelte sich um eine Tabakspfeife, die in einem schön geschwungenen Bogen aus dem Mund

des Mannes hing und ganz bis auf die Veranda hinunter-
reichte, auf der er auf und ab schritt. Sie war mit glänzenden Röhrchen und flatternden Quasten geschmückt.
Und zwischen den Lippen dieses würdevollen Wesens
kam ein schöner, blauer, stilvoller Rauchfaden hervor, der
meine Erinnerung zu den halbvergessenen Herdfeuern
meiner Heimat trug und mich an friedliche Sommer-
abende mit wiederkäuendem Vieh auf grünen Wiesen
denken ließ. Die Pfeife, die Röhrchen, die Quasten und
die Würde des Rauchs umgaben den Mann mit einem
Glanz, der mir über alles erhaben schien, das ich in meinem Leben gesehen hatte. Und gleichzeitig war es, als ob
meine Seele ganz weich würde und ein kostbares Licht
mir das Herz erhellte. Dort war die Idealpfeife, die seit
vier suchenden Jahren in den hintersten Regionen meines
Geistes herumtrieb. So eine Pfeife würde mich glücklich
machen. So eine Pfeife würde mich zu einer anerkannten
Geistesgröße befördern, mich zu einem Denker wie Stuart Mill oder Herbert Spencer machen. Ein großer Weiser
zu werden, hielt ich in jenen Jahren für das Erstrebens-
werteste aller Ziele. Und ich war fest davon überzeugt,
dass eine solche Pfeife dafür sorgen würde, dass meine
Zeitgenossen mir endlich die Anerkennung entgegenbrachten, nach der ich mich sehnte. Ich stand lange da
und betrachtete die Pfeife und ihren Einfluss auf Haltung
und Gepräge des Mannes, der, so wurde mir immer deutlicher, gleichzeitig über die tiefste Einsicht und Seligkeit
der Welt verfügte.

Am nächsten Tag eilte ich gleich in der ersten Pause in
den Laden von Tulinius oben am Heringsanleger und bat
den Kaufmann, Thorkel Blandon, mir die längste Tabakspfeife zu zeigen, die er hatte. Er verschwand nach hinten

und kam alsbald mit einer kolossalen Pfeife zurück, die er mir lächelnd über den Verkaufstresen reichte.

Mit zitternden Händen riss ich das Wunderwerk an mich, weil ich auf einmal das Gefühl bekam, der Kaufmann könnte sie im letzten Augenblick zurückziehen. Das konnte nicht wahr sein. Er wollte mich nur zum Narren halten. Es war unvorstellbar, dass einem rotzigen Heringsjungen wie mir so eine Kostbarkeit zugedacht war. Die Pfeife musste einem der Kontoristen gehören oder für einen hohen Beamten bestellt worden sein.

»Gestatten Sie«, stammelte ich, von diesem fürchterlichen Gedanken verstört, »dass ich das Mundstück an die Lippen lege? Ich möchte nur zu meinem Vergnügen sehen, wie weit sie herunterreicht. Ich werde es nicht in den Mund nehmen.«

»Aber sicher doch. Bitte sehr!«

Also probierte ich sie an und stellte fest, dass sie mir nur bis zum Knie zu reichen schien, wenn ich aufrecht stand.

»Gehe ich recht in der Annahme, dass sie mir nur bis zum Knie reicht, wenn ich so stehe? Ich kann das von oben nicht richtig sehen«, fragte ich den Kaufmann, und entfernte mich so weit vom Ladentisch, dass er meine Beine sehen konnte, drehte mich zur Seite und stellte mich kerzengerade hin.

»Ja, sie reicht gerade mal bis zur Mitte der Kniescheibe.«

»Sogar nur gerade bis zur Mitte der Kniescheibe … Dann würde sie ja lediglich an die Kniescheibe *heranreichen*, wenn ich das Mundstück jetzt auch noch in den Mund nähme. Haben Sie keine längere?«

»Ich bedauere.«

»Nun ja, dann werde ich wohl diese kaufen. Was kostet sie?«

»Sechs Kronen und fünfzig Öre.«

»Würden Sie das bitte auf meine Rechnung setzen?«

»Selbstverständlich. Soll ich sie Ihnen einpacken?«

»Nein, danke. Das wird nicht nötig sein. Ich bitte das Mädchen, bei dem ich esse, sie bis heute Abend aufzubewahren. Sie wird so nett sein, die Pfeife in der guten Stube an die Wand zu hängen. Das sind nur sieben Minuten zu gehen«, verabschiedete ich mich von dem Kaufmann etwas zögerlich, als ob ich hätte fragen wollen: Und Sie sind sich ganz sicher, dass Sie keine längere haben? Dann eilte ich davon, betrachtete die Pfeife auf dem Weg immer wieder von allen Seiten, nahm das Mundstück in den Mund, um zu wissen, welche Stimmung das in meiner Seele auslöste. Wie der Rauch wohl durch sie schmeckte?

Nie zuvor hatte ich mich in meinem Leben so feierlich auf etwas gefreut, wie auf den Feierabend dieses Tages. Endlich nach Hause zu gehen und aus dieser zauberhaften Überpfeife mit dem polierten Mahagoniholm und dem silbernen Pfeifenkopf zu rauchen, dessen silberner Deckel so kunstvoll knarrte, endlich den ellenlangen, aus perfekt ineinandergreifenden Teilen zusammengesetzten Pfeifenkörper mit den flatternden Quasten in der Hand zu halten und mit duftendem, traumblauem Rauch tiefe Gedanken, traumhafte Stimmungen und Erleuchtung zu erwecken. Ich hatte das Gefühl, die Zeit wollte niemals vergehen. Den ganzen Tag sah ich auf die Uhr oder den Stand der Sonne. Nun werde ich nicht mehr zur Sonne schauen, bis ich zehn Tonnen fertig gemacht habe. Doch der blöde Tag kam am Himmelsfirmament einfach nicht in die Hufe. Wann war endlich Feierabend? Müssen wir vielleicht gar Überstunden schieben? Wenn wir diese verfluchten Heringsfässer doch bloß bis zum Abend verstaut hätten! Immer wieder an diesem dahinschleichenden Tag voller Furcht vor Überstunden und neuen Heringsanlandungen kamen mir Stuart Mill und Herbert Spencer in den Sinn. Was für Titanen des Geistes! Ja, das waren große Denker. Hatten sie vielleicht auch solche langen, gebogenen Pfeifen geraucht? Wie wäre es doch schön, so denken zu können wie sie! Noch immer war kein Schiff vor Oddeyri zu sehen. Ich hatte bereits eine Denkaufgabe im Sinn, die ich lösen wollte, nachdem ich die Pfeife angezündet hatte: Ist es eine weltliche oder ewige Wahrheit, dass 2×2 gleich 4 ist?

An diesem Abend kam kein Heringsschiff mehr und um zehn Uhr hatten wir Feierabend. Ich eilte nach Hause und wusch mich in Windeseile, sprang aus den Heringsklamotten und stieg in das, was wir saubere Jacke und Hose nannten. Dann stopfte ich die Pfeife unverzüglich mit feuchtem, kräftigen Dosentabak, riss ein Streichholz an der Reibfläche des Streichholzkästchens an, tat stehend einige Züge, setzte mich dann auf mein knarrendes Bett und begann zu denken. Thema: Ergibt 2×2 zwingend immer 4?

Aber es ging nicht besonders gut. So ist die also? Der Rauch war kalt und fad und geschmacklos. War sie etwa trügerisch? Merkwürdig, dass sie bisher niemand gekauft hatte. Vielleicht wurde sie ja besser, wenn sie eingeraucht war und die Tabakessenzen eingezogen.

Hin und wieder stand ich auf und versuchte, mehr Geschmack in den Rauch zu bekommen, ging mit ruhigen, würdevollen Schritten auf dem Fußboden hin und her und unterzog Aussehen und Gestalt der Pfeife einer gründlichen Prüfung. Beschrieb sie auch einen schönen Bogen? Glänzte der Pfeifenkopf? Flatterten die Quasten? Von wo war sie schöner, von der Seite oder von vorn? War der Rauch blauer als aus kleinen Pfeifen? Erweckte sie Würde?

Ich hatte das Gefühl, bei der Lösung meiner Frage über die Ewigkeitstauglichkeit von 2 × 2 schon weit gekommen zu sein, da hörte ich Schritte auf dem Gang. Und bevor ich noch Gelegenheit bekam, mich einer praktischeren Frage als 2 × 2 zu widmen, nämlich der Frage, von welcher Seite ich mich meinen Zimmergenossen präsentieren wollte, da flog auch schon die Tür auf und Thórleifur kam in seinen säuerlich-tranigen Heringsklamotten herein.

»Was zum Teufel hast du denn da? Gunnar, komm her. Schau mal, was der da zwischen den Kiemen hat.«

Gunnars Gesicht erschien in der Tür, und er warf mir einen Blick zu, als ob er nicht glauben könnte, was er da sah.

»So, so! Dafür hat er also Geld, der Herr Baron.«

»Was hat die denn gekostet?«

Ich frage mich: Muss nun die Wahrheit gesagt werden?

»Diese Pfeife hier? Die hat sechs Kronen und fünfzig Öre gekostet.«

»Das ist ja nicht mehr und nicht weniger als der Lohn von drei Tagen!«

»Das ist doch nicht teuer.«

»Er scheint's ja zu haben, dieser Geldsack. Dann hat er bestimmt auch schon bei Vigfús die Rechnung für das Hotel bezahlt.«

»Warum zum Teufel hast du dir das Ding denn gekauft?«

»Weil aus einer langen Pfeife besserer Rauch kommt als aus einer kurzen und weil man dann nicht so leicht Lippenkrebs bekommt. Außerdem denkt man langsamer, wenn der Rauch nicht so heiß ist. Findest du diese Pfeife nicht viel schöner als all die kleinen Pfeifen? Schau dir nur den Holm an und den Deckel und überhaupt, die Form des Pfeifenkörpers und die Quasten! Dann ist sie auch noch besser für das Herz. Und man kann viel länger rauchen.«

»Willst du jetzt vielleicht auch noch nachts aufstehen, um zu rauchen?«

»Im Moment nicht, aber vielleicht irgendwann einmal in der Zukunft, wenn ich morgens nicht so früh aufstehen muss.«

»Eins sage ich dir, wenn du anfängst, mitten in der Nacht dieses Ungetüm anzufeuern, schmeißen wir dich aus dem Zimmer.«

»Soll der schräge Vogel doch seine Schrullen haben, bis wir schlafen gehen. Vielleicht gibt er ja dann wenigstens Ruhe.«

Ich bemühte mich, den folgenden Satz einige Male vor mich hin zu murmeln, um mir das Zwischenergebnis meiner vorschnell beendeten kontemplativen Stunde einzuprägen: 2 × 2 sind immer vier, solange die eine Zwei in unserem Bewusstsein der anderen entspricht.

Es verging nicht viel Zeit, bis ich mir eingestehen musste, dass meine prächtige teure Pfeife, dieses Ideal vier suchender Lebensjahre, eine Enttäuschung war. Sie hob meine Glückseligkeit um keinen Deut und was noch schlimmer war: sie drückte meine Unglückseligkeit um keinen Daumenbreit nieder. Ich konnte in keinster Weise besser denken als zuvor. Das große Rätsel um 2 × 2 war weitgehend ungelöst, und ich rechnete nicht damit, jemals eine Lösung zu finden. Mit anderen Worten: Stuart Mill und Herbert Spencer waren noch genau so weit weg wie der Feierabend, den ich mir an jenem großen Tag auf dem Heringsanleger in höchster Erregung herbeigesehnt hatte. Außerdem sorgte die Pfeife für neue Streitigkeiten in unserem Zusammenwohnen, denn der halbkalte Rauch sorgte dafür, dass ich abends mit größerer Ausdauer rauchte und länger wach blieb. Nachdem ich sie mit auf unser Zimmer genommen hatte, sank mein Ansehen auf einen neuen Tiefpunkt – ganz abgesehen davon, dass sie mir nur bis zur Kniescheibe reichte, nur eine Quaste hatte, nur einen glänzenden Pfeifenkopf und nie einen würdevoll geschwungenen Bogen beschrieb.

Auf dem Heringsanleger in Akureyri kursierte indes der Spott über meine Pfeife und mich:

»Er fand sie so billig, dass er der Versuchung einfach nicht widerstehen konnte.«

»Er denkt, dass er keinen Krebs bekommt, wenn er eine Pfeife mit silbernem Kopf raucht. Er meint, er hätte eine Krebsphobie.«

»Er denkt, er kann besser denken, wenn er eine lange Pfeife raucht. Der tut so, als wäre er was Besseres, nur weil er irgendwann mal einen alten Schinken über einen dänischen Hofmeister namens Miller gelesen hat.«

»Der spekuliert doch bestimmt auch darauf, eine bessere Figur abzugeben, wenn ihm eine lange Pfeife aus dem Maul hängt. So wird er bestimmt keinen Stich bei dieser geliebten Kuh haben, die er da im Hrútafjörður sitzen hat. Man sagt, sie will ihn weder sehen noch von ihm hören. Und überhaupt, was soll eine Frau mit so einem Sternenglotzer.«

»Sagt mal, kommt dieser Schwachkopf nicht aus dem Hornafjörður? Dieser Hornochse? Ha, ha, ha! Dieser gehörnte Pfeifenraucher, ha-ha-ha-ha-ha-ha-ha! Er hat gesagt, er sitzt nächtelang wach, raucht und denkt über die Milchstraße nach.«

»Und ein Blasphemiker und Atheist ist er obendrein. In einem seiner peinlichen Gedichte steht, dass der Apostel Petrus vier Motorboote auf dem See Genezareth hat und Gott ein dreihörniger Hammel ist, der auf der Sonnenseite des Mondes in Mooskuhlen herumlungert …«

So scheiterte ich zum ersten Mal in meinem Leben bei dem Versuch, ein bisschen Weisheit zu erlangen und mich vom Joch der Qualen zu befreien.

18

ROMANTISCHE ZEITEN

Es wurde Ende Juli, Anfang August. Kaltklammer Herbstwind mit Schneefall bis zur Mitte der Bergflanken; Wolkenbrüche und rutschnasse Graupelschauer im Ort. Die Luft eine gräuliche Promenadenmischung. Matsch auf der Heringsbrücke. Trangestank, Pfützen, Dreck, Schneematsch. Durchnässt, steif und stumm schleppten wir uns nach zwölf bis zwanzig Stunden Lebenskampf in drückender Nachtschwärze nach Hause. So war die Zivilisation. »Ich will mein Land lieben.«

An einem dieser stumpfsinnigen, ranzigen Abende hielt eine Neuigkeit in die Finsternis auf der Tuliniusbrücke Einzug wie eine befreiende Weihnachtsbotschaft: Stefán von Hvítadal ist in die Stadt gekommen. Er wohnt im Gasthof Oddeyri.

Bravo!

Am folgenden Tag erfuhren wir, dass er auf dem Land viele Leute fotografiert hatte, die allesamt im Voraus bezahlten. Den Dienstboten im Gasthof erzählte er, dass er die nächsten Wochen damit beschäftigt sein würde, die Bilder zu entwickeln. Er habe nicht vor, wie die anderen abends umherzuspazieren, und sei gekommen, um sich ein ruhiges Zimmer für die Arbeit zu suchen. Wie ein Geheimnis ward dies von Mann zu Mann geflüstert, und in den nächsten Tagen verließ Stefán nicht das Haus, ohne seine Kamera bei sich zu haben. Zweifellos, hier handelte es sich um einen echten Fotografen.

Ferner erzählte man sich, dass er seine Seekiste nicht aus Hjalteyri mitnehmen konnte, und im Gasthof Oddeyri fand sich eine Gruppe tüchtiger junger Männer, die sich dieser Sache annehmen wollte. Warum er wohl seine Seekiste nicht mitnehmen konnte?, fragte man sich auf der Heringsbrücke.

Stefáns Ankunft in Akureyri hauchte frische Luft in unsere heringsversalzenen Dichterseelen. Doch wir sorgten uns auch um sein Wohlergehen. Sicher, er hatte mit seinen Fotografien auf dem Land einiges zusammengekratzt und hier und da Außenstände, aber wir wussten nur zu genau, wie schwierig es war, Schulden einzutreiben und wie schlecht Stefán körperliche Arbeit vertrug. Vor längerer Zeit hatte er sich eine Verletzung zugezogen, die sich derart entzündete, dass ihm das Bein amputiert werden musste und er nun mit einer Prothese herumlief. Er war bettelarm. Er war so arm, dass er nicht einmal Geld für eine Prothese hatte, mit der er anständig gehen konnte. Deswegen klagte er oft über Schmerzen im Stumpf, sagte dabei aber immer: im Bein.

Aber dem Vertrauen, das wir in Stefáns Fähigkeiten setzten, gelang es immer wieder, die Stimmen des Mitleids zum Schweigen zu bringen. Wir wussten, dass allein seine Redekunst mehr wert war als viele Arbeitsstunden im Hering. Er war mit einer ansteckenden Lebensfreude gesegnet, die die unangenehmen Gedanken an eigene Schulden aus unseren Seelen vertrieb. Stefán schützte sich vor finanziellen Sorgen mit einer Rüstung aus stahlharter Dreistigkeit, die ihm mehr half als ein mickeriger

Monatslohn. Darüber hinaus konnte er sich in Momenten der Anfechtung damit trösten – und darum beneideten ihn viele –, dass Englands größter Dichter Lord Byron gehumpelt hatte wie er. Ein auf diese Weise lordähnlicher, gekünstelter Gang konnte manchmal sehr amüsant sein, und es war sicher vergnüglich, die Mitmenschen denken zu lassen: Der geht ja wie Byron! Wobei er sich allerdings nur unzureichend bewusstmachte, dass die Leute hier mehr über die Bewegungen des Herings wussten als über die Gehweise eines weltberühmten Genies.

Stefán nahm das Entwickeln seiner Fotografien nicht sonderlich ernst, was mich nicht überraschte – schließlich musste das eine ziemlich ermüdende Arbeit sein. Er suchte unsere Gesellschaft und beteiligte sich gern an unseren dichterischen Lebensäußerungen. Seine Mahlzeiten nahm er allesamt im Gasthof Oddeyri ein.

Nun begannen wieder die heiteren Tage der romantischen Träumerei. Nach Feierabend schlenderten wir feingemacht durch die Straßen der Stadt und verströmten unsere lyrischen Eingebungen, die manchmal vor dichterischer Inbrunst brannten und manchmal schwer am Kreuze eines ruinierten Lebens trugen.

An einem duftenden Augustabend war ein großartiger Ball im Guttemplerhaus. Wir gingen dorthin mit gelbgrünen Gummizugkrawatten und Manschetten mit blitzblanken Messingknöpfen, die wir ein gutes Stück aus den Ärmeln unserer zerknitterten Kammgarnanzüge hervorstehen ließen. Aber wir schauten nur von draußen über die Schwelle hinein, setzten treuherzige Gesichter auf und gingen mit zölibatärem Schritt an den aufwallenden Strickjacken, weißen Blusen und geheimnisvollen Seidenröcken vorbei, die für uns die schönste Sprache der Welt waren. Aber wir waren ja vergeben. Wir waren keine Wüstlinge und betrogen unsere unschuldigen Geliebten, die sicher in diesem Moment unter schneeweißen Decken in der duftenden Pracht keuscher Berge schlummerten.

Und dann flüsterte man: »Hast du Stefán gesehen?«

»Er war spazieren, oben bei den Weiden.«

Es war Flut. Und Vollmond. Und dieser Mond tauchte alles in zauberhaftes Licht.

An den Sonntagen unternahmen wir Ausritte in die Umgebung oder fuhren auf geschmückten Wagen ins Blaue, immer angetrunken, immer verliebt, himmelhoch jauchzend oder auf ewig verdammt. Abends kamen wir zurück. Dann genehmigte sich die Ausflugsgesellschaft ein Glas im Gasthof Oddeyri, und wir hielten Reden, deklamierten Gedichte oder führten funkensprühende Disputationen über die Denker der Welt, Gott und Einar Benediktsson.

Gunnar Espólín sang herzzerreißende Gesänge über ein Liebespaar, das von üblen Nornen entzweit wurde und nie wieder zueinander fand. Außerdem besang er ein herzensgutes Heimchen, das Tag für Tag an ihrem Spinnrad saß und auf ihren Liebsten wartete. Sie spann, spann und der Liebste kam nie, nie. Warum kam er nie? Weil er währenddessen eine Jungfrau mit rosenroten Wangen besang, die einsam am Fuße eines hohen Bergs stand und hinaufsah, weil sie so gern hinaufsteigen würde. Aber es tobte immer ein höllenschwarzer Schneesturm auf dem Berg, so dass sie ihn nie besteigen konnte, nie, nein, nie. Warum war immer Schneesturm auf dem Berg? Und was sollte sie jenseits des Berges tun? Wir hörten mit Tränen in den Augen zu. Und die Gäste spendierten Gunnar Bier.

Das waren viel geistreichere Besäufnisse als bei den jungen Leuten heutzutage – es ist eben eine ganz andere Generation, die nun die Gläser hebt. Wir waren nie blasiert, nie inhaltsleer, nie um ein Gesprächsthema verlegen. Uns lag immer etwas Wichtiges auf dem Herzen. Jedem Atemzug wohnte eine Prise Bedeutsamkeit und eine Vielzahl ungelöster Rätsel inne. Wir brannten vor Verlangen, alles zu durchschauen und wurden niemals müde, uns über die Geheimnisse der Welten den Kopf zu zerbrechen. Man musste uns keine Oberschule bauen oder uns auf Skibrettern einen Abhang hinunterschubsen, damit wir anfingen zu denken und nicht vollends zu Barbaren wurden.

Es konnte allerdings vorkommen, dass unsere Zusammenkünfte in Unfrieden oder sogar kleinen Raufereien mündeten, wenn ein Redebeitrag den schmalen Pfad der Sachlichkeit verließ. Und manchen stand der Sinn nach allem Möglichen, nur nicht nach Sachlichkeit. Insbesondere Stefán neigte zu gewagten Vergleichen.

Trotzdem herrschte in unseren Gemütern nie solche Grausamkeit, solcher Teufelszorn, wie ihn einige junge Reykjavíker heute an den Tag legen. Wir waren vielleicht schlechter gekleidet. Aber wir hatten die zivilisierteren Herzen. Dass junge Männer einander auf der Straße aufgrund ihrer politischen Gesinnung hysterische Verwünschungen hinterherbrüllen, dass sie Leuten Prügel androhen, die der gegnerischen Partei angehören, dass Schwarze verhöhnt und Juden in Sack und Asche verflucht werden – solche Torheiten kennt man hierzulande erst, seit die jetzt heranwachsende Generation die Fähigkeit verlernt hat, mit dem Gehirn zu denken.

Instinktiv legten wir großen Wert darauf, mit gebotenem Respekt über das Talent und die Dichtung der anderen zu sprechen. Mit Moral hatte das wenig zu tun. Vielmehr konnte bei uns ein höfliches Kompliment über die Sittenstrenge eines Kameraden so sinnschwanger daherkommen, als zöge man seine Intelligenz in Zweifel. Über jemanden zu sagen, dass er zuverlässig oder gar ehrlich sei, konnte eine grobe Beleidigung darstellen, auch wenn derjenige weder das eine noch das andere war. Doch trotz allem führte ein derartiges Kompliment selten zu Feindseligkeiten, wenn man hinzufügte: Und ein großer Dichter ist er auch. Oder: Er ist ein verdammt begabter Teufelsbraten.

Es gehörte zur Lebensauffassung der damaligen Zeit, dass eine geniale Gemeinheit, fein gedrechselte Niedertracht oder vollmundige Beleidigung von Talent und Geistesgröße zeugte. In seinen Worten und Gefühlsäußerungen korrekt und gemäßigt zu sein, war als Korinthenkackerei verschrien und wies auf nicht besonders rege Gehirnzellen hin. Intelligenz zählte mehr als alles andere, und sie galt als umso größer, je wortgewandter man sie in die Dienste des Bösen stellte, wogegen in unserer Gruppe niemand auf fromme Trottel gut zu sprechen war.

Unsere sittlichen Ideale waren die großen Denker, die jeden Paragraphen in Anarchie verwandeln konnten, ausländischen Einfaltspinseln das Nordlicht und Erdbeben für teures Geld verkauften und unsterbliche literarische Meisterwerke schufen.

19

PÁLL BORGFJÖRÐ

Kurz nachdem Stefán nach Akureyri kam, schloss sich unserer Gruppe ein weiterer Herr an, der einen sehr belebenden und inspirierenden Einfluss auf uns hatte. Er hieß Páll Borgfjörð und war eine Art Freund von Stefán. Wir hielten ihn in diesem Sommer für den unterhaltsamsten Mann in ganz Akureyri.

Páll Pálsson Borgfjörð erblickte am 25. Tag des Monats Dezember im Jahre 1883 in Heggsstaðir im Landkreis Andakílshreppur am Borgarfjörður das Licht dieser Welt und wurde vom dortigen Pastor Janus Jónsson am 2. Januar 1884 getauft.

In den autobiographischen Notizen, die Páll über sein Leben verfasst hat, beschreibt er seine Herkunft wie folgt:

»Der Junge ward bei Schneesturm und Kälte geboren ... Er war faltig und fahl an Haut und Haar, obwohl ein Empfangskomitee aus Weihnachtspudding und Rauchfleisch ihn begrüßte.«

Pálls Eltern waren der Arbeiter Páll Pálsson aus Reykjavík und Guðrún Hákonardóttir, damals wohnhaft in Heggsstaðir. Sie gab Páll als Vater des Kindes an, wie im Kirchenregister zu lesen ist.

Im Alter von drei Wochen wurde der kleine Páll als

Pflegekind nach Grjóteyrartunga zu dem angesehenen Ehepaar Thórður Jónsson und Halla Sigurðardóttir gegeben, wofür seine Eltern 100 Kronen pro Jahr zahlen sollten. Dieses Aufwachsen ist so beschrieben:

»Dort wuchs er heran, bis er sieben Jahre alt war, in jeglicher Hinsicht froh und vielversprechend. Dann begann das Unglück.«

Zu dieser Zeit wohnte sein Vater auf dem Hof Litla-Drageyri im Skorradalur und nahm den Jungen zu sich. Er wohnte dort mit einer Haushälterin, Sigrún Sæmundardóttir mit Namen, die alles entschied, was in diesem Haushalt draußen wie drinnen passierte. Sie wird in seinen Aufzeichnungen als ebenso übellaunig wie dumm beschrieben und tat, was sie konnte, damit Páll nicht in die Obhut seiner leiblichen Mutter kam. Weiterhin schreibt er, diese Sigrún sei »von jener Sorte Mensch gewesen, die ihre Tage wegen Diebstahls und Niedertracht im Zuchthaus beschließen sollten«. Páll selbst wird hingegen als intelligenter und begabter Mann beschrieben, noch dazu »von großer Belesenheit«.

Der kleine Páll führte ein ziemlich kärgliches Leben auf Drageyri. Das Verhalten der Haushälterin lief seinen charakterlichen Besonderheiten derart zuwider, dass er mit elf Jahren verschüchtert, hungrig und schlecht gekleidet ausriss. Er lief in Richtung Grjóteyrartunga, das dachte er zumindest, da er sich dort kaum auskannte. Es war ein weiter Weg, gute drei Stunden vom Hof, wobei auch noch einige Flüsse zu überqueren waren.

Spät an diesem Wintertag bei Frost und einsetzender Dämmerung passierte es. In einem der Flüsse stolperte er, versank in den Fluten, konnte sich nur mit Mühe und Not ans Ufer retten und schleppte sich weiter nach

Grjóteyrartunga, wo er geschunden und verfroren erst mitten in der Nacht ankam. Dort wurde er mit offenen Armen empfangen, und bis zum Frühling war nun alles in bester Ordnung. Páll glaubte, es habe ihm auf dieser tollkühnen Odyssee das Leben gerettet, dass seine Familie von Egill Skallagrímsson abstammte, dessen Sagahelden-Blut in Pálls Adern wütete und ihm in der Not die erforderliche Kraft gab. Im Frühling kam er wieder nach Drageyri zurück, und der Gemeindevorsteher hatte beschlossen, ein Auge auf sein Wohlergehen zu haben. Was ihm offensichtlich gelungen war.

Im Winter vor Pálls Konfirmation wurde im Kirchenkreis ein Landwirt angeheuert, um den Konfirmanden zu zeigen, wie das mit dem Schreiben und der Rechenkunst so ginge – lesen hatte Páll schon auf Grjóteyrartunga gelernt. Der Unterricht, den der kleine Páll bei dem Landwirt genoss, dauerte vierzehn Tage, dann wurde er im Frühjahr in die Gemeinschaft der Christen aufgenommen. Das war die ganze Schulbildung, die Páll in seinem Leben erhalten sollte. Gerne hätte er den Bildungsweg weiter beschritten, vertrug aber das Lesen aufgrund seiner beträchtlichen Kurzsichtigkeit, die damals durch nichts gelindert werden konnte, schlecht.

Als Páll sechzehn Jahre alt war, verdingte er sich auf einem Hof, wie es damals eben üblich war. Sein Hausherr schickte ihn als Leiharbeiter auf eine Walfangstation in den Önundarfjörður, und dort dauerte es nicht lange, bis er mit den Gelegenheiten Bekanntschaft machte, die die große weite Welt zu bieten hatte. Páll machte einen sehr abgerissenen Eindruck, er besaß nichts außer zwei Umhängen und zwei Hosen, alle aus Sackleinen, und einem halb durchgewetzten Konfirmationsanzug, der ihm inzwischen viel zu kurz war. Als er im Herbst von der Walfangstation zurückkehrte, sagte er sich von seinem Hausherren los und weigerte sich, ihm auch nur eine Öre von dem Geld zu geben, das er verdient hatte. Das war das erste Spekulationsgeschäft in Pálls Leben. Im nächsten Sommer arbeitete er wieder auf Walfangstationen, erst im Önundarfjörður, dann weiter östlich im Móafjörður.

Auf den Walfangstationen war Páll Einflüssen ausgesetzt, die seine eigentümliche Lebenseinstellung in wesentlichen Punkten prägten. Das Leben der Walfänger und das viele Geld, das sie mit diesen Fisch-Vagabunden verdienten, die die Weltmeere ohne erkennbares Ziel durchkreuzten – all das hatte Páll zu der reizvollen Erkenntnis gebracht, dass viele Wege zum Wohlstand führen konnten. Auch die bittere Armut und seelische Demütigung, die er als Kind erdulden musste und eine angeborene merkantile Ader, die er, haltlosen Gerüchten zufolge, von einem bekannten Reykjavíker Kaufmann hatte, waren wohl Ursachen dafür, dass er sich hinauswagte auf die breiten Prachtstraßen der Spekulation. Er begann zu erahnen, wie der Mensch aus eigener Kraft vorankommen konnte, und ließ diese Ahnung im Sommer nach seiner Zeit auf den Walfangstationen zu reiner Erkenntnis reifen. Da arbeitete Páll bei Einar Benediktsson, dem Landrat von Rangárvellir, und danach bei Pastor Magnús Jónsson in Vallanes.

In der Zeit danach ließ Páll sich auf dieses und jenes ein. Er arbeitete im Mosfellssveit, war Hochseefischer auf Suðurnes und den Westmänner-Inseln, trieb Pferdehandel und hatte einen Laden auf der Hverfisgata in Reykjavík. Eines Abends, als ich bereits zum Leben erweckt war, hörte ich ein junges Mädchen in der Küche davon schwärmen, dass dieser Páll Borgfjörð ein schönes Herz zu verkaufen hatte. Ich wurde puterrot. Ein Herz zu verkaufen! Auch ich hatte ein großes und schönes Herz, und das war zu verschenken. Doch trotzdem kam sie nicht zu mir in die Stube, sondern stand weiter in der Küche und tuschelte mit gedämpfter Stimme. Ich lag die ganze Nacht wach. Was meinte sie mit ›ein Herz zu verkaufen‹? Das war meine erste Bekanntschaft mit Páll Borgfjörð, dessen Unternehmungen alle auf ein und dieselbe Weise endeten.

Während Páll auf den Westmänner-Inseln war, kam einmal ein junger Bursche aus dem Borgarfjörður in die isländische Hauptstadt. Er war von hohem Wuchs, hatte einen forschen Gang und Hände, mit denen er derart auf Dinge hätte einprügeln können, dass sie es vorziehen würden, liegenzubleiben, anstatt zu versuchen, wieder auf die Beine zu kommen.

Als er seine Geschäfte in Reykjavík erledigt hatte, bestieg er ein Schiff, von dem er annahm, dass es direkt nach Borgarnes fuhr. Er ging unter Deck und legte sich schlafen, doch als er wieder aufwachte, lag das Schiff im Hafen der Westmänner-Inseln. Na ja, was soll's. Das ergab auch keinen großen Unterschied. Schließlich war es nirgendwo lustiger, als da, wo man gerade war. Der Junge ging also an Land und suchte sich Arbeit bei einem vornehmen norwegischen Transpekulanten.

Dieser junge Bursche hieß Thórður Kolbeinsson und war ein Nachkomme des Dichters Árni Böðvarsson von Akra, der die *Schiffsankunft* geschrieben hatte. Dieser Poetennachfahre kam also mit dem Schiff dort an. Er hatte eine tiefgründige Seele, und die Rätsel des Daseins brachten ihn immer wieder zum Staunen. Wenn er trank, tat er nichts lieber, als seinen Geist auf das Unergründliche zu richten.

Und auf den Westmänner-Inseln traf dieser Thórður nun Páll Borgfjörð. Die beiden wurden gute Freunde und wagten es, einander so zu vertrauen, dass sie ein gemeinsames Handelsunternehmen gründeten. Das war die Seetangfabrik auf Álfanes. Páll war zweifellos die treibende Kraft dieses Unternehmens gewesen, denn Thórður war eigentlich mehr Wahrheitssuchender als Spekulant. Es handelte sich hierbei um Pálls bisher umfangreichstes Unternehmen. Das allerdings an dem Gebrechen litt, dass Thórður und Páll einen, wie sie es nannten, ›verkehrten Vertrag‹ mit ihren Kunden in Norwegen geschlossen hatten. Dieser Formfehler zog nach sich, dass sie nur 40 Kronen für eine Tonne Seetang bekamen, statt 140 Kronen, wenn der Vertrag nicht verkehrt gewesen wäre. Diese 100 Kronen waren also versehentlich in eine Art leeren Raum zwischen den Renditeaussichten des Unternehmens und dem Vertrag gefallen. Nach einigen Monaten war die Seetangfabrik auf Álfanes insolvent, da sie keiner Bank so viel schuldete, dass es sich gelohnt hätte, sie mit Verlust weiterzuführen.

Nicht viel später geschah in Pálls Leben etwas, das dafür sorgte, dass sein Name in Reykjavík in aller Munde war. Nachdem die Fabrik in Áltanes geschlossen wurde und ihr mächtiger Schornstein aufgehört hatte, die Glorie der Eigentümer im ganzen Bezirk zu verbreiten, verkehrten sie immer öfter im Unuhús – wie auch einige andere, die im Geschäftsleben eher spärlichen Erfolg hatten. Eines Tages kam es im Unuhús zwischen den ehemaligen Kompagnons zu einer derart hässlichen Meinungsverschiedenheit, dass Thórður Páll zu einem Duell herausforderte, so denn noch ein Tropfen männliches Blut in seinem bankrotten Hundeleib flösse. Und damit seine Duellierungsabsicht Páll etwas mehr Anlass zum Nachdenken bot als das übliche banale Gefasel, garnierte Thórður sie mit dem folgenden provokanten Vers:

> Dich forder ich zum Holmgang auf,
> Wenn in der Brust dein Herz noch schlägt.
> Einen von uns schon bald darauf
> Die Heimaterd im Schoße trägt.

Páll sagte lachend, er habe schon Schlimmeres erlebt, schließlich war er einmal in einem Sturm auf der Faxa-Buch gesunken – den Mut für ein Duell mit diesem Kuhfladen habe er daher allemal. Daraufhin wurden Tag und Zeitpunkt für das Duell festgesetzt und zwei Sekundanten ausgewählt. Dann wurde unweit des Unuhús ein Duellplatz hinter einem Misthaufen auf der Wiese des Kaufmanns Geir Zoëga markiert.

Diese Nachricht verbreitete sich wie ein Lauffeuer in der Altstadt, und die jungen Männer aus dem Unuhús bereiteten sich auf das Gewissenhafteste vor.

Endlich kam der Tag des Duells mit bewölktem Himmel und unheimlich mildem Südwind. Thórður kam pünktlich, in Begleitung seiner Sekundanten und gefolgt von vielen vorfreudig erregten Zuschauern. Wer jetzt wohl niedergemäht wird? Dann schleppten sich die Minuten dahin, eine nach der anderen, in quälend gespannter Erwartung. Die versammelte Menge blickte wartend um sich und hielt Ausschau nach Páll. Aber der ward nirgendwo gesehen und ließ sich nicht einmal in der Nähe des Duellplatzes blicken. Daher meinten die meisten, dass Thórður dieses Duell mehr zu Ehre gereicht hatte als Páll.

So ging die Zeit voran, als ob in der Welt überhaupt nichts passierte. Bis sich eines müßigen Abends im Sommer 1912 die Nachricht verbreitete, dass ein Trawler aus Reykjavík in den Eyjafjörður eingelaufen und am Torfunefsanleger in Akureyri festgemacht hatte. Wenig später sahen einige neugierige Leute auch schon, wie Páll Borgfjörð mit einem grünen, von einer über Kreuz gebundenen, zerschlissenen Kordel zusammengehaltenen Koffer in der einen Hand und einem Paket mit gelben Flecken in der anderen von Bord ging. Er schritt starren Blicks am Hafen entlang, als ob alles dortige Leben weit unter seiner Würde sei, wandte sich dem Gasthof Oddeyri zu, den er entschlossenen Schritts mit Koffer und Paket betrat und forderte von dem Dienstboten ein Zimmer. Am Tag danach sah man ihn forschend auf den Straßen und Fischtrockenplätzen umherschreiten, als ob er nach etwas suchte, das anderen Menschen unsichtbar war. Und gegen Abend wurde er in Akureyri als vornehmer Großspekulant gehandelt.

Páll war den ganzen Sommer über in Spekulationsgeschäfte vertieft. Überall erspähte er ungenutzte Potentiale, schmiedete aufgeregt immer neue Pläne und hatte Stefán zu seinem Berater gemacht. Die Spekulation schien Páll kein Mittel zu sein, um zu Reichtum oder bürgerlichem Ansehen zu gelangen. Er schien zu spekulieren, weil er spekulieren *musste*. Die Spekulation war ihm weder ein Ideal noch die demütige Verneinung eines Ideals. Sie gehörte zu seiner Natur, war der Grundstein seines Lebens. Sie war weder die Folge von noch der Auslöser für etwas. Wie so viele Virtuosen schien Páll nur um der Sache willen – oder vielmehr um keiner Sache willen – zu arbeiten. Er führte einen fortwährenden Krieg gegen die Windmühlen verpasster Gelegenheiten, und dieser Krieg endete jedes Mal mit einer vernichtenden Niederlage. Doch Páll gab niemals auf. Den Gemütszustand der Entmutigung durch eine fehlgeschlagene Spekulation schien er nicht einmal zu kennen. Egal, wie groß oder klein seine Niederlagen waren, er war stets von einem spekulativen Leuchten erfüllt. Und er fing sofort wieder dort an, wo er aufgehört hatte. Ich denke, man kann durchaus behaupten, dass Páll Borgfjörð von allen Menschen, die ich in meinem Leben gekannt hatte, das größte Urvertrauen in das Leben besaß.

Páll Borgfjörð war nicht viel mehr als ein mittelgroßer Mann mit ziemlich breiten Schultern, etwas nach vorne gebeugt, kräftig und nicht besonders behände. Er hatte dunkles Haar, braune Augen, schielte ein wenig und war nicht besonders hübsch. Der körperlichen Arbeit war er nicht übermäßig zugeneigt. Er war ein Spekulant und als solcher immer gut gekleidet. Sonntags wie werktags trug er einen dunkelblauen Kammgarnanzug mit weißem Halstuch. Er lief oft mit den Händen in den Hosentaschen und zugeknöpftem Jackett herum, wiegte beim Gehen den Oberkörper hin und her, und blickte freundlich drein, wohin er auch ging. Er war eine Frohnatur und konnte spendabel und gastfreundlich sein. Wenn allerdings beim Bier einmal etwas außer Kontrolle geriet, verhielt er sich so, dass man kaum noch erahnen konnte, dass er von dem Sagahelden Egill Skallagrímsson abstammte. Zu sehr unterschied er sich in seiner Art, Sprech- und Denkweise, in seinen Gepflogenheiten und Manieren von dem, was man von anderen Männern gewöhnt war. Páll hielt sich nämlich in Akureyri einen Knecht. Namens Brandur. Er folgte seinem Herren eigentlich immer auf Schritt und Tritt, legte aber besonderen Wert darauf, zur Stelle zu sein, wenn es hoch herging. Dann erledigte er die etwas gröberen Aufgaben und nahm sich der Raufbolde an, mit denen Páll sich bei seinen Saufgelagen anlegte.

Sobald Páll sich eingerichtet hatte, suchte er die Bekanntschaft seines Standesgenossen Ottó Tulinius, der zu dieser Zeit in Akureyri der Hauptspekulant war und einen Kolonialwarenhandel sowie eine Reederei für Herings- und Fischfang besaß. Páll hoffte auf eine mögliche berufliche Zusammenarbeit, Tulinius zeigte sich nicht abgeneigt und ließ seinem Standesgenossen eine Ladung Frischfisch zukommen, den Páll in diesem Sommer trocknen sollte.

Páll stellte einige Leute ein und machte sich ohne Umschweife daran, den Fisch zum Trocknen auszubreiten. Stefán von Hvítadal, der Páll von uns allen am besten kannte, erzählte, dass Páll den Fisch zwar am ersten Morgen am Strand an einer Stelle ausbreiten ließ, wo alles prompt bei der nächsten Flut versank, es danach aber eigentlich ganz gut lief. Wenn sie nicht in Wolken versunken war, konnte die Sonne nun mal nicht anders als scheinen, die Menschen nicht anders als arbeiten, der Fisch nicht anders als trocknen, und Páll stolzierte weiß beschlipst im Ort und an den Fischtrockenplätzen herum und spekulierte.

Doch nur wenig später ereilte seine Unternehmung das Unglück in Form eines nagenden Zweifels, der die Arbeiter beschlich, nachdem Páll sich bei der Lohnzahlung gewisse Unregelmäßigkeiten erlaubt hatte. Als deutlich wurde, dass sich die Angelegenheit nicht friedlich beilegen ließ, machte sich eine ungehaltene Menge auf den Weg zu Páll, um ihr Geld einzutreiben. Páll stand in seinem Zimmer und sah durch das Fenster, wie eine Menge in Regimentsstärke auf sein Haus zumarschierte. Sobald er erkannte, um wen es sich handelte, zeigte er wenig Bereitschaft, diesen Pöbel hereinzulassen und verriegelte die Tür. Als den Burschen klar wurde, dass sie mit normalen Mitteln keine Audienz bei ihrem Schuldner bekamen, begannen sie, fluchend und schimpfend von außen gegen das Haus zu schlagen. Es leuchtet ein, dass Páll nun Zeichen einer gewissen Unruhe an den Tag legte, was ihn zunächst auf dem Fußboden einige ruhige Schritte vollführen ließ, dann schnurrten all seine spekulativen Visionen zu einem Häufchen elendig zitternden Selbsterhaltungstriebs zusammen. Etwas später gelang es ihm, sich durch den Hinterausgang unbemerkt davonzuschleichen. Damit war auch diese Spekulation gescheitert. Wenig später verbreitete sich am Hafen von Akureyri die Nachricht, dass Páll aus der Stadt geflohen und zu Fuß in Richtung Skagafjörður verschwunden sei, sich immer abseits der Straße haltend.

Kurz vor seiner Stadtflucht wollten wir Páll und Stefán für ihre Verdienste im Lebenskampf ehren, indem wir zu einer Versammlung in den Gasthof Oddeyri einluden, die wir in unseren Herzen auf das Sorgfältigste vorbereiteten.

Ich durchwachte eine ganze Nacht, um ein dreißigstrophiges Preislied auf Stefán zu dichten. Das Erste, was meine Stubenkameraden zu Gesicht bekamen, als sie am nächsten Morgen aufstanden, war, wie ich in eine Decke

gehüllt mit Stift und Tintenfass in meinem durchgelege-
nen, von leuchtend weißen Papierbögen übersäten Bett
saß und mit entrücktem Kichern unverständliche Laute
von mir gab. Im Nu waren sie hellwach. Stumm vor Er-
staunen starrten sie diesen Wahnsinnigen, Unverbesser-
lichen an, der für so einen Blödsinn die Nacht durchwachte, um dann natürlich den lieben langen Tag auf der
Arbeit zu dösen. Was für ein unverbesserlicher Narr!

Mein Preislied nannte ich *Ode an Stefán*. Es war ein
Gedicht nach alter Sitte, wie man so sagt, mit Prolog, Anversen, Abversen, Stabreimen, Kehrreim und Langzeilen.
Es hat die traurige Geschichte eines ungestümen Jüng-
lings zum Inhalt, der sein Heimattal verlässt, um auf den
höchsten Berg der Welt zu steigen und von da weiter zum
Mond. Er wandert lange Zeit auf langen Wegen und wird
von schlechtem Schuhwerk, Auszehrung und Dunkelheit geplagt; blutrünstige Wölfe, böse Geister und Wiedergänger fallen ihn aus beklemmenden Schluchten an.
Schließlich verläuft er sich, und die Furien der Erinnerung stürzen auf ihn ein. Der Mond verdunkelt sich. Der
Jüngling ist wie von Sinnen vor Schreck und gelangt genau in diesem Moment an einen Küchenschornstein, den
er in seiner Not erklimmt und, oben angekommen, für
den Gipfel seines Berges hält. Ein Symbol für das klassi-
sche Schicksal des Idealisten in unserer Welt. In dichtem
Herdfeuerrauch – einem Sinnbild für unsere vernebel-
ten, schimärenhaften Gedanken – erhebt er alsbald auf
dem Schornstein sitzend seine Stimme und singt dem
Herrgott ein Loblied dafür, dass es ihm gelungen ist, den
Berg zu bezwingen. Und die Menschen hören mit andächtig gesenktem Haupt seinem Lobgesang zu. Das ist
auch eine alte Geschichte.

Im Prolog schildere ich meine schlaflosen Nächte und die Anfechtungen beim Dichten dieses Preisliedes so:

> Kauer ich schlaflos
> in kalter Nacht.
> Da flüsterst du zitternd
> Verse mir zu.

Am Sonntag, dem ersten September, wurde die feierliche Zusammenkunft im Gasthof Oddeyri um die Mittagszeit eröffnet. Wie war das schön. Alle Tische standen voll mit Flaschen, Gläsern, Schnapsgläsern und Krügen, und um die Ehrengäste herum nahmen unzählige junge Männer Platz, von denen manche so sehr nach Guano rochen, dass die anderen fast fluchtartig den Saal verlassen hätten, und die ganze Veranstaltung wäre für die Katz gewesen. Doch was dann passierte, belebte unseren Geist so sehr, dass aller Gestank vergessen war. Bevor man sich versah, tobte alles vor Begeisterung. Ich sprang auf einen Stuhl, bat mir Ruhe aus, deklamierte mein Preislied mit dröhnender Stimme und um die Aufmerksamkeit der Zuhörer aus ihren Nasenlöchern wieder in die Ohren zu bekommen, schlug ich jedes Mal, wenn ich den Kehrreim wiederholte, mit meinem Gehstock auf die Stuhllehne:

> Also sprach
> aus genialer Seele Grund
> der im Dichterland
> bekannte Mann.

- - -

Und scharf beißt der Wind
auf der nördlichen Höh
mit den Schatten wächst
die Angst im Tal.

- - -

Er weint; er sucht,
und wird doch nichts finden.
In der Erinnerungen Furiensturm
wird er verschwinden.

Und am Schluss wende ich mich an den Allvater in der
dritten Person und bitte ihn, den Unglücklichen auf dem
Schornstein zu erlösen:

Er, der die Welt
erhält in Saus und Braus,
reiße deinen Arsch
aus diesem Schornstein raus.

Im Saal brandete ekstatischer Applaus auf, ich stieg zufrieden von dem Stuhl und setzte mich auf meinen Platz,
schielte nur einmal kurz in die Runde. Ja, das war eindeutig. Meine Ode hatte eingeschlagen. Alle starrten den Autor an. Dieser junge Mann wird ein großer Dichter werden, wahrscheinlich sogar ein Genie. Sogar Thórleifur
und Gunnar schauten.
    Da erhob sich Stefán von Hvítadal und hielt eine be-
wegende Rede zu Ehren von Páll Borgfjörð unter besonderer Berücksichtigung von Pálls Unternehmungen und
seiner Tüchtigkeit. Überall, wo Páll wirkte, verwandele

sich das Land, wie Stefán es ausdrückte, in einen auferstehenden Friedhof. Da brachen die Zuhörer in lautes Gelächter aus, trampelten mit den Füßen und gerieten völlig aus dem Häuschen. Stefán setzte sich, es erhob sich Páll und dankte dem hochwertgeschätzten Redner, von Ohr zu Ohr strahlend, für die große Ehre, die dieser ihm erwiesen hatte.

Dass Stefán von Hvítadal Pálls Unternehmungen mit einem auferstehenden Friedhof verglich, führte uns abermals sein unglaubliches Talent für originelle Metaphorik und seine tiefe Einsicht in das ewig Wahre vor Augen, und zwar derart, dass viele von uns den Glauben an ihre eigenen literarischen Fähigkeiten verloren und mein Preislied mir auf einmal ziemlich minderwertig vorkam.

Die Zeche des gesamten Abends wurde auf Pálls und Stefáns Namen im Gasthof angeschrieben.

Als die Zusammenkunft sich auflöste, stand vor dem Gasthof eine wunderschöne Kutsche, vor die ein wohlgenährtes Pferd mit glänzender Mähne gespannt war. Und neben dem Pferd wartete ein höflicher, leicht betrunkener Kutscher. Er wies den Hauptgenies des Tages, Stefán und mir, Plätze in der Kutsche zu. Dann fuhren wir am Eyjafjörður entlang, bis wir an der Mündung eines in den Fjord fließenden Flusses derart im Morast steckenblieben, dass wir mit der Kutsche beinahe in den Fluss gekippt wären. Gegen Abend prügelten wir uns im Gasthof Oddeyri nach einem Streit über die Dichtung von Sigurður von Helluvaði. Dann fingen wir an zu weinen.

20

STEFÁN VON STEINSSTAÐIR

In diesen suchenden Jugendjahren dürstete es uns nach ungewöhnlichen Ereignissen, wir waren hungrig nach allem, das Abwechslung in unsere oft gelebten Alltäglichkeiten brachte. Diese brennende Sehnsucht ließ uns jeden Winkel und jedes Séparée des Daseins nach originellen Gedanken, merkwürdigen Manieren, neuen Lebensweisen und herausragenden Persönlichkeiten durchkämmen. Wir suchten die Nähe des existentiell Genialen, das dem Genialen in unserer eigenen Brust Gesellschaft leisten sollte. Unsere Fähigkeit, den Unterschied zwischen alltäglichen Dingen und bemerkenswerten Phänomenen zu erkennen, verfeinerte sich im Laufe der Zeit zu einem fast dämonischen Scharfsinn. Die Allgemeinheit mochte das als kindische Respektlosigkeit gegenüber dem Normalen abtun – dem Genie jedoch offenbarte sich darin urtümliche Schöpfungskraft und eine Quelle unsterblicher Lebensfreude.

Dann hatten wir plötzlich eine der größeren Offenbarungen dieses Sommers aufgespürt.

Bei unseren Zusammenkünften im Gasthof Oddeyri erschien ab und zu ein älterer Herr, und es blieb uns nicht lange verborgen, dass seine Weisheit sich aus einer ganz besonderen Quelle speiste. Er war etwas mehr als mittelgroß, mit durchdringendem Blick und einem Knick in der Nase, sehr buschigen Augenbrauen und einem imposanten grau melierten Vollbart. Er war vornehm, immer ruhig im Umgang und konnte ziemlich trocken und bissig sein. Er ging am Stock und erinnerte mich an die Propheten aus dem Alten Testament. So musste der Prophet Daniel ausgesehen haben, sagte ich oft zu mir.

Am auffälligsten an seiner Erscheinung war ein rotbrauner Wollschal, den er stets, mit den Enden unter das zugeknöpfte Jackett gestopft, um den Hals gebunden trug. Und als wir uns erkundigten, was es mit diesem Schal auf sich habe, erfuhren wir von kenntnisreichen Leuten, dass er diese gestrickte Halsbekleidung nie ablegte, sie sommers wie winters trug, und zwar ungeachtet dessen, ob er in feiner Gesellschaft war oder zusammen mit derben Schwerstarbeitern schuftete.

Unser Interesse war erwacht.

Steinstumm saß er oft in einer Ecke des Speisesaals, rauchte eine Stummelpfeife und beobachtete mit forschendem Blick die Gäste, die sich manchmal etwas unkontrolliert über die Bodendielen bewegten. Er roch so stark nach Guano, besonders sein Bart, dass er eigentlich der schlimmste Spaßverderber im ganzen Gasthof war. Doch trotzdem war er unser Freund und unsere Freude und enttäuschte uns selten, wenn es darum ging, unseren Zusammenkünften einen besonderen Glanz zu verleihen.

Hier in Nordisland war dieser Mann wohlbekannt. Er hieß Stefán Árnason. Er war von würdevoller Herkunft, sein Großvater mütterlicherseits war der Althing-Abgeordnete Stefán Jónsson von Steinsstaðir aus dem Öxnadalur. Bei ihm wuchs Stefán junior auf.

Dieser Stefán Árnason hatte eine Lebensgeschichte, die einen neuen Klang in die Eintönigkeit des isländischen Landlebens brachte. Wir bewunderten ihn dafür, dass er zwar ein ungewöhnliches, urtümliches Genie war, sich aber nicht damit begnügte, wissenschaftliche Theorien über Originalität aus dem Hut zu zaubern, sondern auch seinem alltäglichen Leben ein originelles Gepräge gegeben hatte.

In jungen Jahren hatte er von seinem Großvater ein beträchtliches Vermögen geerbt und ließ sich als Bauer auf Steinsstaðir nieder, hielt es mit der Bewirtschaftung des Hofes allerdings etwas anders, als gemeinhin im Landkreis Eyjafjörður üblich.

Er las leidenschaftlich gern und interessierte sich besonders für Genealogie und Folklore. Er war eher der Beschaulichkeit zugeneigt als körperlichen Ertüchtigungen. Darüber hinaus hielt er es nicht für angebracht, die Dinge sofort zu erledigen, wenn man sie bis zum nächsten Tag aufschieben konnte. Das Morgen war die Zeit der großen Unternehmung, das Heute die Zeit kostbar kontemplativen Friedens.

Als er jedoch auf die fünfzig zuging, nahm er sich vor, ein neues Leben zu beginnen und ein neuer, besserer Mensch zu werden. Bautätigkeiten im großen Stil sollten beginnen: ein Haus sollte gebaut, eine Wiese planiert, die Weiden eingezäunt, der Viehbestand vergrößert, aller möglicher Kram gekauft und nie mehr etwas bis morgen aufgeschoben werden. Als wir uns kennenlernten, war Stefán von Steinsstaðir allerdings schon zweiundfünfzig, ohne dass nennenswerte Veränderungen in seiner Lebensweise zu sehen waren.

Passend zu seinen charakterlichen Eigenheiten hatten

in der Landwirtschaft neue Sitten Einzug gehalten. Unter seiner Bewirtschaftung war es auf Steinsstaðir keine Seltenheit, dass der Dung erst auf die Felder ausgebracht wurde, wenn die anderen Bauern bereits begonnen hatten, ihre Hofwiese zu mähen, was Stefán erst zur Zeit des herbstlichen Schafabtriebs tat. Die Heuernte auf den weiter entfernten Wiesen verzögerte sich dadurch bis in die Winterdunkelheit. In diesen Jahren konnte es vorkommen, dass Stefáns Heu noch mehr oder weniger draußen lag, wenn es anfing zu schneien und seinem Vieh in der Härte des Winters daher nur von geringem Nutzen war.

Zu diesem verwegenen Bruch mit den tradierten Gewohnheiten des Landlebens kamen andere Verschrobenheiten hinzu, die Stefán in noch größeren Verruf brachten. Das waren seine ewigen, leidigen Bücherkäufe. Er hatte eine große und wohlsortierte Bibliothek von seinem Großvater geerbt. Da ihm das nicht genug war, bemühte er sich nach Kräften, sie durch alle möglichen zeitgenössischen Schmöker zu erweitern. Weit über den Landkreis hinaus war man genau darüber informiert, wann sich Stefán welche Bücher gekauft hatte. Einmal empörte sich der ganze Skagafjörður darüber, dass dieser Stefán von Steinsstaðir schon wieder für sage und schreibe einhundert Kronen Bücher gekauft hatte – von einem größeren Affront gegenüber der Würde des Geldes hatten selbst die ältesten Menschen nie gehört.

Stefán kannte sich nicht nur mit Genealogie und Folklore aus. Er hatte die Realschule abgeschlossen. Er war wortgewandt. Er war lange Zeit dafür verantwortlich, im Herbst den Schafabtrieb aus den Bergen zu beaufsichtigen und kannte jede einzelne Ohrmarkierung in dem

Gebiet zwischen Eyjafjörður und Skagafjörður. Seinem Ansehen nutzte es allerdings kaum, dass er sich gut mit dem Vieh auskannte und erst recht nicht, wie sehr es sein Gemüt ergötzte, Seelenverwandtschaft mit den Schafen zu suchen. Die Ohrmarkierungen hatte er aus reinem Respekt vor seinem Amt auswendig gelernt. Er sah sich auch als Gelehrten.

Nachdem Stefán bereits viele Jahre auf Steinsstaðir gewirtschaftet hatte, wohnte auf dem Nachbarhof ein junger Bursche, der nicht lernen wollte. Er war schon zehn Jahre alt und konnte nicht einmal die Buchstaben. Die Eltern des Jungen litten sehr darunter, wie wenig sich ihr Sohn für jegliche Form von Bildung interessierte und schickten ihn zum Lernen zu Stefán von Steinsstaðir. Stefán hatte einen recht aufgeweckten elfjährigen Pflegesohn, dem er auftrug, den Jungen zu unterrichten. Selber beschloss er, die allgemeine Aufsicht über den Lehrbetrieb zu übernehmen, gleich einem Oberlehrer oder Schulleiter.

Der Unterricht begann. Stefán stopfte seine Pfeife und zündete sie an, lehnte sich im Bett sitzend zurück und verfiel in einen philosophischen Tagtraum. Sein Pflegesohn holte eine ungeheure Rechentafel hervor, beschrieb sie mit Zahlen, knallte sie seinem Zögling hin und befahl ihm, auszurechnen, was auf der Tafel stand. Dann nahm er einen dicken Lederriemen und hielt ihn dem Zögling über den Kopf. Als sich abzeichnete, dass der Junge, dessen Kenntnis von Zahlen offensichtlich ähnlich bescheiden war wie seine Kenntnis von Buchstaben, mit der Aufgabe einige Schwierigkeiten hatte, fing sein Lehrer an, so unsanft auf ihn einzuschlagen, bis dieser vor Todesangst zitternd versuchte, irgendeinen Sinn in den merkwürdigen Kringeln auf der Tafel zu erkennen. So lief die erste Unterrichtsstunde in der Schule von Stefán von Steinsstaðir ab.

Stefán hatte nie geheiratet, und niemand erinnerte sich daran, dass er jemals einer Frau in Liebe verbunden war. Er wohnte mit Haushälterinnen zusammen, die sich als mehr oder weniger gutherzig erwiesen, wie es bei solchen Frauen nun mal üblich war. Im Winter 1910 lief seine Haushälterin mit seinem Knecht davon, und es blieb niemand auf dem Hof zurück außer Stefán und seinem Pflegesohn, der inzwischen dreizehn war.

Etwas später im selben Winter beschloss Stefán, eine Vergnügungsreise nach Akureyri zu unternehmen. Er betraute seinen Pflegesohn damit, sich in seiner Abwesenheit um den Hof zu kümmern, und eine Alte vom Nachbarhof versprach, die Kühe zu melken. Man sagt, dass es auf Steinsstaðir zu dieser Zeit außer ein paar Rippchen von einem eines natürlichen Todes gestorbenen Schaf und Milch von den verkümmerten Kühen nichts Essbares mehr gab.

Stefán blieb dann offensichtlich länger in Akureyri als geplant, wochenlang, wie man sagt und nicht selten in heiterer Stimmung. Als er zurück auf den Hof kam, war sein Pflegesohn auf und davon und kam nie mehr nach Steinsstaðir zurück.

Im Frühjahr 1911 stellte Stefán die Landwirtschaft ein und zog von Steinsstaðir fort. Noch lange danach, bis er weit über achtzig war, hegte er große Pläne für die Zukunft. Wieder und wieder nahm er sich vor, ein neues Leben zu beginnen, gelobte, dies und das zu tun, diese oder jene alte Farm zu kaufen und dort eine neue Landwirtschaft zu beginnen und somit ein neues, arbeitsreiches Leben. Und wenn ihn jemand fragte, wie er denn gedachte, auf einem dieser verfallenen Einödhöfe zu wohnen, sagte er immer: Ich werde bauen. Ein Haus aus Stein.

Im Sommer 1912 hatte es diesen ungewöhnlichen Herrn nun also nach Krossanes in den Hering verschlagen. Das Schicksal wies ihm die Rolle zu, die Guanosäcke in Holdös Fabrik zuzunähen. Er war mutterseelenallein. Aber an den Wochenenden kam er normalerweise nach Akureyri, um an unseren Zusammenkünften teilzuhaben und unseren Wortgefechten über den Genius des Menschengeschlechts zu lauschen. Stefán von Hvítadal hatte es ihm besonders angetan. Es schien, als hätten die beiden im Gasthof Oddeyri ein aus finanziellem Mitleid gewobenes unsichtbares Band zwischen sich geknüpft, das allerdings am Ende des Sommers ziemlich abrupt zerriss.

Stefán von Steinsstaðirs Beziehung zu Páll Borgfjörð war offensichtlich von anderer Natur.

An einem Abend, als wir im Gasthof Oddeyri wieder einmal eines der großen Themen am Wickel hatten, herrschte großartige Stimmung im Saal. Stefán von Hvítadal war von seinem Platz aufgestanden und sprach einen flammenden Trinkspruch auf einen der anwesenden aufstrebenden Dichter, die erste und letzte Ehrerbietung, die diesem Genie im Laufe seines langen Lebens zuteil wurde. Stefán von Steinsstaðir saß gegenüber von Páll Borgfjörð an einem Tisch mitten im Saal.

Plötzlich verdarb Stefán von Hvítadal die Stimmung damit, dass er Páll mit ziemlich groben Worten unterstellte, ein uneheliches Kind des Kaufmanns Kristín Thorgrímsson aus Reykjavík zu sein. Páll hatte kaum zugehört und wusste nicht recht, was er antworten sollte.

Aber dann! Der alte Stefán von Steinsstaðir sprang auf wie vom Blitz getroffen, schlug Páll den Griff seines Gehstocks um den Hals, zerrte ihn über den Tisch und rief: »Antworte, Scheißkerl. Bist du nun der uneheliche Sohn von Kristín Thorgrímsson, ja oder nein?«

Dann vergingen viele Jahre. Es waren schwere und ermüdende Jahre. Und nach einem dunklen und vitaminarmen Winter kam ein schöner Frühling mit blauer Heiterkeit über die Berge und Täler, süßer Vogelsang in allen Heiden und Wiesen. Das war kein isländischer Frühling.

Eines sonnenhellen Tages ritt ein grauhaariger Alter um die siebzig in ein Tal namens Öxnadalur hinein. Ein Zugpferd trottete hinter ihm her, das einen Wagen zog, auf dem abgenutzte Haushaltsgegenstände hin- und herklapperten, die von einem langen Zusammenleben mit Menschen gezeichnet waren, die Besseres zu tun hatten. Hinter dem Wagen ritt eine Frau, die sich noch länger auf dieser Welt herumgetrieben hatte als der alte Mann. Sie ließen ihre Pferde ausschreiten, bis sie an einer unkrautüberwucherten Feldmark vor einem verlassenen Hof tief im Tal anhielten.

Der Hof hieß Gloppa.

Dort stiegen sie ab und ließen die Pferde grasen. Dann trugen sie ihren Hausrat in einen alten Stall, der dort auf einem vermoosten Wiesenflecken stand, stellten ihre Möbel zwischen der Futterkrippe und den Stallwänden auf und begannen mit der Landwirtschaft.

Dieser grauhaarige Alte war mein Freund Stefán von Steinsstaðir, und die alte Frau eine Witwe von ungefähr achtzig Jahren, die über Jahrzehnte einen inzwischen längst betrauerten Ehemann geliebt hatte und nun eigentlich nichts mehr gerne tat, außer an dieses Tal zu denken.

Nun, in der Dämmerung eines langen Lebens, war der Wille zum radikal geänderten Leben endlich zur Tat gereift. Nun wurde alles neu. Der Stall war nur eine vorübergehende Behausung.

Dann begannen sie zu bauen. Torfwände wurden hochgezogen. Und über den Torfwänden ein Dachgebälk. Das war das Gebälk für die Wohnstube. Und an dieser Wohnstube sollte alles neu sein.

So lief es eine Weile.

Und das Licht und die Schatten der Zeit zogen über das Tal hinweg. Zwei Jahre vergingen. Dann kam ein Frühling mit trockener, pfeifender Kälte und graupelgrauem Reif. Das war ein isländischer Frühling.

Und eines unwirtlichen Nachmittags, sah man das altersgebeugte Paar aus dem Tal zuckeln, und auf dem Wagen, den das Zugpferd hinter ihnen herzog, klapperten abgenutzte Haushaltsgegenstände hin und her.

Und von dem Hof namens Gloppa sah ihnen das verwitternde Gebälk hinterher, das gebaut wurde, um das Dach einer Wohnstube zu tragen, in der alles neu sein sollte.

21

DER WALDAUSFLUG

Alle geistigen Extravaganzen wurden ermüdend, wenn sie zu lange anhielten. Jede Abwechslung forderte eine weitere Abwechslung, bis sie aufhörte, Abwechslung zu sein. Dann kam der Überdruss. Und dem Überdruss folgte der Wunsch nach Erlösung. Und die Erlösung war die Mutter des Glücks.

Es gab nur eins, das sich nie abnutzte, nie nach Abwechslung verlangte, weil es ihm nie an Abwechslung fehlte.

Was das war?

Das war die gleichbleibende Ruhe des Denkens, die ihre Kraft aus sich selbst schöpfte, nicht aus Dingen außerhalb ihrer selbst.

Dieses Lebensgesetz war ziemlich einfach. Und doch war es äußerst schwer zu verstehen. Die Jugend verstand es nie, Erwachsene sehr selten. Dies zu verstehen, erforderte enorme Erfahrung. Ungeheurer Scharfsinn war nötig, um auch nur einen Teil davon zu durchschauen. Eine dunkle Hölle musste durchschreiten, wer dieses Lebensgesetz zum Licht auf seinem Weg machen wollte und zu seines Fußes Leuchte in der Dunkelheit des alltäglichen Verhaltens.

In Akureyri im Sommer 1912 gab es kein Menschenkind, das dies verstand. Der Sommer ging vorüber. Das Leben war blutleer und fad geworden. Wir sehnten uns nach Abwechslung; Abwechslung, die alles Bisherige übertraf: längere Ausflüge, bedeutendere Ereignisse, ein wilderes Leben.

Wir hatten uns den Kopf über dies und jenes zerbrochen. Wir waren jeder Fährte gefolgt, an deren Ende eine neuere, größere Abwechslung liegen könnte.

Dann fiel uns ein, wie die alten Leute aus Akureyri manchmal von einem wundervollen Ort östlich der Vaðlaheiði sprachen, ungefähr zwanzig oder dreißig Kilometer von der Stadt entfernt. Dort lag ein schönes Tal. Und durch das Tal floss ein Fluss. Hinter dem Fluss erhoben sich liebliche Berghänge. An denen wiederum wuchs Wald. Und an einem der Berghänge war ein Wald, der größer war als alle anderen. Er hieß Vaglaskógur. Das war der größte Wald von Nordisland. Dort fand man hohe Bäume und liebliche Lichtungen, es duftete nach Blättern, ein tiefer Seelenfrieden hing in der Luft. Dorthin gingen die Leute aus Akureyri, wenn sie dem Weltgeist Gesellschaft leisten wollten.

Wir wünschten uns nichts sehnlicher, als dem Weltgeist Gesellschaft zu leisten. In Wirklichkeit wollten wir weder dieses schöne Tal sehen noch den Duft des Waldes an diesem Berghang einsaugen. Für die Natur hatten wir in diesen Jahren eher Verachtung als Bewunderung übrig. Aber es dürstete uns nach allem, das den Blutfluss beschleunigte und die Seele aufrüttelte, das unser Dasein poetischer und unsere Tage bedeutungsvoller machte. Wir scherten uns keinen Deut darum, ob wir diese Kostbarkeiten in den sonnendurchfluteten Gefilden der Natur ausgehändigt bekamen oder in einem fensterlosen

Kohlenkeller an der Tuliniusbrücke. Es ging uns um das Innere.

Also setzten wir uns nach Feierabend zusammen, trafen uns tagsüber in kleinen Gruppen auf dem Heringsanleger und versuchten immer wieder aufs Neue, unsere unterschiedlichen Bedürfnisse unter einen Hut zu bringen. Und schließlich stand die Idee vor uns – vollkommen wie eine zitternde Liebhaberin in der Blüte ihres Lebens. Wir hatten beschlossen, einen Ausritt in den Vaglaskógur zu machen und gelobten feierlich, dass das der glanzvollste Ausritt werden sollte, den Island je gesehen hatte.

Nachdem dies gesprochen war, begannen die Vorbereitungen. Brote mussten belegt, Alkoholvorräte zusammengetragen, der Sonntagsstaat gebürstet und der durch unsere dichterischen Dispute verhärtete Acker der Seele aufgepflügt werden. Am Abend, bevor es losgehen sollte, hatten sich alle ein Pferd organisiert, bis auf Stefán von Hvítadal, und es sah so aus, als ob er zu Hause bleiben müsste.

Nach Feierabend kam er zu uns in die Íslandsbanki. Es ging ihm schlecht. Er konnte nicht mehr. Er hatte in den letzten Tagen große Schmerzen in seinem Bein verspürt. Er, dieser begnadete Fotograf, hatte sich gezwungen gesehen zu arbeiten, Kohlen zu schippen bis er nach halb verrichteter Arbeit vor lauter Schmerzen aufhören musste. Außerdem hatte er am Abend zuvor Herzrasen und Schweißausbrüche, als er zu Bett gehen wollte. Er fürchtete sich sehr. Er hatte Angst, er würde sterben.

»Fürchte dich nicht, mein Freund! Ich will alles tun, das in meiner Macht steht, um dir morgen früh ein Pferd zu besorgen.« Später am Abend begleitete ich ihn in den

Gasthof und übernachtete bei ihm. Er redete lange mit tränenerstickter Stimme von Gott.

Dann zog Sonntag, der 18. August, herauf. Der Himmel leicht bewölkt mit Sonnenschein bis ungefähr neun Uhr. Dann bewölkt mit kaltem Nordwind. Später Schauer.

Um sechs Uhr sprang ich aus dem Bett und lief von Pontius zu Pilatus, um für meinen Freund ein Pferd zu finden. Nach dreistündiger Suche in allen Ecken der Stadt, gelang es mir endlich, einen alten Gaul samt Sattel und Zaumzeug aufzutreiben. Was man zu jener Zeit nicht alles für seine Mitmenschen tat.

Genau eine halbe Stunde nach neun trottete unsere Ausflugsgesellschaft vom Gasthof Oddeyri los. Wir trieben die Pferde an und sangen fröhliche Lieder. Einer spielte auf der Mundharmonika: *Auf in den Kampf für unser Vaterland*. Ich versuchte mich auf den Zähnen eines alten Läusekamms an *Wie froh, o wie froh, ist meine liebe Seel'* von Andreas Peter Berggreen, dem Komponisten der innigsten Melodien, die diese Welt je gehört hatte.

Als sich unsere Ausflugsgesellschaft wenig später eine kleine Rast gönnte, waren plötzlich unheimliche Schwingungen zu spüren. Die unhörbaren Gespräche unserer Seelen deuteten auf einen unheilvollen Wetterumschwung hin. Es hätte nur einer kleinen atmosphärischen Störung bedurft, eines Verses von Sigurður von Helluvaði zum Beispiel, und alles hätte sich in einem großen Donnerwetter entladen. Es konnte jederzeit losbrechen.

Aber dann passierte erst einmal nichts Besonderes. Wir erreichten die Bergflanke auf der Ostseite des Fjords. Es war kalt geworden. Am Himmel über dem Meer standen rabenschwarze Wolken. Nordwind blies in den Fjord hinein. Das Tief der Seele, das über uns gehangen hatte, schien nun von einem Tiefdruckgebiet der wirklichen Welt überlagert. Es war, als hätten wir unsere Sprache verloren; keiner fühlte sich inspiriert, keinem fiel eine lyrische Aufmunterung ein. Ohne jegliche geistige Verbindung zueinander kauerten wir fröstelnd in der Einzelhaft unseres Schweigens.

Es schien ein ziemlich kümmerlicher Tag zu werden. Wäre ich doch zu Hause geblieben und hätte mich mit den Sternenkarten beschäftigt, damit ich mich am Himmel besser zurechtfinden würde, wenn an den Herbstabenden die Zeit des Sternebeobachtens begann. Monolog der Seele: Ein wenig oberhalb von Regulus befindet sich ein Stern im Sternbild Löwe, der Denebola oder Beta Leonis heißt und relativ weit davon entfernt, ungefähr auf derselben Höhe wie Regulus, steht ein anderer Stern, die Vindemiatrix oder Epsilon Virginis im Sternbild Jungfrau. Denebola ist ein Stern der ersten oder wahrscheinlich eher der zweiten Größenklasse und Vindemiatrix von dritter Größe.

Denebola, Denebola, Bola, Bola, Bola;
Denebola, Denebola, Bola, Bola, Bola.
Denebola ist ein Stern, so schön und fix,
viel schöner als die Vindemiatrix.

Dann schlug die Uhr endlich halb zwei. Wir quälten uns am Vaglaskógur aus den Sätteln, ließen die Pferde mit Zaumzeug weiden, trotteten verfroren und furchtbar unlyrisch zu einer Lichtung und betrachteten das Baumarrangement um uns herum. Es musste etwas unternommen werden, um die Seele wieder in Richtung Kopf zu erheben.

»Wer will ein Bier?«

»Wer soll denn schon ein Bier wollen in dieser Arschkälte, du Blödmann!«

»Das ist immerhin schwedisches Banko.«

»Die kannst du wegschütten, diese Plörre. Bei dem Wetter …«

»Wir haben auch jede Menge Brennivín …«

»Hurra, ein Hoch auf den Spekulanten!«

»Und ich habe eine Flasche Aquavit mitgebracht. Lasst den Korkenzieher rumgehen!«

»Wenn einer Cognac möchte, ich habe hier zwei Flaschen.«

»Ist der nicht zu stark?«

»Was sagst du? Traust du dich nicht, dem Cognac ins Auge zu blicken, du Waschlappen?«

»Wenn wir bloß einen heißen Rumgrog hätten!«

»Und ein leichtes Mädchen mit breiter Nase und quadratischem Hintern.«

»Wie lange hast du eigentlich nicht mehr …«

Da brach ein Sturzregen los. Alles wurde grau vor Wasser und trüb wie ein Traum in großer Fieberhitze. Wie sollten wir uns jetzt in diesem Krüppelkiefer-Gehölz vergnügen? In diesem feuchten Gras? Bei diesem Wind, der die gelb gewordenen Blätter erzittern ließ?

Wir sprangen auf und liefen in den Wald, um die Pferde zu suchen. Als wir jedoch wenig später zum Heimritt aufgesessen waren, sprach sich herum, dass das Pferd von Stefán von Hvítadal sein Zaumzeug verloren hatte.

»Wie bitte? Spricht dieser Spaßvogel schon wieder in Metaphern?«

»Ganz und gar nicht. Der Gaul hat einfach sein Zaumzeug abgeschubbert.«

Stefán glaubte zu wissen, wo im Wald das Zaumzeug verloren gegangen war und wollte es unbedingt suchen. Da regte sich Widerwille in der Gruppe, ich ergriff das Wort und sagte: »Kommt überhaupt nicht in Frage, dass der bei diesem Sauwetter durch den Wald läuft, um ein blödes Zaumzeug zu suchen. Das Zaumzeug ist nun einmal den Weg aller weltlichen Dinge gegangen. Keiner von uns hat auch nur die leiseste Ahnung, wo es sein könnte.«

Die meisten aus unserer Gruppe pflichteten mir bei. Wir zäumten Stefáns Pferd mit ein paar zusammengeknoteten Strippen und ritten zurück.

Das machte Stefán sehr wütend. Immer wieder versuchte er, mit seinem Pferd auszuscheren, um doch noch im Wald nach dem Zaumzeug zu suchen, doch wir taten alles, um ihn davon abzuhalten.

»Nun lass doch diesen Blödsinn. Du hast keine Ahnung, wo der Gaul es abgestreift hat.«

»Das weiß ich auch. Aber ich *werde* es finden, wenn ich nur suchen könnte.«

»Du weißt doch auch nicht besser als wir, wo das Zaumzeug ist. Wir haben alle zusammen im Wald gesessen und die Pferde aus den Augen verloren. Außerdem bist du besoffen. Du findest das Zaumzeug nie, das schwöre ich dir.«

»Ich hätte es gefunden, wenn ihr verfluchtes Lumpenpack mich hättet suchen lassen. Ich bin nicht besoffener als ihr. Lumpen und dumme Esel seid ihr, alle miteinander.«

»Das wollen wir noch mal sehen, wer hier der dümmste Esel ist.«

»Ist doch klar. Der dümmste Esel ist der, der Verse von

Bjarni von Vogur stehlen muss, um seine eigene miese Dichtung zu schmücken. Für solche Diebe habe ich nur Verachtung übrig.«

»Wer hat hier Verse von Bjarni von Vogur gestohlen, um seine eigene miese Dichtung zu schmücken?«

»Na, du, Thórbergur Thórðarson.«

»Und wo, bitte schön?«

»In dem einen Gedicht, das sie von dir abgedruckt haben.«

»Was soll ich denn da gestohlen haben?«

»In deiner unendlichen Geschmackssicherheit schreibst du, dass die Nacht zusammenbricht. Bjarni hatte vor einigen Jahren einmal gedichtet, dass die Nacht hereinbricht, was natürlich viel schöner ist. Du hast von Bjarni gestohlen, weil du keine eigenen Ideen hast. Was soll denn das auch für eine Lyrik sein, zu sagen, dass die Nacht zusammenbricht wie eine alte Hundehütte!«

»Ich erkläre dich hiermit in aller Form vor allen hier Anwesenden zum Lügner. Ich habe nie eine Zeile von Bjarni von Vogur gelesen oder auch nur gehört, in der davon die Rede ist, dass die Nacht hereinbricht. Das ist eine infame Lüge, die du dir ausgedacht hast, um dich für die Sache mit dem Zaumzeug zu rächen.«

»Und wenn Gunnar Espólín nun bezeugen kann, dass du dieses Gedicht von Bjarni gelesen hast?«

»Wenn Gunnar das sagt, lügt er auch.«

»Lassen wir das. Wir übergeben diese Angelegenheit der Polizei, sobald wir wieder in Akureyri sind. Du bist ein Plagiator. Der sich auch noch einbildet, ein aufstrebendes Lyrikgenie zu sein. Dabei bist du nur ein Versklempner, der nichts anderes kann, als stehlen. Deine *Nacht* war so was von unbedeutend. Da lese ich ja lieber ein Gedicht von Sigurður Malmkvist als dein geklautes Geschmiere. Du bist kein Dichter. Bjarni von Vogur ist ein viel größerer Dichter als du.«

»Und du nachher wohl noch ein größerer Dichter als Bjarni.«

»Wenigstens gelte ich als ein größerer Dichter als du, Thórbergur.«

»Danach habe ich nicht gefragt. Ich habe mir nie eingebildet, ein großer Dichter zu sein. Aber eins lass dir gesagt sein. Deine Lyrik habe ich noch nie für etwas Besonderes gehalten. Du käust doch nur die Wortschaumschlägerei und das weinerliche Schwarzsehergejammer von Kristín Jónsson wieder. Du tätest gut daran, dir endlich einzugestehen, dass das alles andere ist, nur nicht originell.«

»Zu diesen üblen Nachreden werde ich mich später vor offizieller Stelle äußern. Kristín Jónsson konnte überhaupt nicht weinen. Sein Weinen war nur Geheule. Weinen ist eine Kunst. Ich bin der erste Dichter auf Island, der mit seinen Versen weinen kann. Noch nie ist in der isländischen Lyrik auf so kunstvolle Art geweint worden wie in meinem Werken. Ich würde euch Dilettanten in Grund und Boden stampfen, wenn ich nur ein paar Zeilen über euch schreibe. Und nachher werde ich schreiben.«

In diesem Tonfall setzte sich das Gespräch fort, bis wir am Bauernhof Skógur ankamen. Das war ein kleines Gehöft im Osten der Vaðlaheiði, unweit des Waldes. Dort stiegen wir ab und bestellten uns Quark mit Sahne. Dann versank unsere Ausflugsgesellschaft endgültig in einem prasselnden Flammenmeer aus Hass und Pöbelei.

Stefán goss Wasserfälle von Verwünschungen über uns aus, die noch keiner zuvor gehört hatte. Er beschuldigte uns, das Zaumzeug gestohlen zu haben und sagte, dass wir nun unser ganzes Leben vor Gott und den Menschen als Ganoven gebrandmarkt seien, als Zaumzeugräuber, Rufmörder, Ideenklauer, Versdiebe; Dilettanten waren wir natürlich auch, ungewaschene Schweine, verachtenswertes Pack, Narren und Schwachköpfe, die nichts von höherer Dichtung verstanden, ja nicht einmal ein stümperhaftes Gelegenheitsgedicht zusammenklöppeln konnten; wir waren nichts als Abschaum, der lebenslang in Jauchegruben und auf Heringsbrücken schuften sollte, bis der Teufel höchstselbst unsere dreckigen Seelen mit seinen Höllenqualen verschlingt. Was für ein Redeschwall!

Ich versuchte nach Leibeskräften, meine Kameraden und mich gegen diese Injurien zu verteidigen, schrie in seine wutschäumende Visage, dass das doch alles erstunken und erlogen sei. Was sei er denn anderes als ein unverschämter Lügner, Betrüger, falscher Fuffziger, Verleumder, Augenwischer, Schwindler, Snob, Klugscheißer und arroganter Pinkel? Wenn hier jemand keine Ahnung von Dichtung habe, dann er! Dieses Strophengewäsch aus seiner Feder sei doch ein unbeholfen verschleierter Plagiatsmischmasch aus Kristín Jónsson und alten Weihnachtsliedern und selbst, um das zustande zu bringen, musste er einen ganzen Winter lang mittelalterliche Lyrik lesen.

Da sprang Stefán auf den Hofplatz und im selben Moment gingen wir aufeinander los und prügelten und schlugen uns um die reine Ehre der poetischen Begabung.

Als die Schlägerei auf dem Hofplatz ihren Höhepunkt erreichte, kam ein Mädchen herbei und sagte, der Sahnequark sei angerichtet. Da ließen wir die Fäuste sinken, und Stefán rief so laut, dass das Mädchen und alle anderen Hofbewohner es hörten:

»Ich kann nicht mit solchen Kretins, Schandmäulern und Ganoven zusammen an einem Tisch gesehen werden. Ich bin ein Aristokrat des Geistes.«

Wir gingen hinein, mit Ausnahme von Stefán und Gunnar, die sich absonderten und, zuerst Stefán, dann Gunnar, Richtung Westen über den Hofplatz stolzierten. Diese Verbrüderung, die im Zeichen der gegenseitigen Fürsorge vor sich ging, war uns ziemlich unheimlich. Das roch nach Verschwörung. Planten sie etwa, unsere Lyrik in Misskredit zu bringen? Hinweise zu streuen, wie man unsere Genialität durchschauen konnte? Zumindest würden sie eine Menge neue Beleidigungen in ihren aufgewühlten Innenleben gefunden haben, wenn wir wieder hinaus auf den Hofplatz kämen.

Wir gingen trotzdem in die Stube und setzten uns fröhlich zum Quarkessen hin. Ich fand, ich hatte gewonnen. Nun wurde endlich zu mir aufgesehen. Ich war der Anführer geworden. Ich hatte mich gut geschlagen. Ja, der Tobbi, der hat Schneid – er muss nur wollen. Über Stefán bleibt zu sagen, dass er sich schließlich in die Küche locken ließ und Gunnar ihm folgte. Dort verbrüderten sie sich über Tellern voller Sahnequark.

Als wir nach dem Essen wieder hinaus auf den Hofplatz kamen, tauschten Stefán und ich einen Blick, der sagte, dass wir beide glaubten, der andere sei ein größerer Dichter, als er sich jemals trauen würde zuzugeben. Nach diesem schweigenden Bekenntnis, verloren wir keine weiteren Worte. Vielmehr sorgten wir dafür, dass wir so über den Hofplatz gingen, dass wir schließlich wie durch Zufall direkt voreinander standen. Dann grinsten wir uns an und versöhnten uns und besiegelten es mit herzlichsten Küssen und Umarmungen, allerdings ohne jegliches Zugeständnis.

War das eine Demütigung meiner Würde als Anführer? Konnten meine Kameraden mir nach einer solchen Kehrtwende noch vertrauen? Hatten sie nicht noch immer unter den Beschimpfungen der Gegenpartei zu leiden? Konnte man sich auf mich verlassen?

Dann holten wir die Pferde. Als Stefán seinen Reitgaul sah, der immer noch diese, einem Geistesaristokraten so gar nicht würdigen Strippen im Maul hatte, fiel ihm die demütigende Szene im Wald wieder ein. Unverzüglich begann er, erneut über die näheren Umstände des Zaumzeugverlusts zu schimpfen, und sofort war der ganze Hofplatz wieder in Hass entbrannt, als ob es keine Versöhnung gegeben hätte. Ich übernahm wieder die Führung.

Wir saßen eilig auf, denn wir wollten so schnell wie möglich außer Sichtweite des Hofes sein, um mehr Ellenbogenfreiheit in unseren Auseinandersetzungen zu haben. Da fiel auf einmal alle Wut von Stefán ab, und im gleichen Maße wuchs das Mitleid, das Gunnar ihm entgegenbrachte. Sie sonderten sich abermals von der Gruppe ab, trotteten hinter uns her und verbündeten sich zu etwas, das wohl nur wenig mit wahrer Geistesbruderschaft zu tun hatte.

Die Stimmung auf unserem Ritt zurück nach Akureyri war erbärmlich. Es war kalt, Nordsturm mit peitschenden Schauern. Der Alkohol ging zur Neige, und wir kauerten fröstelnd auf den müden Pferden, verloren in der Wüste der geistigen Ödnis. Wieder und wieder quengelte jemand erschöpft nach einer schönen Flasche. Ein anderer stieß leidenschaftslos ein, zwei Zeilen eines Gedichts hervor, das einmal das Feuer der Liebe in der Brust eines jungen Mannes entfacht hatte. Hier entbrannte nichts. Hier war alles aus feuerfestem Ton.

Um Viertel nach acht, genau im selben Augenblick, in dem ich diese Zeile nun fünfundzwanzig Jahre und neunundsiebzig Tage später zu Papier bringe, kam unsere hochkarätige Reisegruppe vor dem Gasthof Oddeyri zum Stehen und stolperte schnurstracks in den Speisesaal hinein, nahm Platz und schaufelte ein reichhaltiges Essen in sich hinein. Dann zettelten sie eine weitere Abendvergnügung an.

Nicht lange danach wogte ein großes Gelage durch den Saal. Sogar die Tische und Stühle tanzten vor wiedergewonnener Lebensfreude. Hier war es den ganzen Tag leblos gewesen und fad. Hier war niemandem etwas eingefallen. Hier hatte die Uninspiriertheit alles in ihrem Würgegriff gehalten – so ist es nun mal an Orten, wo die schönen Dinge des Lebens nicht zum Selbstkostenpreis angeboten werden. Doch nun war alles anders. Ein frischer Lebensgeist wehte durch die Räume, der sogar den Tod persönlich in pulsierendes Leben verwandelt hätte.

Manche sangen. Andere priesen das Geniale mit tränenerstickter Stimme. Manche lasen ihre neuen Gedichte vor. Manche weinten ob ihres Liebesleids. Stefán und ich schlugen uns über einen langen Tisch hinweg über die Dichtung von Sigurður von Helluvaði, ein betrunkener Norweger versuchte immer wieder dazwischenzugehen und schrie: »Ta aldeles rigtigt hann Stefán segir.« Dann teilte ich um so härtere Schläge aus, die niemanden trafen, außer die unbeteiligten Atome in der Luft. So kämpften wir bis zwei Uhr nachts.

Ich legte mich im Gasthof schlafen und erwachte früh am nächsten Morgen davon, dass es zaghaft an die Zimmertür klopfte.

»Herein!«, sagte ich und setzte mich auf. Daraufhin wurde die Tür schüchtern zwei Handbreit aufgetan, und in dem Spalt erschien eine grinsende Gestalt mit weit geöffnetem Mund. Ich erschrak. Es war die Visage des Erzfeindes. Und ich saß da in dem kleinkarierten roten Leinenhemd, das meine Mutter mir irgendwann einmal aus dem Suðursveit geschickt hatte. Stefán steckte seinen leicht gekrümmtem Zeigefinger durch die Tür und sagte:

»Das ist aber ein schickes Hemd. Verdammt, waren wir betrunken gestern. Bist du mir böse?«

»Nein, ich bin nicht böse. Ich ärgere mich im Allgemeinen ungern, ich muss mich nur relativ oft gegen Beschimpfungen zur Wehr setzen. Ich verabscheue den Zorn. In meinen Augen ist er nichts als ein wildes Tier. Aber eins muss ich dir sagen. Ich könnte die Wände hochgehen vor Kopfschmerzen.«

»Ich habe das nicht so gemeint, was ich über dein Gedicht *Nacht* gesagt habe, gestern. Das ist ganz anders als die Lyrik von Bjarni. Und ich gebe auch nichts darauf, was Gunnar gesagt hat. Er hat keine Ahnung von Lyrik.«

»Es ist mir gleich, mein Lieber, was du oder andere von meinen Reimereien denken. Ich wollte nie ein Dichter werden. Ich habe es mir nicht einmal gewünscht. Und Hand aufs Herz, tief in meinem Inneren glaube ich nicht daran, dass ich ein Dichter bin. Wenn ein weiser Mann sagte, ich hätte keine Ahnung vom Leben – das würde mich viel mehr kränken. Das Leben zu kennen, ist das Allerwichtigste. Das Einzige, nach dem es sich zu streben lohnt. Das Leben kennenzulernen ist der Sinn des Lebens und ein unentbehrlicher Kompass, um sich in seinem Verhalten leiten zu lassen.«

»Tja. Gehst du heute eigentlich zur Arbeit? Draußen ist es saukalt.«

Währenddessen kam einer der Dienstboten die Treppe hinauf und sagte zu Stefán: »Da steht ein Mädchen unten, das nach Ihnen fragt. Sie ist gekommen, um die Fotografien zu holen, die Sie entwickeln wollten.«

»Sag der blöden Kuh, sie soll sich eine Minute gedulden. Ich rede gerade mit Thórbergur. Also, Thórbergur, ich halte dich für einen guten Dichter. Ich meine das ganz ernst.«

So vertrugen wir uns wieder. Und nach dieser Versöhnung verdunkelte nie wieder eine Wolke unsere Freundschaft. Wir hatten gelernt, einander zu verstehen.

Wenig später humpelte Stefán die Treppen hinunter, um sich mit dem Mädchen auseinanderzusetzen. Ich hingegen zog mich an, holte meine Arbeitskleidung aus der Íslandsbanki und schleppte mich auf die Heringsbrücke. Es war stark bewölkt mit Nordwind und Kälte. In tranig-feuchten Heringsklamotten begann ich die Mühen des Tages, betäubt, zitternd und schwach, mit reumütiger Abscheu vor den Versuchungen der Welt.

22

TOTE TAGE

Damit war dieser Akt im Schauspiel des Lebens zu Ende. Nur wenige Tage noch, dann sahen wir den Vorhang fallen, und die Mächte des Schicksals wechselten das Bühnenbild.

Wie schnell das doch alles verging! Plötzlich war es Herbst geworden, mit goldenem Sonnenschein am Tage und eisgrauem Raureif in der Nacht. Die Schatten der Häuser warfen sich immer länger auf die Straßen. Die Atome schwangen mit immer geringerer Geschwindigkeit. Ein ältlicher Friede legte sich über die Welt. Blässlich weiße Farben, tiefe Ruhe. Rauch aus den Schornsteinen stand über den Wiesen und Gehöften. In der Luft ein fernes Gesumm, Hundegebell in der Dämmerung. Mit jedem Abend funkelten mehr Sterne am Himmel. Gestern Abend konnte ich zum ersten Mal die Vindemiatrix sehen.

Die Schiffe fuhren nicht mehr hinaus. Manche waren bereits nach Hause zu ihren zitternden Bräuten in den verträumten Fjorden an den langgezogenen Berghängen auf der anderen Seite des Meeres gefahren. Andere ankerten im Hafen. Wie einsam sie waren!

Die Landungsbrücke ragte weiß und schweigend aus dem spiegelglatten Fjord heraus. Die Menschen, die hier alles in Betriebsamkeit verwandelt hatten, waren verschwunden. Die Heringsnetze hingen wie Faultiere an Balken und Zäunen.

Immer weniger Leute besuchten die Zusammenkünfte im Gasthof Oddeyri, die mit jedem Tag unfeierlicher wurden. Einige der tapfersten Wikinger des Frohsinns waren bereits verschwunden; andere machten sich gerade auf den Weg.

Über der Stadt hing eine müde Ruhe, draußen wie drinnen herrschte komatöse Windstille, wie nach einem gerade zu Ende gegangenen Weltkrieg. Die geistige Flaute hatte uns alle erfasst.

Es begannen die dunklen Abende mit zermürbender Unruhe jenseits der Gürtellinie, eiligen Schritten in der Dämmerung und rätselhaftem Geflüster in allen Gassen und Winkeln. Dann begann die Herbstfangsaison. Das war das kulturelle Leben.

Ich hatte wieder begonnen, an meine Geliebte zu denken. Fast drei Monate hatte ich mich auf den Irrwegen der Welt herumgetrieben, und dabei fast die Fata Morgana jener romantischen Tage aus den Augen verloren. Aber nun sah ich meine Geliebte plötzlich an der Hintertür meines Herzens stehen, erbaulich und mild wie ein barmherziger Engel auf einem Kalenderblatt, der die verirrten Schäflein zurückerwartete, ganz gleich wie weit das Rotkehlchen der Versuchung sie von den Wegen des Herren fortgelockt hatte. Tief in meinem Inneren erschrak etwas. Dann bat ich sie hinein.

»Bitte sehr! Hier ist sonst niemand. Niemals gewesen.«

»Weißt du, dass ich elf Wochen an dieser Tür gestanden und deiner geharrt habe, mein Liebster?«

»Nein, das wusste ich nicht. Ich habe immer die andere Tür genommen.«

»Da habe ich mich nicht getraut, einzutreten. Und klopfen wollte ich auch nicht. Ich hatte Angst, dich zu stören – du hattest ja alle Hände voll zu tun.«

»Ich habe nichts Volles in meinen Händen gehabt.«

»So meine ich das gar nicht. Das sagt man eben so, wenn jemand viel zu tun hat.«

»Ja, das war eine Plackerei von früh bis spät.«

»Ich weiß, mein Liebster. Aber nun ist diese Last von dir genommen. Nun ist der Herbst gekommen und mit ihm die Dämmerung, die in unsere Nervenkanäle und Adern sickert. Die Zeit der befremdlichen Sehnsucht im Herzen und prickelnden Neugier in der Seele. Du verstehst?«

»Ja, ich verstehe. Wie lieb von dir, die ganze Zeit auf mich zu warten, mein Schatz. Du bist ein Engel.«

»Aber ich bin doch kein Mann.«

»Nein, ich meine, dass deine Seele so rein und unbefleckt ist wie die eines Engels. Du gingst mir nicht aus dem Sinn, nicht für einen einzigen Moment, seit wir uns trennten. Weißt du, dass ich dich bis ins Grab lieben werde?«

»Bis ins Grab?«

»Erst bis ins Grab und dann bis über den Tod hinaus. In viele Gräber und über viele Tode hinaus.«

»Wie liebst du mich denn?«

»Ich liebe dich wie einen Engel.«

Sie schüttelte den Kopf

»Warum schüttelst du den Kopf?«

»Weil ich kein Engel bin.«

»Ich habe ja auch nicht gemeint, dass du so männlich

bist wie ein Engel. Ich habe deine Gedanken gemeint. Die sind so rein und unschuldig wie die eines Engels.«

Sie senkte den Blick auf ihren Schoß, als ob sie plötzlich von großer Müdigkeit überwältigt worden wäre.

Mein geliebter Engel!, sagte ich zu mir selbst. Ich verstehe dich. Du bist müde vom vielen Warten.

Nach dieser Vision begann ich zu überlegen, wie ich meine Rückreise nach Reykjavík gestalten sollte. Natürlich wäre es am schnellsten, zusammen mit den anderen auf irgendeinem Dampfschiff in die Hauptstadt zu fahren. Das dauerte nicht länger als zwei, drei Tage.

Aber der schnellste Weg ist nicht immer der lustigste. Und was wäre das Leben schon wert, wenn wir schnurstracks hindurchbretterten und alles Abwegige links liegen ließen?

In mir war das Verlangen entbrannt, meine Geliebte zu sehen. Darüber hinaus sehnte ich mich unglaublich danach, ihren Heimatfjord zu sehen, der ihrer Sprache diesen silberglänzenden Klang verliehen hatte und ihre Augen so funkensprühend strahlen ließ. Für mich war er das schönste Fleckchen Erde.

Allerdings wusste ich auch, dass wir uns Mitte Oktober ohnehin in Reykjavík sehen würden. Es sah sogar danach aus, dass wir den Winter über wieder unter einem Dach wohnen würden. Aber bis dahin, so fand ich, war es noch entsetzlich lange hin. Bis Mitte Oktober. Das war ja noch eine Ewigkeit. Und ihren Fjord konnte sie auch nicht mit nach Reykjavík nehmen.

Im Nu wurde mir klar, dass sich in meinem Bewusstsein ein Konflikt zwischen dem Fjord und meiner Geliebten entzündet hatte, eine Art Krieg zwischen zwei Kolonialmächten, und ich war das biblische Land Gosen, um

218

das dieser Krieg geführt wurde. Bald merkte ich, dass der Fjord heimlich und leise schon in den letzten Wochen mehr und mehr die Oberhand gewonnen hatte. Je weiter der Sommer voranschritt, desto merkwürdiger waren meine Visionen geworden. Ein Teil meiner Person hatte begonnen, den Fjord als eigenständiges Kunstwerk zu betrachten, ohne dass weit und breit auch nur eine einzige Frau zu sehen war. Dieser Teil meiner Person brannte darauf, den fernen Flecken Erde zu berühren, den meine Geliebte zum schönsten Kunstwerk der Welt gemacht hatte. Im Frühling war der Fjord nur der Hintergrund für ihr Bild gewesen. Nun war das Bild verschwunden ohne auf dem Hintergrund auch nur einen Fußabdruck auf der Erde oder eine Spur im Gras zu hinterlassen. Sie hatte dem Fjord ihre Schönheit gegeben. Raubte der Fjord nun auch noch ihre Liebe? War sie das Vergängliche? Und der Fjord das Ewige?

Verschreckt flüchtete ich mich in den sicheren Hafen des Abstrakten hinter den Nebeln des Weltgeistes und fragte mich:

Wen mag ich lieber, das Mädchen oder den Fjord?

Und die Stimme des Abstrakten antwortete aus den Nebeln des Weltgeistes:

»Das geschlechtliche Wesen in dir mag das Mädchen lieber. Der Dichter den Fjord. Im Frühling mochten beide das Mädchen lieber. Aber Ihr dürft nie die Perspektive des Ewigen vergessen: Liebt das Mädchen wie den Fjord. Liebt den Fjord wie das Mädchen.«

Und das geschlechtliche Wesen in mir schrie auf und sprach: Der Dichter soll sterben! Und es sollte sechs Jahre dauern, bis das geschlechtliche Wesen und der Dichter begannen, die Perspektive des Ewigen zu verstehen.

Einige Tage später ging ich in das Büro der Vereinigten Dampfschifffahrtsgesellschaft und erkundigte mich nach Schiffsverbindungen Richtung Westen. Und erhielt alles andere als unerfreuliche Nachrichten. Die *Hólar* käme am 24. September nach Akureyri, fahre am Tag darauf Richtung Hrútafjörður und laufe auf dem Weg dorthin nur zwei Häfen an: Sauðárkrókur und Hvammstangi.

»Ich will nicht bis Hrútafjörður«, sagte ich. »Ich muss nur nach Hvammstangi.« Ich hatte beschlossen, mir eine Passage mit der *Hólar* nach Hvammstangi zu kaufen und von dort zum Hrútafjörður zu laufen. Das war viel netter, als mit dem Schiff direkt nach Borðeyri zu fahren, dessen Hafen dem Hof meiner Geliebten am nächsten lag. Gut gekleidete Männer fallen in kleinen Orten schnell auf.

Ich könnte ja in Hvammstangi dringende Geschäfte zu erledigen haben. Und von dort führte im Landesinneren ein Weg am Hrútafjörður vorbei bis nach Borgarnes.

Aber was versprach ich mir eigentlich von diesem Weg?

Ich konnte mir an meinen zehn Fingern abzählen, dass ich meine Geliebte an keinem der Höfe auf der Ostseite des Fjords antreffen würde. Es bestand auch nur eine peinlich geringe Wahrscheinlichkeit, dass ich sie an einem der kleinen Höfe am unteren Ende des Fjordes finden würde. Weitaus wahrscheinlicher war es, dass sie sich auf einem der Höfe am oberen Teil des Fjords aufhielt, was für mich einen zwanzig Kilometer langen Umweg bedeuten würde.

Was nun?

Sollte ich die ganze Hrútafjörður-Küste entlangwandern, an der alle Fenster Augen haben, und vielleicht gar in einige Höfe eintreten und fragen: Kann mir zufällig jemand sagen, auf welchem Hof sich meine Geliebte derzeit aufhält?

Es war nicht schwer zu erraten, was meine Geliebte sagen würde, wenn ich mich ihr dann endlich, von der Wanderung erschöpft, vor die Füße werfen durfte: Na, du machst mir ja alle Ehre. Krempelst den halben Landkreis nach mir um, und das auch noch am helllichten Tag. Ich bin doch keine Hure.

Und sie hätte sogar recht damit. Das wäre obszön. So ein Benehmen konnte den Ruf eines keuschen Mädchens ruinieren. Und ihre hohe Meinung von meiner Sittsamkeit wäre auch zum Teufel. Sie konnte mich nur noch für einen lüsternen Wüstling halten. Das wäre es dann gewesen mit der Liebe. Das wäre es dann gewesen mit dem Mann, der für körperlichen Genuss nichts als Verachtung übrig zu haben schien. Ihre Liebe zu mir würde in unheilbare Abscheu umschlagen.

Was für eine vertrackte Angelegenheit. Ich sah keine andere Lösung, als vor mir selber zu verbergen, dass zwanzig Kilometer zwischen dem Weg nach Reykjavík und der Keuschheit meiner Geliebten lagen. Zerbrich dir wegen solcher Misslichkeiten gar nicht erst den Kopf. Das wird sich schon finden, wenn es so weit ist. Du weißt doch: Kommt Zeit, kommt Rat.

Abgesehen davon stand mir meine Reise jetzt klar vor Augen. Zwei Tage werde ich mit dem Schiff nach Hvammstangi unterwegs sein, einen Tag später zu Fuß den Hrútafjörður erreichen und mich dort ein oder zwei Tage bei meiner Geliebten aufhalten. Dann aus dem Hrútafjörður innerhalb von drei Tagen nach Borgarnes wandern und von dort mit dem Postschiff *Ingólfur* nach Reykjavík fahren. Alles zusammen würde die Reise neun

Tage dauern, mindestens. Doch in jener Zeit schien einem das nicht zu viel verlangt für eine Geliebte, obwohl die herbstlichen Regenfälle eingesetzt hatten und bereits die Flüsse füllten, die auf dem Weg in die Hauptstadt zu überqueren waren. Was waren schon diese Rinnsale im Vergleich zu all den Qualen, die sie durchlebt haben musste, seit wir uns voneinander trennten.

Am Tag nach dieser Entscheidung ging ich zum Schneider und ließ mir einen neuen Anzug machen. Und was für einen: Dunkelgraue Nadelstreifen auf hellgrauem Grund. Glatter Stoff. Nach neuester Mode. Weit ausgeschnittene Weste, Gehrock, einreihig geknöpft. Dann kaufte ich mir feine helle Schuhe und einen grauen Hut mit mächtiger Krempe, die rechts etwas aufgeschlagen war, so dass der Hut sich zur linken Seite neigte.

So herausgeputzt wollte ich zu meiner Geliebten in den Hrútafjörður gehen. So sah Goethe aus, als er sich auf den Weg machte, um stürmend und drängend die Gunst der Charlotte von Stein zu erringen.

23

FRUCHTBARE NÄCHTE

Thórleifur und Gunnar traten ihre Heimreise am Mittwoch, dem 11. September an. Von nun an war ich allein im Zimmer, konnte ungestört die Sterne beobachten und den nächtlichen Monologen meiner Seele über das Vergängliche und Ewige freien Lauf lassen. Dann verlor Stefán von Hvítadal, kurz bevor ich mich auf den Weg nach Reykjavík machte, seine Bleibe und verbrachte die letzten Nächte in Akureyri bei mir.

An diese Nächte werde ich mich noch lange erinnern, denn in ihnen lernte ich diesen bedeutenden Dichter von der Seite kennen, die den tieferen und verborgeneren Lebensdingen zugewandt war. Wir schliefen zusammen in dem Bett, das Thórleifur und Gunnar zuvor gehabt hatten, und er erzählte mir bis in die Nacht hinein Geschichten aus seinem erstaunlich abwechslungsreichen Leben.

Es war nicht nur der Inhalt dieser Geschichten, der in jenen durchlauschten Septembernächten eine längst eingerostete Saite in meiner Brust abermals zum Klingen brachte. Es war vor allem die Erzählweise. Er vermochte es, so eindringlich zu erzählen, dass ich seine Geschichten nie wieder vergaß. Seine Sprache war klar und einfach und doch nie unliterarisch. Er erzählte lebendig, schnörkellos, sachlich, und doch schwang in jedem Satz ein subtiler Unterton tief empfundenen Gefühls mit, der das Erzählte auf eine höhere Ebene hob. So breitete sich über die Bühne jeder Geschichte ein rätselhafter Schleier, der alles auf magische Weise tiefgründig wirken ließ.

Diese Erzählweise erinnerte mich an nichts, was ich bisher gehört hatte. Sie war ein neuer Lebenston, eine neue Zeitrechnung in der Kunst des Erzählens; man spürte sofort, dass so etwas noch nie da gewesen war und auch nie wieder da sein würde, wenn dieser Mann einmal aufhörte zu erzählen.

Eines Abends sagte ich Stefán, dass ich fest entschlossen sei, mit der *Hólar* nach Hvammstangi zu fahren, um meine Geliebte zu treffen.

»Hast du jemals so geliebt, dass du eine solche Reise auf dich genommen hast, nur um einige Stunden mit deiner Geliebten zu genießen?«

»Ja, weiß Gott, das habe ich gekonnt, bevor mir das Bein abgenommen wurde. Kaum länger als ein Jahr ist es her, seit das Mädchen starb, für das ich bis ans Ende des Landes gegangen wäre, so gern mochte ich sie.«

»Ist sie tot?«

»Ja, sie starb im letzten Mai.«

»Woran starb sie?«

»Sie starb an Tyhpus.«

»Ging das schnell?«

»Ja.«

»War das etwa Paratyphus? Das ist eine heimtückische Krankheit. Ich habe letzten Winter in der Zeitung gelesen, dass viele Leute in Indien daran gestorben sind. Gibt es das hier jetzt etwa auch?«

»Keine Ahnung. Ich weiß nur, dass auf einmal alles

ganz schnell ging. Obwohl sie eigentlich schon vorher drei Jahre lang gestorben ist.«

»Hatte sie auch noch Tuberkulose?«

»Nein, Tuberkulose hatte sie nicht. Aber ihr Tod ist trotzdem eine sehr lange und traurige Geschichte.«

»Hat sie so lange mit dem Tod gerungen?«

»Nein, das auch wieder nicht. Soll ich dir erzählen, wie sich alles abgespielt hat?«

»Um Gottes willen, ja. Aber erzähle mir genau, wie es wirklich war. Ich mag keine Krankengeschichten – außer, wenn sie wahr sind.«

»Was ich dir erzählen werde, ist alles wahr. In meiner Jugend im Hvítadalur kannte ich ein bildhübsches junges Mädchen, das aus Strandasýsla stammte.«

»Wie hieß sie?«

»Sie hieß Lára und wuchs die meiste Zeit bei meinen Pflegeeltern im Hvítadalur auf. Sie war nur wenige Jahre jünger als ich. Schon als Kinder hatten wir uns gut verstanden, und in dem Frühjahr, in dem sie konfirmiert wurde, erwuchs aus unserer Freundschaft eine reine und wahre Liebe. Doch noch in demselben Frühjahr kam ihr Onkel nach Hvítadalur, um sie nach Hause zu holen. Als wir uns verabschiedeten, rechneten wir noch beide damit, uns im Herbst wiederzusehen, doch dann kam alles anders. Sie blieb den ganzen Winter über in Strandasýsla, und ich ging nach Reykjavík.

Fünf Jahre vergingen. In dieser ganzen Zeit trafen wir uns nicht ein einziges Mal und schrieben uns auch keine Briefe. Meine Liebe zu Lára war ein fernes und schönes Abenteuer geworden.

Als ich jedoch im Frühjahr 1909 wieder nach Hvítadalur kam, passierte es. Da war Lára gerade mit ihrer

Schwester María zu Besuch und meine Liebe zu ihr erwachte aufs Neue, ja, Lára schien mir sogar noch schöner als zuvor. Inzwischen war sie allerdings einem anderen Mann versprochen. Ich bat sie darum, in den nächsten zwei Jahren nicht zu heiraten, und sie versprach es mir. Beide Familien bestanden darauf, dass die Hochzeit noch im selben Herbst stattfand, aber dazu war Lára nicht zu bewegen.

So vergingen weitere anderthalb Jahre. Im Herbst 1910 ging Lára nach Reykjavík, um den Winter dort zu verbringen. Nach ihrer Rückkehr im Frühjahr sollte Hochzeit sein. Auch ich verbrachte diesen Winter in Reykjavík und wohnte in der Suðurgata 13. Lára wohnte in der Thingholtsstræti, war aber oft bei mir zu Gast. Über unserer Liebe lag ein trauriger Schatten. Sie sah sich außerstande, ihre Verlobung zu lösen und wünschte sich nichts sehnlicher als den Tod.

Dann träumte ich Ende April einen sehr hässlichen Traum. Ich stand irgendwo in einem halbverdunkelten Zimmer. In einer Ecke saß eine schwarze Katze. Plötzlich springt die Katze mich an und beißt sich in meiner rechten Hand fest. Ich versuche, das Biest abzuschütteln, aber sie lässt nicht los, ganz gleich, was ich auch tue. Unter großer Anstrengung gelingt es mir schließlich doch, das blöde Vieh loszuwerden. Da sehe ich, wie Blut in meine hohle Hand fließt und von dort auf den Fußboden tropft. Dann bin ich aufgewacht.

Ich ging zu einer Wahrsagerin, die meinen Traum auf dieselbe Weise deutete wie ich, nämlich, dass ich einen geliebten Menschen verlieren würde. Sie sagte, ich solle damit rechnen, dass dieser Verlust eintreten werde, bevor der Sommer zu Ende ging.

In der folgenden Nacht träumte ich etwas anderes. Ich war zurück im Hvítadalur. Es war Frühling, und ich stehe irgendwo draußen im Tal. Da sehe ich, wie Lára auf mich zukommt, und zwar mit einem Reisigbündel auf dem Rücken. Sie trägt ihr grünes Konfirmationskleid. Ich frage, wohin sie denn mit diesem Reisigbündel wolle. Sie sagt, sie sei auf dem Weg in die Neue Welt im Westen und wolle es dorthin mitnehmen. Ich bitte sie inständig, mich nicht zu verlassen. Aber sie sagt, sie müsse fortgehen. Da frage ich, ob sie sich allein auf den Weg machen wolle.

›Ja, ich gehe allein, aber meine Schwester María kommt nach einem Jahr hinterher.‹

Daraufhin will ich zu meiner Pflegemutter gehen, in der Hoffnung, sie könne meiner Lára diese Reise ausreden. Aber Lára sagt, dass es sinnlos sei. Diese Reise wird nicht verschoben. Wenig später bin ich aufgewacht.

Diese Träume schlugen mir sehr auf die Stimmung. Ich spürte, dass ein furchtbares Unheil in der Luft lag, das schon bald seinen Lauf nehmen würde. Und kaum einige Tage später hörte ich, dass man Lára mit Typhus ins Landsspítali gebracht hatte. Kurz nachdem ich den zweiten Traum geträumt hatte, war sie erkrankt. Und ich konnte sie nicht einmal im Krankenhaus besuchen. Ich hätte es nicht ausgehalten, sie leiden zu sehen. Und wollte auch nicht, dass ihre Reykjavíker Verwandten von unserer Liebe erfuhren, die uns all die Jahre ein heiliges Geheimnis war. Lára starb in der Nacht zum 2. Mai. Und genau ein Jahr später starb ihre Schwester María an den Folgen einer Geburt.«

»Das sind aber merkwürdige Träume. Kam es dir nicht komisch vor, dass sie ein Reisigbündel auf dem Rücken trug?«

»Das war eine Metapher. Ein Hinweis auf die Strafe, die sie durch ihre Verlobung auf sich gezogen hatte. Ein Sinnbild dafür, dass sie mit einer schweren Bürde ins Himmelreich geht.«

»Wächst denn viel Reisig in eurem Tal?«

»Nein, gar nicht. Das Tal ist auch eine Metapher. Du weißt doch, dass in der Bibel die Welt oft als Jammertal beschrieben wird. Das Tal in meinem Traum symbolisiert das Jammertal, das sie im Leben durchwandert hat.«

»Und hat es dich nicht gewundert, dass sie sagte, sie wolle in die Neue Welt im Westen? Da sagt man doch normalerweise einfach, man will nach Amerika.«

»Verstehst du das nicht? Du weißt doch, dass die Sonne nach Westen zieht, in Richtung der Neuen Welt. Dort geht sie unter. Der Tag stirbt im Westen. Daher ist Westen in Träumen immer die Richtung des Todes.«

»Ich bin mir nicht sicher, ob deine Auslegung richtig ist.«

»Ich aber. Das waren alles göttliche Zeichen.«

»Ich glaube, Gott gibt sich mit solchen Kleinigkeiten überhaupt nicht ab. Wenn es ihn überhaupt gibt. Das verhält sich alles ganz anders.«

»Was heißt denn hier Kleinigkeiten?«

»Hast du sie sehr vermisst, nachdem sie tot war?«

»Ich werde nie wieder derselbe sein. Wunden, die die wahre Liebe hinterlässt, heilen nie.«

»War sie deine erste Liebe?«

»Meine erste wahre Liebe.«

»Glaubst du, es ist unmöglich, die zu vergessen, die man als Erste geliebt hat?«

»Das kommt darauf an, wie man sie geliebt hat.«

»Na wie denn wohl? So viele verschiedene Möglichkeiten gibt es da doch nicht.«

»Wenn es wahre Liebe war, erholt man sich nie davon.«

»Und wie weiß man, was wahre Liebe ist?«

»Die Liebe ist immer wahr, wenn man kein Bedürfnis hat, körperliche Nähe zu dem Mädchen zu suchen.«

»Und ist die Liebe nie wahr, wenn man dieses Bedürfnis hat?«

»Nein, eine solche Liebe kommt nie von Gott.«

»Und was ist, wenn das Mädchen einen nicht heiraten will? Sollte man dann nicht versuchen, ihr körperlich nahe zu sein, damit die Liebe einen nicht zerstört? Das könnte doch helfen.«

»Helfen tut das sicher. Wenn man einem Mädchen körperlich nahe war, kommt man schneller über sie hinweg. Das sollte man immer anstreben, wenn einen das Mädchen nicht liebt.«

»Aber führt das nicht dazu, dass man das Mädchen ganz und gar verliert? Sie wird einen doch bestimmt dafür verachten.«

»Nein. Sie wird eher mehr wollen. Bist du wirklich so naiv?«

»Ich kenne einen alten Mann, der nach vielen Jahren Ehe seine Frau verloren hat, und bei denen war es sogar so weit gekommen, dass sie ein Kind miteinander hatten. Trotz alledem muss der Witwer sich nun andauernd besaufen, um seine Trauer zu vergessen. Er kommt einfach nicht über ihren Tod hinweg.«

»Tja. Mag sein. Und wie ist das bei dir? Ist nie etwas passiert mit dieser da im Hrútafjörður, in die du so verliebt bist?«

»Nein, ich schwöre bei Gott; so was habe ich nie getan. Ich habe sie nicht einmal geküsst.«

»Wolltest du nicht?«

»Manchmal schon ein bisschen. Aber ich habe mich nie getraut, etwas in der Richtung zu unternehmen, schließlich könnte sie das doch unhöflich finden. Unsere Liebe ist rein platonisch.«

»So einen Blödsinn gibt es doch nur bei geschlechtslosen Konfirmanden. Bevor man nichts mit dem Fräulein angefangen hat, soll man das auch nicht Liebe nennen.«

»Du hast doch gesagt, dass man bei wahrer Liebe gerade kein Bedürfnis nach körperlicher Nähe zu dem Mädchen hat. Jetzt weiß ich gar nicht mehr, was ich glauben soll.«

»Ach, habe ich das gesagt? Dann kannst du getrost das glauben, was ich dir jetzt sage. Hast du nie das Gefühl gehabt, sie will, dass du dich ihr näherst?«

»Hm, ich weiß nicht. Manchmal hatte ich so ein Gefühl, manchmal nicht. Es ist nicht gerade einfach, diese Frauen zu durchschauen. Da gehen ja doch sehr viel mehr Dinge unter der Oberfläche vor als bei Männern.«

»Hat sie nie gezittert, wenn du mit ihr allein warst?«

Es traf mich wie ein Stich ins Herz.

Eine fürchterliche Erkenntnis breitete sich in mir aus. Ich nahm all meine Kraft zusammen, damit meine Stimme sich nicht überschlug und sagte nach einem Moment des Schweigens so ruhig, als ob mir das gar nichts Neues wäre:

»Nicht direkt. Nur in einer Nacht, als wir im Dunkeln zusammen in der Küche standen und sie mir gerade gute Nacht sagen wollte, da hat sie etwas gezittert.«

»Und was hast du getan?«

»Nichts. Ich habe ihr gesagt, sie soll schnell ins Bett gehen, damit sie kein Fieber bekommt.«

»Was warst du nur für ein verdammter Dummkopf.«

»Wieso war ich denn ein Dummkopf?«

»Weißt du nicht, woher dieses Zittern kam?«

»Kam das etwa daher, dass sie ein Verlangen nach mir hatte?«, stieß ich aus und saß auf einmal senkrecht im Bett. Der Schweiß drang mir aus allen Poren.

»Das ist ein untrügliches Zeichen. Wusstest du nicht, dass Mädchen zittern, wenn sie an Mannlosigkeit leiden?«

»Nein. Woher sollte ich das auch wissen?«

»Was dachtest du denn, was sie damit meinte?«

»Ich dachte, sie würde vielleicht eine Lungenentzündung bekommen. Und habe sie allein gelassen, damit sie schnurstracks ins Bett gehen kann, damit ihr unter der Decke wieder warm wird.«

»Du bist wirklich der größte Frauenheld von allen. Haha-ha-ha-hi-hi! Zu denken, dass dieses Weibsbild eine Lungenentzündung bekommen könnte. Du bist hochbegabt und ein guter Dichter noch dazu, aber in Liebesdingen bist du so ahnungslos wie Tryygvi, bevor er mit Sveinn die Schulbank gedrückt hat.«

»Was hätte ich denn da in dieser Finsternis auch machen sollen?«

»Willst du etwa noch Licht dabei haben? Du hättest sie in den Arm nehmen und an dich drücken sollen und ihr sagen sollen, dass du sie liebst. Dann wärest du mit auf ihr Zimmer gegangen und hättest dich auf ihre Bettkante gesetzt, so zum Anfang.«

»Vielleicht wäre sie dann ja böse geworden und hätte mich bei unserem Vermieter angeschwärzt.«

»Wenn sie sich so aufführt, musst du sie im Nacken streicheln.«

»Nützt das was?«

»Dem kann keine Frau widerstehen. Dann fallen sie geradezu in deine Arme. Du kannst jedes Mädchen haben, wenn du sie nur gut im Nacken streichelst.«

»Dann könnte ich ja mal versuchen, sie im Nacken zu streicheln, wenn ich sie im Hrútafjörður treffe.«

»Versuch's ruhig. Aber ob das jetzt noch etwas hilft, will ich bezweifeln. Wenn sie nur im Entferntesten so ist wie die meisten Frauen, dann fürchte ich, dass sie dich inzwischen verachtet, obwohl du einer der famosesten jungen Männer bist, die ich kenne.«

»Warum sollte sie mich denn verachten? Ich war immer höflich zu ihr.«

»Das ist keine Höflichkeit, das ist Feigheit. Leidenschaftliche Mädchen verachten jeden Mann, der das Heft nicht in die Hand nimmt. Sie denken, dass er es nicht bringt.«

»Was du nicht sagst. Aber irgendwie muss ich das doch wieder ins Lot bringen können. Und wenn ich nun wirklich versuche, sie ein bisschen zu streicheln? Wie? Was murmelst du denn da?«

»Ich spreche mein Nachtgebet.«

»Was? Du betest immer noch?«

»Ja, ich bete immer zu Gott, bevor ich schlafen gehe. Sei mal einen Augenblick still … Wenn sie dich erst einmal verachtet, ist es nicht gerade ein Kinderspiel, das noch rumzubiegen. Du kannst natürlich versuchen, sie im Nacken zu streicheln. Aber dann solltest du auch ihren Busen streicheln und ihr sagen, dass du sie liebst. Hat sie einen schönen Busen? … Der Herr erhebe sein Angesicht auf mich und gebe mir Frieden. Amen … Ist ihr Busen schön? Du darfst das aber nicht vor den anderen Hofbewohnern machen. Ihr solltet unter euch sein, am besten hinter verschlossenen Türen.«

»Denkst du, ich bin so bekloppt, dass ich das vor allen Leuten mache? Aber was, wenn das nicht funktioniert?«

»Uaah, uaah. Ich bin schon halb eingeschlafen. Was hast du gesagt?«

»Ich habe gefragt, was ich machen soll, wenn das mit dem Streicheln nicht funktioniert.«

»Dann sollst ihr sa-sagen, dassu sssehr verliebt in eine annere Chra-püüüh-chra-püüüh. He! Was war das? Hat der Wecker geklingelt? Chra-püüüh-char-püüüh.«

Es war schon mitten in der Nacht. Der große Held in praktischen Lebensdingen lag laut schnarchend neben mir in unserem Bett. Sein Schnarchen klang wie das Geräusch von stolpernden Schritten auf einem Kiesweg in das Schattenreich der Träume.

Ich lag mit klopfendem Herzen wach und war bis in alle Nervenenden erregt. Es war, als sei plötzlich der Nebel von einer mir unbekannten Daseinsebene geweht worden, einer fremden Welt, die in den sieben vergangenen, verirrten Monaten im Dunst versunken war.

Sollte es das etwa gewesen sein?

Ich wälzte mich im Bett hin und her, an Leib und Seele von Gewissensbissen geplagt. Was für ein verfluchter Trottel ich gewesen war. Was für ein Erz-Ur-Obertrottel! Buhuh!

Und als das friedliche Morgenlicht endlich neue Hoffnung, neue Nebel in meine Seele trug, machte mein kindisches Gehirn sich sofort daran, neue komplizierte Irrwege auszudenken, vermittels derer ich bei dem Mädchen meines Herzens alles wiedergutmachen könnte, nachdem ich ihr einen ganzen Winter lang Qualen verursacht hatte, die sie mit so immenser Geduld hinnahm, sich nie beschwerte und nie nörgelte – bis auf dieses eine Mal, wo sie mir unter vier Augen im Dunkeln gesagt hatte: Ich zittere am ganzen Körper.

24

EINE NEUE BÜHNE

Der Mittwoch des 25. September war hell und schön herangebrochen. Wunderbarer Sonnenschein, heiterer Himmel, Windstille. Der Rauch aus den Schornsteinen stieg in vollkommen geraden Linien in den Himmel. Heute würde es noch regnen. Die Häuser und Hügel spiegelten sich im glatten Fjord. Hier und da klangen unten auf der Straße vor meinem Fenster schläfrige Schritte durch die Morgenstille. Schritte, die ich nie wieder hören würde.

Ich stand früh auf, suchte meine Sachen im Zimmer zusammen, stopfte sie in meine beiden Koffer und verschloss sie. Tryggvi Svörfuður hatte mir angeboten, sie mit nach Reykjavík zu nehmen, wenn er in den nächsten Tagen mit dem Schiff dorthin fuhr. Der versteht, was Liebe ist.

Danach setzte ich mich auf einen meiner Koffer und betrachtete meinen Bettkameraden, den tiefsinnigsten Lebensphilosophen, dem ich je begegnet war. Er war wach, hatte sich ein wenig erhoben und die linke Hand in den Nacken gelegt, während die Rechte etwas unter der Decke befingerte. Er schien nicht zu wissen, dass ich im Zimmer war. Er summte vor sich hin, irgendein altes Volkslied, und starrte auf die Wand am Fußende des Bettes.

»Tja, mein Bester!«, sagte ich mit brüchiger Stimme, »nun müssen wir Abschied nehmen, und die Vorhersehung allein weiß, ob wir uns in diesem Leben einmal wiedersehen oder vielleicht in aller Ewigkeit nicht mehr. Du fährst in ein fernes Land. Ich stürze in die Tiefen großer geistiger Armut. Ich glaube, mir bleibt ohnehin nicht mehr viel Zeit. Professor Guðmundur Magnússon hat mich im letzten Winter untersucht, als ich bei Davíð Östlund eine Lebensversicherung abschließen wollte. Er meinte, ich leide an Herzerweiterung. Daher wurde nichts aus der Lebensversicherung und auch nicht aus dem Sparkassenkredit über tausend Kronen, den ich auf die Lebensversicherung aufnehmen wollte. Außerdem habe ich immer so schweren Husten, wenn ich erkältet bin. Vielleicht gibt es eine Verbindung zwischen Herz und Lunge. Vielleicht sind sie auch jeder für sich allein erkrankt.«

Da wandte mein Freund mir den Kopf zu, sah mich an und sagte:

»Ich bin mir sicher, dass wir uns wiedersehen.«

»Hast du das geträumt?«

»Ja. Mir wurde im Traum offenbart, dass wir später im Leben noch viel zusammen sein werden. Ich weiß nicht, wann, aber ich weiß, dass wir sehr lange leben werden. Du wirst ein großer Denker, und ich werde ein großer Dichter.«

»Was du nicht sagst. Aber bevor ich nun von dir gehe, möchte ich gern auf meine letzte Frage von gestern Nacht zurückkommen. Du hast sie mir zwar beantwortet, aber ich weiß nicht, ob du dir deine Antwort richtig überlegt hast. Du warst schon halb eingeschlafen.«

»Das hat etwas mit dem Mädchen zu tun, in das du verschossen bist, oder?«

»Ja. Ich habe dich gefragt, was ich machen soll, wenn sie sich durch mein Gestreichel nicht erweichen lässt. Du meintest, ich soll ihr dann sagen, ich sei in eine andere verliebt. Glaubst du wirklich, dass das klug ist? Jetzt mal ganz ehrlich.«

»Nein, doch nicht so. Dann denkt sie, dass du dich in Liebesdingen nicht entscheiden kannst. In zwei auf einmal verliebt … Begreifst du nicht? Du sollst ihr vorsichtig zu verstehen geben, dass es da noch ein anderes schönes Mädchen in einem anderen Tal gibt, das dich jederzeit heiraten würde.«

»Und wenn sie darauf sagt: Dann nimm doch die. Ist mir doch wurst. Dann könnte ich es bei ihr ja wohl kaum weiter versuchen. Und was ich sonst vielleicht mit viel Geduld gewonnen hätte, wäre sofort verloren.«

»Das wird sie nicht sagen. Glaub mir. Ein Mädchen, das einmal in jemanden verliebt ist, der so aussieht wie du, lässt dich nicht so schnell wieder los. Weißt du nicht, dass du so aussiehst, als kämest du aus einer altehrwürdigen Familie?«

»Aber wenn sie eh nicht ohne mich kann, warum muss ich ihr dann überhaupt einreden, dass eine andere mich heiraten will?«

»Weil das ihr Verlangen verstärkt. Bist du so schwer von Begriff? Hat sie schöne Brüste?«

»Ich weiß nicht.«

»Hast du sie mal ohne alles gesehen?«

»Um Himmels willen!«

»Hast du sie nie in den Händen gehabt?«

»Gott verzeih dir deine Worte!«

»Machen sie große Wölbungen in ihrer Bluse?«

»Darauf habe ich nie geachtet.«

»Hast du dieses Mädchen überhaupt mal angesehen?«

»Natürlich. Aber nicht da. Meinst du wirklich, ich kann es riskieren und deinem Rat folgen?«

»Zweifellos. Von solchen Dinge verstehe ich mehr als du.«

»Tja, mein lieber Freund. Das Schiff fährt in einigen Minuten. Ich muss mich beeilen. Lebe wohl. Möge sich das Leben nach deinen Wünschen gestalten.«

»Lebe wohl. Ich schicke dir im Winter ein paar Zeilen, wenn ich dann noch über der Erde bin. Wirst du mir auch schreiben, wenn du noch lebst?«

»Ja, ich werde schreiben, so Gott will.«

Dann öffnete ich die Zimmertür, ging hinaus, drehte mich auf der Schwelle noch mal blitzartig um und sah ein letztes Mal diesen großen Lebensphilosophen an, der da halb aufgerichtet im Bett lag, ganz so, als ob ich ihn mitnehmen wollte, diesen Kompass in der Finsternis meiner Unwissenheit. Und im selben Moment streckte ich die rechte Hand erst steil empor, dann nach vorne und machte mit ausgestrecktem Zeigefinger feierlich das Zeichen des Kreuzes in der Luft. Dann schloss ich langsam die Tür. Das Letzte, was ich durch den Türspalt sah, war der überraschte, verwirrte, verwunderte Ausdruck auf dem Gesicht meines Freundes. Und kurz bevor zwischen uns nur noch Wand war, hörte ich seine letzten Worte:

»Du schreibst mir gleich, wenn du es getan hast und erzählst mir, wie es lief.«

Er verlor nie die Contenance.

Ich lief die Treppe hinunter, hinaus auf die Straße und dicht an den Häusern entlang Richtung Hafen. Ich trug meinen nagelneuen Anzug aus ausländischem Tuch, hellgrau mit dunkelgrauen Nadelstreifen, mit glatt-polierten Schuhen, einer neuen Gummizugkrawatte, einem hellgrauen Hut mit großer Krempe und hielt einen Gehstock in der rechten Hand. Unter dem linken Arm trug ich einen schwarzen Regenmantel, in den ich meine eisenbeschlagenen Arbeitsschuhe eingewickelt hatte. In den Taschen halbvolle Schnupftabakdosen, ein fast volles Paket Pfeifentabak, eine Pfeife, eine Schachtel Streichhölzer, eine Zahnbürste, ein kleines Tagebuch, Bleistifte und *Die Grammatik der Isländischen Sprache* von Finnur Jónsson, die sieben Jahre lang meine all-abendliche Andachtslektüre gewesen war. Das war mein ganzes Gepäck.

Kaum war ich einige Schritte im Schutz der Häuser-wände gegangen, da traf ich unseren Vermieter, Bjarni Jónsson, den Bankdirektor höchstselbst. Ich zog den Hut und sagte:

»Ich war gerade auf dem Weg zu Ihnen, um meinen Anteil der Miete zu bezahlen.«

Im selben Moment griff ich in die Tasche und gab ihm das Geld. Er nahm meine Münzen entgegen, sah sie kurz an und sagte:

»Das reicht nicht.«

»Wie kann denn das sein? Das ist doch mein Anteil der Miete.«

»Das stimmt. Aber Thórleifur und Gunnar sind abge-reist, ohne ihren Anteil zu bezahlen.«

»Haben die nicht bezahlt? Wenn ich könnte, würde ich sofort für ihren Teil aufkommen.«

»Sie haben mit Ihren Kameraden in dem Zimmer gewohnt, also haften Sie auch für die gesamte Miet-schuld.«

»Aber das ist doch nicht fair. Gott weiß, wie gerne ich für die beiden bezahlen würde, aber ich bin leider momentan nicht in der Lage dazu. Ich bin fast pleite. Ich habe kaum noch genug für die Heimreise.«

»Das interessiert mich nicht. Wenn Sie nicht sofort bezahlen, hetze ich Ihnen einen Rechtsanwalt auf den Hals, sobald Sie zurück in Reykjavík sind.«

Mir war, als würde mir jemand mit einem groben Wollkamm über den nackten Rücken kratzen. Dieser mächtige Bankdirektor hatte Rechtsanwalt gesagt. Für mein unbedarftes Herz waren Rechtsanwälte keine Menschen. Das waren hochgebildete Hyänen, die von den Zersetzungskräften der Schöpfung auf unschuldige Menschen gehetzt wurden, um sie auszunehmen. Rechtsanwälte schlugen Kapital aus Streitlust, Gier und anderen Charakterfehlern verfeindeter Menschen. Sie ließen hilflose Unschuldige in fensterlose Zuchthäuser werfen. Sie setzten alles daran, den Sinn der Gesetzestexte zu verdrehen, nur um zu gewinnen – egal, ob es recht war oder nicht. Wie Haraldur Briem, der erst für den Landkreis Suðursveit einen Prozess gegen die Leute von Mýrar gewonnen hatte, und dann in einer nächsten Instanz denselben Prozess für die Gegenseite. Von beiden Seiten wurde er gut bezahlt, und man bewunderte ihn auch noch dafür: ›Der beherrscht die Juristerei. Der kann jeden Prozess gewinnen.‹

Ich spürte, dass ich einer erdrückenden Übermacht schutzlos ausgeliefert war. Also kramte ich in meinen Taschen und gab dem Bankdirektor, was noch an Miete ausstand. Danach blieben mir noch zwölf Kronen und elf Öre. Am meisten schmerzte es mich, dass ich nun abreisen musste, ohne meiner Kostmutter den letzten Monat zu bezahlen. Doch was sollte ich tun, ich musste gewissenlos sein und mich vor ihrem gerechtfertigten Anspruch davonschleichen.

Ich lief zur Landungsbrücke und sprang genau in dem Moment an Bord der *Hólar*, als sie sich daranmachte, abzulegen. Ich stellte mich an einen warmen Fleck neben der Kajüte oberhalb des Maschinenraums und sah mit reuevollem Abschiedsblick auf die Stadt, während das Schiff auf dem Fjord an Fahrt gewann.

In diesem romantischen Heringsdorf, dessen Konturen das beschleunigende Schiff nun in Erinnerung verwandelte, hatte ich mein Leben um 70 Tage kürzer werden sehen. Heute war ich 71 Tage älter als an dem Tag, an dem ich hier einen Fuß an Land gesetzt hatte, 71 Tage näher am Tod, an Grab und Gericht. Mein Haar war ein wenig lichter, die Stirnfalten eine Idee tiefer, der Blutfluss etwas langsamer.

Ich zog den Hut, und meine Seele rief dem Lande zu:

Lebe wohl, Akureyri! Lebe wohl, Krossanes! Lebe wohl, Gasthof Oddeyri! Gehabt euch wohl, du kleiner schöner Hügel, ihr mystischen Klippen, ihr Wiesen mit euren Kuhlen und den abenteuerlustigen Liebenden im Mondlicht! Gehabt euch wohl, ihr kleinen Häuser mit euren kleinen Menschen mit kleinem Einkommen und dem kleinen Gott auf seinem kleinen Thron in einem kleinen Himmel! Gehabt euch wohl, du eitler Sommer, du welkendes Grün, du seufzende Almosengeberin Erde! Gehabt euch wohl, du fliehendes Leben, das so schnell vergeht wie eine Vatertagstour und dann so enttäuschend im Schattenreich des Unausweichlichen verschwindet! Gehab dich wohl, mein Freund, Islands weisester Mann, der du bald in ein fernes Land gehen wirst, um das zu suchen, was in den Tiefen deiner Seele ohnehin schon nach dir sucht.

Dann setzte ich den Hut wieder auf und ging nach achtern, um mir eine Kabine in der zweiten Klasse zu suchen.

Doch was war das! Ihr werdet euch denken können, wie mir zumute war, als ich dort, wo der Eingang zur zweiten Klasse sein sollte, nur einen Frachtraum erblickte. Mir wurde schwarz vor Augen. Ich irrte am Heck umher. Gab es hier etwa keine zweite Klasse? Oder war sie vielleicht hier? Hier? Oder da?

Nein, nirgends. Hilflose Verzweiflung trieb mich in die Arme eines Matrosen, und ich frage ihn in meinem besten Dänisch, wo denn die zweite Klasse sei: Hvor kan jeg finde annet Plads, Herre min Gud?

Es stellte sich heraus, dass es keine zweite Klasse mehr gab. Da die *Hólar* seit Jahren nur noch Überseefahrten machte und keine Passagierfahrten entlang der isländischen Küste mehr, sei die zweite Klasse in einen Frachtraum umgebaut worden. Nach Akureyri käme die *Hólar* ohnehin nur noch, wenn dort Frachtgut wartete.

Mein Verstand setzte für einige Momente aus.

Nun war es um mich geschehen. Ich hatte nur noch Geld für eine Passage zweiter Klasse ohne Verpflegung, nun blieb mir nichts als erste Klasse mit Vollpension – es war zum Verrücktwerden.

Wieder und wieder rannte ich zu der Luke und starrte hinab. Ich hatte mich nicht geirrt. Das war ganz eindeutig ein Frachtraum. Dasselbe Gerümpel wie in jedem Frachtraum auch, derselbe Geruch, dieselbe nasskalte Dunkelheit, sooft ich auch hineinsah. Ich trommelte mit den Fäusten gegen meine Augenhöhlen: Warum könnt ihr hier keine zweite Klasse sehen, statt dieses verfluchten Frachtlochs? Wenn ihr jetzt nicht bald etwas anderes seht, prügele ich euch aus meinem Schädel!

In diesem Höllenverlies konnte ich unmöglich die Nacht verbringen. Stockfinster würde es hier sein, sobald der Abend kam. Es gab nicht einmal einen Putzlappen, der mir als Decke dienen könnte. Mein neuer Anzug wäre bereits ruiniert, bevor ich meine Geliebte auch nur gesehen hatte. Das würde keinen guten Eindruck machen, da konnte ich mir meine wohlgeplanten Streicheleien gleich in die Haare schmieren. Und Gesellschaft hätte ich hier unten auch nicht. Außer mir war ohnehin nur ein weiterer Fahrgast an Bord, ein Mädchen aus Ostisland, das nach Blönduós zur Hauswirtschaftsschule fuhr. Und Mädchen, die auf die Hauswirtschaftsschule gehen, legen sich nicht in den Frachtraum.

Also trieb ich mich bis spät in den Abend hinein hilflos und verzagt an Deck herum. Als der Tag zur Neige ging, zogen Wolken auf, ein kalter Ostwind brachte Graupelschauer. Als die *Hólar* bei Svalbarðseyri vor Anker ging, kam mir der Verdacht, dass wir länger unterwegs sein und mehr Häfen anlaufen würden, als mir in Akureyri gesagt worden war. Das verärgerte mich derart, dass ich beschloss, nun ›Täuschung mit Lüge zu vergelten‹, wie der große Verfasser des Hávamál in der Edda schreibt. Also schlich ich in die erste Klasse hinunter, während vor Svalbarðseyri alle mit anderen Dingen beschäftigt waren, und legte mich backbords in eine dunkle Koje.

Als ich eine Weile dort gelegen hatte und die schlimmste Erschöpfung aus meinen Gliedern gewichen war, überkam mich ein derart lähmendes Gefühl des Ausgeliefertseins, tiefen Leids und hoffnungslosesten Elends, dass ich, wie ich es auch drehen und wenden mochte, keine Möglichkeit sah, mein Leben fortzusetzen. Ich war nicht dafür geschaffen, nach der Morallehre der Edda zu leben.

Was mir bereits gedämmert hatte, als ich trübselig und schlapp an Deck herumgeirrt war, wurde mir nun endgültig klar: Meine verbliebenen Kronen würden nicht für Essen und Fahrgeld bis Hvammstangi reichen. Und je mehr Häfen der Kahn anlief, desto mehr Mahlzeiten, desto höhere Schulden, desto schlimmer mein Vergehen, desto härter die Strafe. Was daraus unabwendbar folgte, hatte in meiner Vorstellung ein so scharfes Bild angenommen, dass ich meinen Weg in die Finsternis der Qualen nun Schritt für Schritt vor mir sah.

Meine durch diese Schiffsreise verursachte finanzielle Schlagseite konnte genau drei Dinge zur Folge haben. Erstens: Man ließ mich nicht an Land und nahm mich als Pfand für meine Schulden mit nach Kopenhagen. Dort würde ich in Fußeisen geschlagen und müsste unter Peitschenhieben schwere Sklavenarbeit tun, bis alles abbezahlt war. Und dann? Wie sollte ich je wieder nach Hause kommen? Würde ich von dänischen Verbrechern umgebracht? Oder auf dem Sklavenmarkt an ein Bordell verschachert?

Zweitens: Man übergab mich in einem der nächsten Häfen einer hiesigen Amtsperson, die mich in ein fensterloses Gefängnis sperren, mit einer silberbeschlagenen Peitsche nachts auf mich einprügeln und dazu schreien würde: Warum hast du das Fahrgeld geprellt, du Taugenichts? Wirst du wohl antworten, du Lump?

Am wahrscheinlichsten erschien mir allerdings die dritte Möglichkeit: Sie verpassten mir eine Abreibung und warfen mich in Hvammstangi vom Schiff; die Schulden würden an einen Rechtsanwalt in Reykjavík telegraphiert, der dafür sorgte, dass die Polizisten Thorvaldur und Páll mich festnahmen, sobald ich die Stadt betrat. Dann könnten sie mich in Handschellen in einem Karren durch die Pósthússtræti, Austurstræti, Bankastræti und den Skólavörðustígur bis zum Gefängnis fahren. Páll würde den Wagen ziehen, Thorvaldur würde schieben und mich ab und zu mit dem Stock schlagen, um dem Wagen einen Schubs zu geben: Dir wird das Grinsen noch vergehen, verdammter Halunke. Na los! Weiter! Spottende Schaulustige würden die Bürgersteige säumen. Dann müsste ich in einem rabenschwarzen Loch vor mich hindämmern, bis ich die Schuld bei Wasser und Schiffszwieback abgetrunken und abgenagt hätte. Und für den Rest meines Lebens würde die ganze Stadt mit Fingern auf mich zeigen: Seht! Seht! Da ist der Gauner aus dem Suðursveit, der zwei Jahre im Zuchthaus gesessen hat, weil er die »Vereinigte« um das Fahrgeld geprellt hat! Verhöhnen wir ihn! He, Knacki! Rotschopf aus der Zuchthauszelle, bleibe weg von meiner Schwelle.

Ich lag zitternd in meiner Koje. Zum ersten Mal in meinem Leben hatte ich mich in Gelddingen unehrlich verhalten. Meine Schulden im Posthaus in Siglufjörður hatte ich im August restlos bezahlt. Und auch die Rechnung bei meiner Kostmutter hätte ich im Winter bestimmt beglichen. Mein Vater wurde wahnsinnig, wenn er jemandem auch nur den Gegenwert von fünfzig Öre schuldete. Er war so grundehrlich, dass er sein ganzes Leben lang immer kurz vor dem Bankrott stand. Auch meine Großväter hatten immer Guthaben beim Kaufmann, betranken und schlugen sich nur einmal im Jahr, wenn sie in der Stadt ihre Einkäufe machten und lebten an allen anderen Tagen ein schuldenfreies, ehrenwertes Leben. Und ich lag nun hier, ein Nachfahre dieser rechtschaffenen Männer, als gebrandmarkter Verbrecher, der drauf und dran war, eine arglose dänische Dampfschifffahrts-Gesellschaft, die ihn vertrauensvoll befördert und verpflegt hatte, um ihr Geld zu prellen. Was für ein Gauner! Ganove! Abschaum in Menschengestalt!

Ich war ein einziges Flammenmeer von züngelnden Gewissensbissen.

Und wovon sollte ich leben, wenn ich aus dem Zuchthaus freikäme? Im letzten Winter hatte ich begonnen, mich auf die Eingangsprüfung für die höhere Schule vorzubereiten und wollte diesen Winter weiterlernen, um im Frühjahr die Prüfung zu machen. Damit war es nun ein für alle Mal vorbei. Ich hatte ja keine fünf Öre mehr übrig, und auch keine Aussicht, in absehbarer Zeit irgendwo etwas zu verdienen. Niemand würde für mich bürgen. Keine Menschenseele würde sich trauen oder auch nur willens sein, mir eine Krone zu leihen, auch wenn es um mein Leben ginge.

Wie sollte ich dieses wertlose Leben dann noch verlängern?

Und als ob das nicht genug wäre, hätte ich auch noch einen schlechten Ruf. Das würde bedeuten, dass sich nicht nur die Herzen aller christlich denkenden Menschen vor mir verschlossen, sondern auch alle Lehranstalten des Landes, an deren Tür ich klopfte. Er hat einen schlechten Ruf!

So einen armseligen Deppen hat die Welt noch nicht gesehen. Ich hatte nichts, niemand vertraute mir, alle verachteten, verspotteten, misshandelten mich, ich hatte rote Haare, und sah keinen Ausweg außer lebenslanger Plackerei, wahrscheinlich Kohlenschippen, wenn die Kohlenschiffe kamen. Und wenn keins kam, Spießruten laufen auf der Hafenschanze, um nach dem nächsten Schiff Ausschau zu halten.

Ich hasste körperliche Arbeit. Sie überstieg einfach meine Kräfte. Ich war dauermüde, dauertraurig, sah sofort zur Sonne, sobald sie sich zeigte, zählte jede Minute vom Morgen bis zum Abend und ging sechs Mal am Tag auf die Latrine, um die Zeit herumzubringen. Außerdem verdummte sie mich. Sie machte mich stumpf und denkfaul. Sie nahm mir den Drang zu lesen, erfüllte mich mit Minderwertigkeitsgefühlen, Selbsthass und stummer Furcht vor jedem kommenden Tag.

Heute, aus der überlegenen Perspektive des reifen Mannes, könnte ich mit einer gewissen gönnerhaften Geringschätzung auf meine damalige Not zurückblicken – wenn sich dieser schreckliche Abend nicht so tief in mein Gedächtnis eingebrannt hätte. Bis auf den heutigen Tag vermag ich meine damaligen Qualen bis auf die kleinste Nuance nachzuempfinden, höre noch immer ihren unheilvollen Takt durch mein Bewusstsein trommeln, und sehe ihre Spuren auf dem Grund meiner Seele. An diesem einen Abend war mehr seelisches Leid zusammengekommen, als ein normaler Mensch zwischen dem ersten Schrei und dem letzten Seufzer in seinem Leben unterbringen konnte. Meine körperlichen Schmerzen vermag der geneigte Leser sich am ehesten vorzustellen, wenn er an eine unkontrollierbare Macht denkt, die einen endlos langen Stacheldraht über die empfindlichsten Stellen der menschlichen Haut zieht.

Ich lag in meiner Koje, ohne auch nur einen Muskel zu bewegen. Ich traute mich kaum, zu atmen oder zu blinzeln. Alles könnte Aufmerksamkeit erregen. Ich starrte totenstill auf die wachsende Dunkelheit in der Kabine. Alles um mich herum erschien mir unverwandt, unheimlich, hasserfüllt. Das Dröhnen der Schiffsschraube, das Rollen des Schiffs, das Knarren der Türen, Fugen und Planken, die Schatten, die langsam zu bedrohlicher Finsternis zusammenflossen, der eisgraue Lichtschimmer, der noch immer durch das Bullauge über der Koje drängte – all das umgab mich wie feindliche Lebensformen aus einem fremden Land, das ich ebenso hasste, wie es mich.

Obwohl ich wieder und wieder suchend bis zu den Randgebieten meines Bewusstseins blickte, fand ich nirgendwo auch nur den Anschein eines leisen Hoffnungsschimmers oder schwachen Trosts. Sogar meine Geliebte, die an den vorigen Tagen jeden Winkel meiner Seele ausgefüllt hatte, war verschwunden, ohne auch nur einen einzigen sehnsuchtsvollen Seufzer zu hinterlassen.

Ich war drauf und dran, aus der Koje zu stürzen, mich über Bord zu werfen und zu ertränken, um diese schändliche Verbrecherexistenz ein für alle Mal auszulöschen.

Aber ging das denn überhaupt? Oder musste ich in irgendeinem Jenseits weiterexistieren? Und wenn ja, war es dann nicht wahrscheinlich, dass es einen ursächlichen Zusammenhang gab zwischen der Hölle, die ich jetzt und hier erlebte, und der Ungewissheit, die im Jenseits auf mich wartete? Und was, wenn sich dann herausstellte, dass die meine, hiesige Hölle nicht die einzige Hölle in Gottes Schöpfung ist? Außerdem ekelte ich mich vor dem Ertränken, vor dem kalten Wasser, dem weiten Meer und den Lebewesen, die ausgehungert seine finsteren Tiefen durchkreuzten. Es war mir nie gelungen, nicht auch mit dem Körper zu denken. Und es war wohl just dieses elementare Unvermögen, das mir damals das Leben gerettet hatte.

Etwas später, als es bereits stockfinster in der Koje war, gelang es mir, den Würgegriff dieser Angst ein wenig zu lösen. Die Qualen ließen nach, und ich fiel endlich in einen bewusstlosen Schlaf.

Als ich wieder zu mir kam, spürte ich, dass wir abermals irgendwo vor Anker lagen. Leise kroch ich aus der Koje, kletterte zum Bullauge und schaute hinaus. Obwohl es ziemlich düster war, glaubte ich an den Umrissen der Berge zu erkennen, dass wir vor Ólafsfjörður liegen mussten, was sich später als richtig erwies.

Wie merkwürdig gut es mir ging! Fast so, als ob überhaupt nichts vorgefallen wäre. Ich konnte mir sogar ein paar dümmliche Gedanken über meine Probleme machen. Und schließlich waren es doch Dümmlichkeit, Selbstzufriedenheit, Dickfelligkeit, Mangel an Vorstellungskraft, Mitleid und moralischem Empfinden, die uns überhaupt erst in die Lage versetzten, diese Hölle auszuhalten, die sich bürgerliche Gesellschaft nannte.

Plötzlich fiel mir ein, dass einer meiner Bekannten aus Akureyri in allen Häfen des Landes damit durchkam, sein Fahrgeld nicht zu bezahlen. Er achtete nur darauf, sich an Bord möglichst klein zu machen und immer nicht da zu sein, wo der Steuermann gerade vorbeikam, um das Fahrgeld einzutreiben. Das war die ganze Kunst.

Sollte mir das nicht auch gelingen?

Und hatte die »Vereinigte« mich nicht belogen, was die Anzahl der Häfen betraf, die wir anlaufen sollten? Vielleicht hatte der Kapitän auch in letzter Minute den Fahrplan geändert. Aber wenn das der Fall war, hat sich das Büro dann darum geschert, mich über diese Änderungen in Kenntnis zu setzen? Sie hatten mir gesagt, das Schiff würde nur in Sauðárkrókur und dann in Hvammstangi anlegen. Heute hatten wir lange vor Svalbarðseyri gelegen. Nun lagen wir vor Ólafsfjörður. Und nach Sauðárkrókur mussten wir nun auch noch in Blönduós anlegen. Das war doch Schwindel. Man hat mich unter Vorspiegelung falscher Tatsachen an Bord dieses Schiffes gelockt. Wollten seine Betreiber denn gar keine Rücksicht auf meine finanzielle Situation nehmen?

Und warum sollte ich mich dann grämen, wenn ich nun meinerseits vorhatte, mich gegenüber der finanziellen Situation der Dampfschifffahrtsgesellschaft etwas rücksichtslos zu verhalten?

Wie heißt es in einem Kirchenlied von Hallgrímur Pétursson so schön:

> Was dem Herren wohl gefällt,
> Der Knecht für recht und billig hält

Und nun sollte es mir eben gefallen, meinen Fahrplan zur Zahlung der Passage ein wenig zu ändern. Für irgendetwas musste es ja gut sein, sechzehn geschlagene Jahre diese Kirchenlieder gehört zu haben.

Und ob mir das gefallen würde. Ich empfand nicht mehr auch nur den leisesten Gewissensbiss. Die Frage war nur, ob es *möglich* wäre. Was ich leider verneinen musste. Bei nur zwei Passagieren war es kaum möglich, sich klein zu machen.

Da spürte ich, wie in der Dunkelheit meiner Gedanken der zarte Silberstreif des Glaubens an ein Wunder aufkeimte.

Weine nicht. Deine Sünden sind dir vergeben. Irgendwie wirst du schon gesund und munter von Bord kommen. Und sobald du wieder im Kreis deiner Freunde bist, wird sich ein Weg finden, wie du diesen Winter für die Eingangsprüfung der höheren Schule weiterlernen kannst.

Aber wie um alles in der Welt sollte ich von Bord kommen? Was für ein Weg sollte sich finden, mein winterliches Lernen zu finanzieren? Wo war der Kreis meiner Freunde? Und was für eine Hilfe war von denen zu erwarten?

Zermartere dir doch nicht das Gehirn mit diesen quälenden Gedanken. Wenn die Vernunft dir alle Wege versperrt, wird ihr alter Widersacher, das Wunder, die Steilwände des rationalen Denkens zu einer geraden Straße ebnen.

Just in diesem Moment schwebte meine Geliebte wieder aus der Finsternis der Unterwelt heran wie eine gnädige Muttergottes. Sie war so hübsch wie eh und je, mit einem weißen Seidentuch über den Schultern und weißer Spitze an ihren wohlgeformten Mädchenhänden. Sie begrüßte mich lächelnd und sagte:

»Tu mir den Gefallen und hab kein schlechtes Gewissen mehr wegen des Fahrgelds. Wenn der Steuermann es eintreiben will, bevor ihr nach Hvammstangi kommt, sagst du ihm: ›Ich bezahle, wenn wir in Hvammstangi sind.‹ Und wenn ihr in Hvammstangi anlegt, schleichst du dich einfach an Land. Das wird doch wohl nicht zu viel verlangt sein, um mich zu treffen? Zwölf Wochen habe ich deiner geharrt. Seit zwölf Wochen warte ich darauf, dass du die Anhöhe vor unserem Hof herunterkommst. Ich zittere am ganzen Körper.«

»Natürlich, meine Liebe! Ich versuche es. Ich will alles

für dich tun, mein geliebter Engel. Aber du weißt, dass ich mit einem Beiboot an Land gebracht werden muss?«

Doch da war sie schon wieder fort und ließ nur einen schillernden Lichtwirbel zurück, der meine Sinne umkreiste, bis ich in einen traumlosen Schlaf fiel.

Den nächsten Tag verbrachte ich wieder still und leise auf meiner Pritsche im Schatten der Koje über mir. Niemand kam, um nach mir zu sehen, und das war gut. Ich begann zu hoffen, dass man vergessen oder gar nicht erst bemerkt hatte, wie ich nach unten schlich, und sich so eine Möglichkeit bot, getreu dem Wunsch meiner Geliebten zu verfahren.

Doch gegen vier Uhr hörte ich schwere Schritte auf dem Gang, die vor der Tür zu meiner Koje zum Stehen kamen, und dann klopfte es. Alle Organe meines Körpers stellten für einen Moment die Arbeit ein. Dann fuhr ich hoch wie ein angestochenes Kalb, setzte mich hin und starrte angsterfüllt zur Tür. Nun war der Feind gekommen, um mir das Fahrgeld abzuknöpfen. ›Ich bezahle, wenn wir in Hvammstangi sind.‹

»Herein!«, rief ich. Da öffnete sich die Tür, ein freundliches Männergesicht sah hinein und sagte:

»Verzeihung. Es hat mich verwundert, dass ich Sie gar nicht mehr an Deck gesehen habe. Ist Ihnen nicht wohl?«

»Nein, ich denke, mir ist durchaus wohl. Ich werde mich geschwind ankleiden.«

Der Mann verneigte sich freundlich, ließ die Tür wieder zufallen und ging seiner Wege.

Das war der Kapitän. Er hieß Svan. Was für ein guter Mensch. Alle, die armen Schluckern auf See nicht sofort das Fahrgeld abknöpfen, sind gute Menschen.

Am Abend saß ich mit dem Kapitän und der angehenden Hauswirtschafterin zu Tisch. Sie hatte hellgraue Augen. Meine Geliebte hatte dunkle Augen.

In Blönduós saßen wir zwei Tage in dichtem Nebel fest. Noch immer hatte sich niemand bemüht, von mir das Geld für die Passage einzufordern, und ich sah in Seelenruhe dabei zu, wie meine Schulden mit jeder Mahlzeit wuchsen. Am Abend des zweiten Tages ging ich nach Einbruch der Dunkelheit zum Vergnügen auf Deck umher. Es war windstill, das Mondlicht drang kaum durch die Nebelschwaden hindurch. Meine Stimmung hatte eine Art Gleichgewicht erreicht zwischen feierlicher Verliebtheit und der freudigen Erwartung eines Wunders, das mir vielleicht bereits in dieser Nacht oder am nächsten Morgen widerfahren sollte.

An Deck beschäftigten sich einige Matrosen mit kleineren Verrichtungen. Jedes Mal, wenn mein Weg mich an ihnen vorbeiführte, beobachtete ich sie heimlich. Schließlich suchte ich mir denjenigen aus ihrer Mitte, der mir am wenigsten von Lebenserfahrung verdorben schien, nahm ihn beiseite und fragte ihn leise:

»Kannst du mir sagen, was das Fahrgeld von Akureyri nach Hvammstangi in der ersten Klasse kostet?«

»Nein, leider nicht.«

»Na, macht ja nichts. Danke trotzdem. Ich habe nur gefragt, weil ich kein Wechselgeld dabeihabe.« Er sah mich an und schöpfte nicht den leisesten Verdacht.

Am nächsten Morgen, der auf den 29. September fiel, lichtete sich der Nebel und wich einem blauen Herbsthimmel mit heiterem Sonnenschein und einer duftenden Westwindbrise. Ich ging an Deck, und sobald das Schiff ablegte, begab ich mich an einen abgelegenen Ort und beobachtete mit größter Aufmerksamkeit jede Bewegung der Besatzung. Wir fuhren nach Nordwest. Der Kapitän schien am Ruder zu sein. Der Steuermann wahrscheinlich in der Koje. In mir wuchs ein unerklärliches Gefühl der Sicherheit. War dies schon das Wunder? War das, was sich gestern in meinem Unterbewusstsein ankündigt hatte, nun bereits in meine Seele gesickert?

Nach kurzer Zeit passierten wir Vatnsnestá. Sonnenrote Berge im Westen. Zauberhafte Aussicht auf die Bucht. Ihr Berg kam in Sicht. Alles sah noch genauso aus wie zu der Zeit, als ich ihn auf dem Hrútafjarðarháls hinter mir gelassen hatte. Und so beständig wie diese unveränderliche Bergwelt war bestimmt auch ihr Herz. Morgen um diese Zeit saß ich bei ihr auf dem Sofa oder ihrer Bettkante. Ich fühlte, dass ich sie gar nicht erst streicheln musste. Sie war keines von diesen liederlichen Frauenzimmern, denen die Liebe im Nacken saß. Sie liebte mit der Stirn.

Was zum Teufel ist jetzt los? Sehe ich richtig? Stampft dieser verdammte Kahn jetzt schnurstracks nach Nordwest über die Húnaflói-Bucht, anstatt die Vatnsnestá-Landzunge Richtung Süden zu umfahren? Da ist doch schon die Spitze von Reykjanes backbord voraus! Das gibt's doch gar nicht. Schiele ich jetzt? Ich lief zu einem Matrosen an Deck und rief:

»Wohin fahren wir denn? Fahren wir nicht nach Hammstangi?«

»Nein. Wir fahren in den Norðurfjörður.«

»Wie bitte? In den Norðurfjörður. Warum zum Teufel denn das?«

»Wir haben Fracht, die wir da an Land bringen sollen.«

»Und dann fahren wir erst nach Hvammstangi?«

»Nein. Dann fahren wir nach Hólmavík.«

»Und von dort nach Hvammstangi?«

»Nein, von Hólmavík fahren wir in den Hrútafjörður und von dort nach Hvammstangi.«

»Habt ihr den Verstand verloren?« Er glotzte mich an. »In Akureyri hat man mir gesagt, dass wir direkt nach Hvammstangi fahren und auf dem Weg in nur einem Hafen anlegen.«

»Dann haben die wohl die Route geändert.«

»Das ist doch Betrug«, sagte ich, und er ging schweigend davon.

Je mehr ich allerdings über diese veränderte Reiseroute des Schiffes nachdachte, um so klarer stand mir vor Augen, dass das zu meinem Vorteil war. Denn da sie ja wussten, dass ich nach Hvammstangi wollte, würden sie kaum bereits im Norðurfjörður von mir das Fahrgeld einfordern. Das war das Wunder. Die größten Augenblicke des Lebens kamen immer ganz unverhofft. Und nach all dem, was die »Vereinigte« sich mir gegenüber erlaubt hatte, musste ich nun wirklich keine Skrupel haben, mich abzusetzen, sobald wir in den Norðurfjörður kamen. Das waren doch Gauner, alle miteinander.

Kurz nach Mittag warfen wir bei schönstem Sonnenschein und Windstille im Norðurfjörður Anker. Es war Sonntag, und über dem ganzen Land lag eine feierliche Ruhe: herbstblauer Himmel, rotbraune Berghänge, der Fjord war spiegelglatt, und in der Ferne glitzerten auf der Bucht einzelne Wellen in den friedlichen Strahlen der sich langsam neigenden Sonne.

Ich stieg in meine Koje hinunter, nahm meinen Regenmantel vom Haken, wickelte ihn um meine Arbeitsschuhe und drapierte ihn dann so kunstvoll über meinen linken Arm, als ob nichts in ihm wäre, griff mit der rechten Hand nach meinem Gehstock, verschloss die Tür und ging wieder hinauf. An Deck, hinter der Kommandobrücke, traf ich den Kapitän in seiner goldbetressten Uniform. Ich setzte ein ehrliches Gesicht auf, wünschte ihm strahlend einen guten Tag und sagte:

»Ich werde mal ein bisschen an Land gehen. Meine kleine Schwester wohnt hier. Und Handschuhe will ich mir auch kaufen, ich friere immer an den Händen.«

Er antwortete wie ein wohlmeinender Vater:

»Machen Sie das. Sie waren auf der ganzen Reise noch nicht ein Mal an Land.«

Da erhoben sich anklagende Stimmen in meiner Brust. Es war, als ob der ganze Landkreis meiner Heimat Suðursveit aus meinem Herzen rief:

»Was für eine Sünde, so einen gutmütigen Mann zu betrügen.«

Ich versuchte, die Stimmen der Ehrlichkeit zum Schweigen zu bringen und sprach:

»Noch ist ja nichts entschieden. Vielleicht frage ich nur kurz nach dem Weg in den Hrútafjörður. Eigentlich ist sogar wahrscheinlich, dass ich es dabei bewenden lasse.«

Da erschien plötzlich meine Geliebte wie ein Blitz vor meinem inneren Auge, und ihre Worte brausten in meinem Ohr:

»Nun betrüge diese Kanaille schon. Die haben doch nichts anderes verdient, diese Halsabschneider.«

Wo sie recht hat, hat sie recht, sagte ich mir.

Dann stieg ich in fast schamloser Gelassenheit die Gangway hinunter, passte auf, dass die Schuhe nicht aus dem Mantel fielen und ließ mich vom ersten Beiboot an

Land bringen. Und es war, als ob ein ganzer Gletscher von meiner Seele genommen wurde, in dem Moment, in dem sich mein Aufenthalt auf der *Hólar* in Erinnerung auflöste.

25

VORBEIGEHEN

Mein gewagtes Vorhaben begann mit einem glück-lichen Zufall, nachdem ich im Norðurfjörður an Land gegangen war. Ich traf einen äußerst freundlichen alten Mann, der lange Postbote im südlichen Teil von Strandasýsla gewesen war und mir alles über den Weg nach Hrútafjörður erzählen konnte, was ich wissen musste.

Da mir die Gegend vollkommen unbekannt war, er-kundigte ich mich nach allen Entfernungen, jedem Berg, jedem Pass, jedem Fjord, jedem Flusslauf, allen Richtun-gen, Pfaden, Wegweisern, Bauernhöfen und Unterkunfts-möglichkeiten. Er beschrieb mir alles ganz genau. Mit diesem Wissen ausgerüstet, beschloss ich ohne zu zögern, die *Hólar* zurückzulassen und den ganzen Weg nach Bor-garnes zu laufen.

Natürlich war ich mir dessen bewusst, dass ich mei-nen Weg um einiges verkürzen könnte, wenn ich mit der *Hólar* bis Hólmavík weiterfuhr, doch auf dem Weg dahin könnten sie von mir das Fahrgeld einfordern. Und dann würde mir nichts anderes blühen als ein wenig romanti-sches Treffen mit einem Rechtsanwalt und ein fensterlo-ses Verlies hinter hohen Zementmauern.

Mit dem Schiff ganz in den Hrútafjörður bis nach Borðeyri zu fahren, kam aus diesem Grund erst recht nicht infrage. Und etwas anderes sprach ebenfalls dagegen: Ich müsste dann nämlich fast zehn Kilometer am Fjord entlang zurück Richtung Norden laufen, um meine Geliebte zu treffen, also genau in die falsche Richtung, wo ich doch nach Süden nach Borgarnes wollte. Ein solcher Umweg würde unnötige Aufmerksamkeit auf mein Vorhaben und meine Person ziehen, mit allen negativen Auswirkungen auf den diskreten Charakter unserer Liebe.

Wenn ich nun aber aus dem Norden kommend die Küste entlangwanderte wie manch anderer Reisender auch, war das etwas ganz anderes. Es könnte ja sein, dass ich geschäftlich dort oben zu tun hatte, die Braunkohlevorkommen in den Felsspalten oder die Muschelformationen an den Klippen begutachtete. Ihr Hof lag genau auf meiner Reiseroute in den Süden, der Hofplatz war nur zwei, drei Minuten von der Straße entfernt. Und ist es nicht eine uralte Sitte, dass Reisende an einem Hof am Wegrand rasten und etwas trinken? Wer würde vermuten, dass ich es auf ihre Unschuld abgesehen hatte, wenn ich, erschöpft von einer langen Wanderung, um ein Glas Wasser bat?

Je mehr ich darüber nachdachte, desto unmöglicher erschien es mir, eine noch elegantere Lösung zu finden, um meine Geliebte zu treffen. In meiner Dummheit verschwendete ich keinen Gedanken daran, dass, wie mir Jahre später einfiel, der Kapitän der *Hólar* natürlich nur hätte fragen müssen, wohin ich gehen würde, um dann ein Telegramm nach Borðeyri zu schicken, mich dort festnehmen zu lassen und den Rechtsanwälten und Polizisten von Reykjavík zuzuführen.

Meine Entscheidung, im Herbst zu Fuß aus dem Norðurfjörður bis ganz nach Borgarnes zu gehen, war in jenen Tagen ein viel mutigeres Unterfangen, als man heute annehmen mag. Die Einheimischen waren es damals kaum gewohnt, über die Berge zu wandern und kannten sich nur sehr schlecht aus, die Entfernungen erschienen ihnen um einiges größer, die Hindernisse unüberwindbar. Die meisten Wege waren auch wirklich sehr schlecht, es gab kaum Brücken über die Flüsse und keine genauere Orientierungshilfe als die Landkarte von Thorvaldur Thorroddsen. Und ich hatte nicht einmal die. Einen Kompass hatte ich auch nicht und kein anderes der Geräte, die Wanderer auf unbekanntem Terrain heutzutage für unentbehrlich halten.

Im Norðurfjörður wurde ich gut bewirtet und kaufte mir ein Paar Wollfäustlinge. Man fragte mich, warum zum Teufel ich den ganzen Weg zu Fuß gehen wollte. Warum ich nicht einfach mit dem Schiff nach Borðeyri fuhr. Ich sagte, dass ich mir gern Gegenden ansah, die ich noch nicht kannte. Dann verabschiedete ich mich von diesen freundlichen Menschen. Es war fast vier Uhr. Und ich begann meine Wanderung – verängstigt und einsam wie eine gebrechliche Seele, die die Schwelle zu einer neuen Daseinsform überschritt.

An der Südküste des Norðurfjörður entlangwandernd, sah ich die *Hólar* so nah vor dem Ufer liegen, dass man von Deck mühelos meinen grauen Hut hätte erkennen können. Ich nahm ihn vom Kopf und hielt ihn zusammengefaltet in der Hand, bis ich hinter die nächste Anhöhe und damit außer Sichtweite gekommen war. Wieder und wieder blickte ich mich um, doch auf dem Weg hinter mir tat sich nichts.

Nach ungefähr einer Stunde erreichte ich Árnes bei

Trékyllisvík. Man bat mich auf Kaffee und Gebäck in die Stube, ich bekam einen weißen Leinenbeutel für meine feinen Schuhe geschenkt und einen Riemen, mit dem ich mir den Beutel auf den Rücken schnüren konnte.

Die Sonne ging bereits über den Bergen im Westen unter, als ich wieder in Árnes aufbrach. Ich überquerte ein kleines Moor. Dann stieg ich einen grasbewachsenen, vom verlöschenden Schein der westlichen Feuer geröteten Berghang hinauf und ging durch hallende Schluchten, in denen bereits die Dunkelheit des Herbstes lag. Auf dem Bergkamm angekommen, sah ich die ruhige Oberfläche eines Fjords vor mir, in dem sich silberne Vollmondstrahlen spiegelten. Das war der Reykjarfjörður. Der Tag war vorbei. Der Himmel war schön und heiter, funkelnde Sterne, lautlose Stille, Moosgeruch in der Luft.

Himmlische Ströme umsausten mich und erhoben meinen Geist hoch über diese kleine, engstirnige Welt mit allen ihren Zuchthäusern und Rechtsanwälten hinaus. Sogar meine Geliebte verschwand wie ein Stäubchen in einem Meer aus reinem Licht. Hier wurde alles zu Staub, bis auf das Ewige. Alle irdischen Perspektiven wurden zu Kindereien. Das Versagen fragte nicht mehr nach dem Sinn des Lebens, die Furcht nicht mehr nach Grab und Tod. Die Liebe strebte nicht länger nach Gunst der Geliebten, der Egoismus nicht nach materiellem Erfolg. Was blieb, war die allumfassende Glückseligkeit der weisen Erleuchtung, des immerwährenden Augenblicks, des ewigen Jetzt, in dem alles *ist* und nichts *war* und nichts *wird*.

Schritt für Schritt stieg ich in erhabener Selbstvergessenheit hinunter zum Fjord, bis ich zurück in die Nebelwelt der Menschen kam und der Schleier der irdischen

Perspektiven erneut über meine Augen fiel. Die Nacht verbrachte ich bei Karólína Soebeck von Reykjarfjörður.

Am nächsten Tag war der Himmel bedeckt, aber trotzdem hell, das Wetter ruhig und mild. Ich brach gegen neun Uhr in Reykjarfjörður auf und hielt bald darauf an einem Hof namens Kjós. Dort fragte ich nach dem besten Weg über die Trékyllisheiði und erfuhr von einem Bergpfad, der den Reykjarfjörður mit dem Steingrímsfjörður verband. Er war um die 18 Kilometer lang, steinig, öd, einsam und karg.

Auf dem Hofplatz von Kjós stand ein achtjähriger Junge und betrachtete diesen seltsamen Reisenden. Zehn Jahre später wird er in Reykjavík auf die Schule gehen und eines Tages auf der Straße diesen Mann wiedererkennen, der damals im Herbst 1912 derart lange auf seinem heimatlichen Hofplatz gestanden hatte. So einen bleibenden Eindruck hatte dieser rätselhafte Vagabund, der nicht die Abkürzung mit dem Dampfschiff nehmen wollte, sogar bei den Kindern im Landkreis hinterlassen. Dieser Junge ist nun der Pädagoge Símon Ágústsson. Símons Großvater, damals schon ein alter Mann, begleitete mich bis zum Beginn der Hochebene und beschrieb mir den Weg über den Pass.

Ein unwirtliches Gefühl der Leere bedrückte mich bis weit in den Tag hinein. Diese Berglandschaft war eine einzige hässliche Geröllwüste, ein endloses hügeliges Lavameer. Nicht ein vertrockneter Halm war zwischen den Steinen zu sehen, nicht ein Moospölsterchen auf den Klippen, kein Bach machte glucks, kein Schaf machte mäh, kein Vogel machte piep; stattdessen nichts als Grabesstille und ewiger Tod, so weit das Auge reichte und das Ohr hörte. Es war, als ob ich durch die Urzeit der

Erde kraxelte, Millionen Jahre bevor die Dinosaurier ihre Köpfe aus den Teichen und Sümpfen streckten. Hier einen Schlaganfall zu bekommen oder nach der Begegnung mit einem unreinen Berggeist in Ohnmacht zu fallen, wäre kein Vergnügen.

Als der Tag voranschritt und der Weg sich endlich unter meinen Füßen ins Tal neigte, war ich derart erleichtert, dass ich mich sogar an einigen nachdenklichen Versen über eine Hoffnung bringende Frühlingsrose versuchte, die der eisige Schicksalswind in einer sonnenlosen Schlucht der Trauer erfrieren ließ.

Von der Hochebene hinabgestiegen, gelangte ich zu einem friedlichen Bauernhof namens Bólstaður. Dort fragte ich nach dem Weg und um ein Glas Wasser, doch die Hausfrau bat mich in eine ziemlich gute Stube und brachte mir Kaffee. Ich saß am Fenster und starrte auf das Antlitz meiner Geliebten, das sich auf dem ruhigen Fjord unterhalb des Hofes spiegelte. Das war der Steingrímsfjörður.

Da setzte ich meinen Weg fort, watete barfuß durch lehmigen Schlamm und Flussmündungen am Ende des Fjords, ging dann am Westufer weiter und erreichte in der Abenddämmerung den Hof Ós im Steingrímsfjörður. Dort verbrachte ich die zweite Nacht. Auf Ós wohnten zwei Familien, und es war gerade ein Kind gestorben, allerdings in dem Haus, in dem ich nicht übernachtete.

Am nächsten Tag war es weiterhin bewölkt, aber mild. Dienstag, der 1. Oktober. Ich wanderte nach Süden weiter, erreichte irgendwann einen schönen Bauernhof, fragte dort nach dem Weg und bat um ein Glas Wasser und wurde abermals in die gute Stube gebeten und mit Kaffee und Gebäck bewirtet.

Den ganzen Tag über gingen mir Geschehnisse und Geschichten durch den Kopf, die ich über diese Gegend gehört hatte. Drüben am anderen Ufer des Fjords hatte mein Freund Jón Strandfjeld, der unglücklichste Mensch in den ganzen Westfjorden, das Licht der Welt erblickt. Dort hatte er in der Nähe des Hofes an einem Sommertag in der Sonne gesessen und sich die Zeit damit vertrieben, die zitternden Lilien auf dem Felde im Frühling ihres Lebens zu pflücken. Hier träumte er erquickende Träume von der süßesten Rose seines Herzens. Doch hinter dem Sonnenschein der Jugend lauerte die Finsternis des Schicksals. Die Jahre gingen dahin. Der Wagen der Zeit brachte ihn in die Finsternis, die Hand des Todes tastete sich heran und pflückte die Rose seines Herzens weit vor der Mitte des Lebens.

Und auf dem Hof da vorn auf der Landzunge wohnte einmal ein angesehener Landrat. Bei ihm diente eine alte Frau namens Guðbjörg. Sie hatte ein Anrecht auf lebenslange Versorgung auf einem Hof am gegenüberliegenden Ufer des Fjords. Als der Landrat Angst bekam, dass er sie auf seiner Seite des Fjords versorgen müsste, rief er seine Knechte zusammen, ruderte die alte Frau mit ihnen über den Fjord und setzte sie auf einer kahlen Klippe ab. Da stand sie nun gegen ihren Willen mit dem wenigen, was sie besaß, in einem zerlumpten weißen Kleid, einsam, traurig und verzweifelt, und der Landrat und seine Knechte stießen sich ab und ruderten zurück. Als sie die Südseite des Fjords erreichten, trieb Guðbjörgs Leiche dort im Meer. Von nun an suchte sie den Landrat und seine Familie heim. Immer wieder sah man, wie sie ihrem guten Dienstherrn folgte und sich dabei auf einem Arm und einem Knie voranschleppte, weil man ihre Leiche mit einem gebrochenen Bein fand. All das nahm sie auf sich, um ihm nicht von der Seite zu weichen. So treu diente das Gesinde zu jener Zeit seinem Herrn.

Dann vergingen fast einhundert Jahre. Die Menschen dachten weiter falsche Gedanken. Und verhielten sich weiterhin gemäß diesen falschen Gedanken. Und die Folgen dieser falschen Gedanken suchten Generation für Generation heim in der Gestalt großen Leids.

Eines Tages griffen die Schlingpflanzen des Schicksals nach einem begabten jungen Mann, der auch auf diesem Hof auf der Landzunge wohnte. Er hatte sich mit einem jungen Mädchen aus einem kleinen Fischerdorf weiter westlich verlobt. Eines Tages, zur Zeit der Heuernte, brachte der Postbote ihm einen Brief von seiner Verlobten. Den Leuten schien es, dass er nach Erhalt dieses Briefes deutlich unfroher war als zuvor. Eines Morgens nur wenig später fand die Magd ihn mit durchschnittener Kehle auf der frisch gemähten Wiese. Sein Leichnam wurde nach Hause getragen, im Gästezimmer des Hofes aufgebahrt, und die frommen Menschen glaubten, dass seine Seele nun im Himmel beim Vater des Lichts sei. Der Pastor sagte das auch. Aber Gäste, die hiernach in der Stube schliefen, hörten ein Knarren der Bodendielen, während sie im Bett lagen, als ob jemand in der Schwärze der Nacht umherging. Manche spürten sogar, wie etwas Unsichtbares an ihrem Fußende an den Laken vorbeistrich. Und ganz hellsichtige Leute sahen in der Umgebung des Hofes einen jungen Mann wie eine brennende Fackel umherstreifen, der dem, der sich die Kehle durchgeschnitten hatte, so ähnlich sah, dass sie nicht anders konnten, als davon zu erzählen.

Diese aufdringlichen Erinnerungen versetzten mich in

eine wehmütige Stimmung. Ganz gegen meinen Willen hatte ich begonnen, meine Geliebte als Ursache unaussprechlichen Leids zu sehen. Es könnte schließlich auch mein trauriges Los werden, dass sie mir vor der Mitte des Lebens starb, woraufhin ich vielleicht nicht umhinkommen würde, mir die Kehle durchzuschneiden und viele Jahrzehnte zwischen dieser Welt und jener Welt umherzustreifen wie zwischen Baum und Borke.

Im Laufe des Tages bezog es sich, und es sah nach Regen aus. Es regnete aber nicht. Kurz vor einsetzender Dämmerung stieg ich auf einen kleinen Berggrat, der zwischen dem Steingrímsfjörður und dem Kollafjörður lag. Da kein Pfad zu sehen war, folgte ich den Telegraphenmasten. Nach Einbruch der Dunkelheit erreichte ich Stórafjarðarhorn im Kollafjörður und nahm dort mein Nachtlager. Dort lebte damals Sigurður Thórðarson, ein Cousin des Dichters Stefán von Hvítadal. Ich war schüchtern. Ich dachte, er wäre ein Dichter und ähnlich großer Denker wie Stefán. Dabei hätte ich so gern mit ihm über meine Geliebte geredet.

Am nächsten Morgen machte ich mich zwischen neun und zehn Uhr in Stórafjarðarhorn auf den Weg. Den ganzen Tag über war der Himmel mit ziemlich dichten Wolken bedeckt. Ich kraxelte im Zickzack einen steilen Pfad auf eine Hochebene namens Bitruháls, die zwischen dem Kollafjörður und dem Bitrufjörður lag.

Auf dem Weg sah ich zu meiner Rechten ein Tal, in dem ich die Ruinen eines verlassenen Hofes ausmachen konnte. Hier haben einmal Menschen gewohnt, sagte ich zu mir. Und war sofort ergriffen von der Vergänglichkeit des Lebens. Ein Tal mit goldenen Wiesen, dahinter Berge, Nebel an den Bergen. Verfallene Mauern. Ein Bach rauschte durch die Einsamkeit. Wo mögen sie sich jetzt abmühen, die schwieligen Hände, die Grassoden stachen und Geröll herbeischafften, um diese Mauern zu erbauen? Was mochten diese Augen jetzt sehen, die ein Glaukom davon bekamen, auf diesen nebligen Bergen nach ihren Schafen Ausschau zu halten? Was mochten jetzt die Ohren wahrnehmen, die hörten, wie jemand auf verharschtem Schnee im Mondlicht auf diesen abgelegenen Hof zuritt? Dann aber merkten, dass es nur zwei Holzlatten waren, die im fahlen Glanz eines halbvollen Mondes aneinander schabten. Für welches Ideal schlug nun das Herz, das einst seine Geliebte im roten Morgenmantel an einem schönen Frühlingsmorgen über die Wiese herannahen sah, während die Fliegen auf dem Hofplatz lebenslustige Oden an den Sonnenschein sangen? Fragt die Akasha-Chronik. Fragt den Regisseur des Lebens.

Endlich hatte ich den Bitrufjörður erreicht. Und machte Rast auf Óspakseyri. Dort wohnte damals ein Mann, der unweit seines Hofes einen kleinen Laden betrieb. Ich klopfte an, der Hausherr kam heraus.

»Können Sie mir wohl eine Packung Pfeifentabak verkaufen?«

»Ja.«

Dann ging er schweigend mit mir zu dem Laden, öffnete die Tür, ging hinein und gab mir den Tabak. Ich bezahlte rasch und verabschiedete mich. In der Nähe dieses fremden Mannes hatte ich mich seltsam unwohl gefühlt. So sehen die Leute aus, die als Wiedergänger noch viele Jahrzehnte zwischen Baum und Borke herumspuken werden, flüsterte ich mir zu. Und musste all meinen Mut zusammennehmen, um nicht schnell davonzuspurten, nachdem ich ihm die Öre für den Tabak gegeben hatte.

Ungefähr zwanzig Jahre später sollte er mit dem Reichtum, den er durch seine Wucherei angehäuft hatte, verschwinden. Er zog ruhelos von einem Land zum anderen, um nicht die Steuern zahlen zu müssen, die der Allgemeinheit zustanden. Und machte sich so auf seine wiedergängerischen Nachtwanderungen zwischen Baum und Borke.

Als ich außer Sichtweite des Hofes war, zündete ich mir eine Pfeife an und dachte wieder an meine Geliebte. Je weiter ich vorankam, desto mehr versetzte mich die Aussicht auf unser baldiges Wiedersehen in einen vorfreudigen Rauschzustand. Die Überquerung jedes Bergpasses fühlte sich an wie der Sieg über einen bösen Feind. Nun hatte ich vier solcher Feinde bezwungen. Nur noch der Stikuháls war übrig.

Doch erst jetzt spürte ich, wie sich in mir wieder diese merkwürdige, aufreizende Wärme ausbreitete, die immer mit ihrer Nähe einhergegangen war. Nie erschien sie mir so wundervoll, nie so gut und klug, nie hatte eine so geheimnisvolle Aura ihr weibliches Wesen umflort. Sie würde mich nicht unhöflich empfangen, wenn ich endlich bei ihr wäre. Und wenn sie mich dann innig umarmte, fröhlich küsste und mir schöne Worte ins Ohr flüsterte, würde ich ihr sagen: Du bist ein unschuldiger Engel. Ich liebe dich bis über Grab und Tod hinaus.

Es dämmerte bereits, als ich auf dem höchsten Punkt des Stikuháls stand und den Hrútafjörður in grauer Diesigkeit vor mir sah. Ich erschrak. War das etwa ihr Fjord? Sah er wirklich so aus? Nach kurzer Zeit hatte ich Guðlauksvík erreicht, den ersten Hof im Hrútafjörður und fand dort ein Dach über dem Kopf. Vorher aß ich noch Blutwurst und Innereien. Dann legte ich mich schlafen und seufzte leise: Ich wünschte, diese Nacht ginge nie zu Ende.

Aber der nächste Tag kam, der schicksalhafteste Tag der Reise, das Ziel meiner langen und beschwerlichen Wanderung. Der Himmel war schwarz verhangen, ich spürte eine leichte Brise im Gesicht, es war mild.

An diesem Tag, nie wird er vergessen sein, wanderte ich am Ufer des Hrútafjörður entlang. Nun kam es zum Schwur. Ich musste all meine Kräfte aufbieten, um nicht ins Grübeln zu geraten. Stattdessen begann ich, patriotische Ertüchtigungslieder zu singen: *Äxte an Auen, Saft und Kraft und starke Mannen, Auf in den Kampf für unser Vaterland*. Zwischendurch deklamierte ich Reimverse mit klirrenden Schlachtrufen, in denen die Helden mit einem Hieb gleich mehreren Feinden die Köpfe abschlugen.

Ich versuchte, das Unvermeidliche so lange wie möglich hinauszuzögern. Ich kehrte bei dem Bauern Búi auf Hvalsá ein, den ich im Sommer kennengelernt hatte, übte mich ein weiteres Mal darin, um ein Glas Wasser zu bitten, wurde in die gute Stube geführt und bekam dampfend heißen Kaffee. Ich blieb lange sitzen.

Schließlich ging ich bedächtigen Schrittes weiter. Ich wurde langsamer und immer langsamer, je näher der heilige Heimathof meiner Geliebten kam. Da lief die *Hólar* in den Fjord ein. Eine willkommene Gelegenheit, um innezuhalten und sich der Qualen auf diesem Schiff zu erinnern. Wie war das doch schön. Auf dem letzten Stück des Weges kam ich kaum noch voran. Schlich bei Prestsbakki vorbei und dachte: Tja, der übernächste Hof ist ihrer. Und als ich Ljótunnarstaðir passierte, dachte ich: Der nächste Hof ist es. Ich fühlte mich, als würde ich mit

zitternden Schritten auf ein blutbeflecktes Schafott zugehen. Ich war verloren. Hinter mir lächelte die Erinnerung an heitere Lebenstage. Vor mir pechschwarze Nacht,
ewige Auslöschung der Seele.

Schließlich lief auch meine letzte Galgenfrist ab. Es
war halb vier. Und nicht halb vier in der Nacht. ›Na, du
machst mir ja alle Ehre. Platzt am helllichten Tag hier
herein. Ich bin doch keine Hure.‹ Ich stand an einer Weg-
gabelung, von der ein kleiner Pfad zu ihrem Hof abzweigte. Nur zwei, drei Minuten Fußweg trennten mich
von der Residenz der Liebe. Da war der kleine Hügel, auf
dem wir im Sommer in der Sonne saßen. Nun war er fahl.
In unserer mit Silberwurz und Schilfgras bewachsenen
Mulde war nun alles tot. Ihre Fenster sahen auf den Weg
hinab wie übermüdete Augen, erschöpft von dem vielen
Ausschauhalten, wann der Liebste denn nun endlich über
die Anhöhe kam.

Was sollte ich nur tun?

Eine Weile starrte ich auf den stummen Weg, als ob ich
auf einen Orakelspruch aus einem tiefen Weisheitsbrun-
nen der Unterwelt hoffte. Dann hörte ich eine Stimme
in der Stille: Was für eine unerhörte Frechheit und Flegelei. Dass bloß niemand sieht, wie du hier herumlungerst! Und irgendein Teil von mir fügte hinzu: Es ist genauso wahrscheinlich, dass du sie auf dem Nachbarhof
antriffst, und bis du dahin kommst, wirst du ein anderer
Mensch sein. Ohne zu wissen, was ich tat, ging ich einfach weiter und ließ mit geschlossenen Augen Zeit und
auch Raum an mir vorbeiziehen sowie alles, was in Zeit
und Raum geschehen war. Sah mich nur ein paar Mal
um, bis der Hof auf ewig hinter der Anhöhe verschwunden war. Ihre schlaflosen Augen hatten fünfzehn Wochen

Tag und Nacht umsonst nach ihrem Geliebten Ausschau gehalten, nun war alles dahin. Mir war, als ob jenseits der Anhöhe überhaupt nichts mehr wäre.

Nun ging ich dasselbe Stück des Weges, auf dem ich an jenem strahlenden Sonntagmorgen im Juni *Meine edlen Hoffnungsstrahlen, auf deine Brust sie scheinen …* gesungen hatte. Wie anders alles geworden war. Der Himmel dunkel und dräuend. Trübselige, verstockte Herbststimmung lag auf der Welt. Nirgendwo lächelte eine Blume, sang ein Vogel, duftete Gras; nirgendwo ein Hoffnungsstrahl. Bedrückt ging ich weiter, eingelullt in trübselige Grübeleien über die Vergänglichkeit des Lebens. *Nimm meinen Kummer, o kühles Meer!*

Als langsam die Dämmerung heraufzog, gelangte ich zum Nachbarhof. Auch er lag nur zwei Minuten vom Weg entfernt. Ich blieb einen Moment stehen und sah hinüber. Da sprach dieselbe Stimme aus der Stille zu mir: Was für eine unerhörte Frechheit und Flegelei. Dass bloß niemand sieht, wie du hier herumlungerst! Und irgendein Teil von mir fügte wieder hinzu: Sie ist wahrscheinlich ohnehin in Borðeyri oder bei ihrer Tante in Fjarðarhorn. Und heute Abend oder morgen früh bist du ein neuer Mensch. Dann rannte ich los, so schnell es unter der Last zweier verspielter Chancen eben ging.

Bei anbrechender Dunkelheit hatte ich Borðeyri erreicht. Was für ein Anblick! Der Ort war ein einziges blutiges Schlachtfeld, auf dem die Starken die Schwachen niedergemäht hatten, als sei man auf dem Balkan. Nur, dass es sich hier nicht um einen Krieg handelte. Es war ein regelrechtes Gemetzel, denn die Schwachen trugen weder Schwert noch Schild, um sich zu verteidigen, und das Land der Stärkeren hatten sie ohnehin nie begehrt –

sie hatten sich nichts anderes vorzuwerfen, als einfach nur am Leben zu sein. So weit das Auge reichte, kämpften röchelnde Schafe einen zitternden Todeskampf. Körper, denen erst vor kurzem der Kopf abgeschnitten worden war, lagen zuckend in Pfützen von Blut; überall verstümmelte Torsos, von denen viele nackten Kinderleibern glichen, Hinrichtungsplätze, übermütige Kriegsknechte, die messerscharfe Schwerter in Hälse trieben und dabei zischten: Verdammter Knochen.

Angewidert von dieser blutigen Szenerie, torkelte ich mit halbgeschlossenen Augen durch den Ort, versuchte unauffällig hier und da in ein Fenster oder eine Gruppe beschürzter Frauen zu blicken, die gebückt Schafsmägen wuschen oder wohlschmeckende Innereien sortierten, und das alles vor den Augen des Viehs, das noch jämmerlich blökend auf seinen Tod wartete auf diesem Schlachtfeld der menschlichen Ignoranz. Aber auch das half mir nichts. Meine Geliebte war nicht beim Ausweiden dabei. Aß sie vielleicht gerade Kesselfleisch?

Von Ekel und Verzweiflung überwältigt, traf ich schließlich einen alten Mann, den ich im Sommer kennengelernt hatte. Es war der alte Jón Andrésson von Skálholtsvík, einem Hof auf dem Westufer des Hrútafjörður. Er hatte Feierabend und war ein wenig betrunken. Er begrüßte mich freundlich und ging mit mir auf den Dachboden eines kleinen Lagerhauses, in dem Jón, wenn ich es richtig erinnerte, während der Schlachtzeit schlief. Wir setzten uns auf einen Gerümpelhaufen und fingen an, uns in der Halbdunkelheit zu unterhalten. Jón zog einen Flachmann aus der Tasche, in dem noch ein kleiner Rest war und reichte ihn mir. Ich nahm mit dankbarer Hand einen guten Schluck.

»Wie viele hast du heute geschlachtet, Jón?«, fragte ich in der mir angeborenen Herzenseinfältigkeit.

»Das weiß ich zum Teufel noch mal nicht mehr. Werden wohl so um die zwanzig sein.«

»Ob die Schafe sehr leiden, wenn man ihnen die Kehle durchschneidet?«

»Die werden wohl genauso leiden wie wir, wenn uns jemand ein Messer in den Hals rammen würde.«

»So schlimm? Das wäre ja verdammt unangenehm. Und da macht es dir gar nichts aus, den ganzen Tag zu schlachten?«

»Warum soll mir das was ausmachen? Das ist wie jede andere Arbeit, die Gott den Menschen aufgetragen hat. Von wo treibt es dich eigentlich hierher? Warst du nicht den Sommer über im Heringsfang in Siglufjörður?«

»Nein, eigentlich nicht. Ich hatte mir zwar von hier aus telegraphisch eine Stellung auf einem der Boote von Lúðvík Möller in Siglufjörður besorgt, aber als ich dort ankam, gab es nichts zu tun, so dass ich erst einmal arbeitslos war.«

»Was für ein Hundsfott, dich so zu bescheißen.«

»Eigentlich ist er kein schlechter Mensch, glaube ich. Immerhin hat er mir das ganz offen und ehrlich gesagt, und unfreundlich war er auch nicht, das rechne ich ihm hoch an. Und für mich war es eigentlich gar nicht so schlimm. Ich wäre ohnehin in den Norden gefahren, und wenn er mir nichts versprochen hätte, wäre ich ja auch arbeitslos gewesen.«

»Es ist trotzdem immer eine Schweinerei, wenn jemand sein Wort bricht.«

»Das mag uns kurzsichtigen Menschen so scheinen. Aber hast du nicht im Laufe deines Lebens bemerkt, dass ein Mensch normalerweise nur aus dem Grund betrügt, weil er selber von jemand anderem betrogen worden ist, der wiederum auch von irgendjemandem betrogen wurde und so weiter und so fort? Überall wird betrogen. Ich würde sogar sagen, der Betrug ist eine notwendige Voraussetzung dafür, dass die Leute eine Art von Moral haben, denn wenn es keinen Betrug gäbe, dann gäbe es auch keine Verbrechen. Und wenn es keine Verbrechen gäbe, dann gäbe es auch keine Moral. Ohne den Betrug hätten die Leute gar keine Vorstellung davon, was Moral überhaupt ist. Ganz abgesehen davon verschafft der Betrug vielen Leuten Arbeit, die ansonsten in der Arbeitslosigkeit landen würden wie ich. Was sollen all die Polizisten, Rechtsanwälte, Soldaten, Pastoren und Missionare denn tun, wenn es keinen Betrug gäbe?«

»Da ist wohl was dran.«

»Soll ich dir sagen, wie ich versucht habe, mir Lúðvíks Betrug zu erklären?«

»Lass hören.«

»Also! Lúðvík hat mich vielleicht nur deshalb um einen Platz auf einem seiner Fangboote betrogen, weil ihn jemand um seine Köder betrogen hatte. Der, der ihn um die Köder betrogen hatte, war wiederum um Eis betrogen worden, und der, der ihn um Eis betrogen hatte, wurde von Gott um Frost betrogen. Und Gott musste ihn vielleicht um diesen Frost betrügen, weil der Teufel ihm vor Augen geführt hatte, dass er Tauwetter aufziehen lassen musste, um irgendwo eine unchristliche Familie mit einer Lawine auszulöschen. In Wahrheit ist also der Teufel die Wurzel aller Moral. Gäbe es den Teufel nicht, hätten die Menschen keine Vorstellung von Gut und Böse, nach denen sie sich richten könnten. Der Teufel ist der größte

Moralist und Arbeitgeber der Welt. Ich glaube, man kann alle Betrügereien auf den Teufel zurückführen – außer dem Betrug während der Verlobungszeit. Der kommt von Gott, wenn die Verlobung aus reiner Liebe geschlossen wurde. Das sind dann die unergründlichen Wege des Herrn, die zu verstehen nicht unsere Aufgabe ist.«

»Und was sagst du dazu, wenn ein Weibsbild ihren Mann betrügt, weil er entmannt worden ist, nachdem sie bereits verlobt waren, wie es einmal in den Westfjorden passierte? Kommt dieser Betrug dann vom Teufel oder von Gott?«

»Ist das wirklich mal in den Westfjorden passiert?«

»Aber sicher.«

»War das in einer Prügelei oder hat das ein Kerl gemacht, der auch in das Mädchen verliebt war?«

»Das war wegen Mumps.«

»Wegen Mumps! Kann das so eine schlimme Krankheit sein?«

»Und ob. Zumindest in diesem Fall.«

»Fand der Mann das nicht ziemlich blöd?«

»Er hat nie darüber gesprochen.«

»Wenn ich diesen Betrug nach philosophischen Gesichtspunkten bewerten soll, würde ich sagen, dass er vom Teufel kommt. Sieh es doch mal so! Wenn eine Frau und ein Mann aus reiner Liebe verlobt sind, würde sie ihn doch nie wegen solcher Gebrechen betrügen. Die reine Liebe ist rein geistig. Sie hat nichts Triebhaftes an sich. Wenn die Frau ihren Mann nun also aufgrund so einer körperlichen Unpässlichkeit betrügt, folgt daraus, dass etwas Triebhaftes in ihrer Liebe war; sie hat seinen Körper mehr geliebt als seine Seele. Deswegen kann das keine reine Liebe gewesen sein, sondern nur ein fleischliches Verlangen. Zumindest war das fleischliche Verlangen stärker gewesen als die reine Liebe. Und alles fleischliche Verlangen kommt vom Teufel. Nur die reine Liebe kommt von Gott. Daraus folgt, dass auch ein solcher Betrug des Teufels sein muss. Ist es im Hrútafjörður gang und gäbe, dass die Mädchen ihre Männer betrügen?«

»Gang und gäbe ist es nicht. Aber es kommt vor.«

»Dann sind sie hier nicht ganz so leichtlebig wie anderswo?«

»Die nehmen, was sie kriegen können, diese dummen Gänse. Aber wenigstens bekommen sie es hin, dass nicht zu viele Kinder aus dieser Leichtlebigkeit entstehen. Warum fragst du?«

»Das will ich dir ganz ehrlich sagen. Ich bin den Wissenschaften zugetan und frage, weil ich die Zustände hier mit dem Suðursveit vergleichen möchte, denn da bin ich aufgewachsen. In den sechzehn Jahren, die ich dort verbracht hatte, wurden nämlich überhaupt keine unehelichen Kinder geboren. Nur einmal kam es vor, dass ein Mädchen im späten Frühjahr zwischen zwei Höfen unterwegs war und auf einmal spürte, dass sie vielleicht in eine Situation kommen könnte, in der es nicht ganz auszuschließen war, dass sie zur Unzeit ein Kind empfangen würde. Da nahm sie die Beine in die Hand und rannte so schnell sie konnte an dem Hof vorbei, nur, um von dem möglichen unehelichen Kindsvater fortzukommen, den sie weit oben an einem Berghang zu sehen glaubte. So keusch sind sie bei uns.«

»So überspannt sind sie hier nicht.«

»Nicht so keusch?«

»So ein Blödsinn hat nichts mit Keuschheit zu tun. Das ist Hysterie, verdammt nochmal.«

»Hysterie? Nein, mein Lieber! Genau das ist wahre Keuschheit. Was hätte dem Mädchen nicht alles passieren können, wenn der Mann plötzlich den Berg heruntergelaufen wäre? Haben sich hier eigentlich neue Verlobungen ergeben, den Sommer über?«

»Nicht, dass ich wüsste.«

»Und man hat auch nicht gehört, dass sich neue Paare zusammengefunden haben?«

»Ich glaube nicht.«

»Haben die jungen Leute denn viele Ausritte gemacht?«

»Das hat sich hier im Fjord sicher ab und zu ergeben. Aber ich kümmere mich um so was nicht mehr.«

»Wird viel getrunken auf diesen Ausritten?«

»In den letzten Jahren nicht mehr. Und wenn, sind das hauptsächlich Leute aus dem Städtchen, die sich einen hinter die Binde gießen.«

»Und wie stand es so mit der Gesundheit bei euch?«

»Ganz gut, glaube ich.«

»Niemand ist ernstlich erkrankt?«

»Nehme ich nicht an.«

»Und niemand gestorben?«

»Nicht, so weit ich mich erinnere.«

»Und dieselben Leute schlagen sich immer noch auf denselben Höfen durch?«

»Im Herbst zieht man nicht einfach so weg.«

»Ich meinte ja auch, ob jemand sich vielleicht auf einem anderen Hof verdingt hat, während der Zeit, in der ich fort war.«

»Nicht dass ich wüsste.«

»Gehen denn viele den Winter über nach Reykjavík auf die Schule?«

»Das werden schon einige sein.«

»Aber es wurde nicht bekannt, dass jemand, der zur Schule gehen wollte, davon Abstand genommen hat?«

»Davon habe ich nichts gehört.«

»Kristín auf Fjarðarhorn ist gut zuwege?«

»Soweit ich weiß.«

»Haben sie da auf dem Hof diesen Sommer neues Gesinde bekommen?«

»Wäre mir nicht bekannt.«

Ich sah ein, dass es keinen Sinn hatte, dieses absurde Gespräch weiterzuführen. Ich hatte alle möglichen Umwege versucht und traute mich doch nicht, zum Kern der Sache vorzudringen. Ich stand von dem Gerümpelhaufen auf, reichte Jón zum Abschied die Hand und bedankte mich herzlich. Dann tastete ich mich in der Dunkelheit die kleine Stiege hinunter und ging eilig zum Gasthof. Dort verbrachte ich die Nacht.

Der Morgen danach war ähnlich wolkenverhangen wie die Tage zuvor. Dennoch war es offensichtlich, dass ein Witterungsumschwung bevorstand. Das Wetter war unbeständiger und launischer geworden. Ich stand spät auf, versuchte es so weit wie möglich hinauszuzögern, meine idiotische Erscheinung im ehrlichen Tageslicht zu zeigen, und schlug die Zeit damit tot, aus meinem Bett den Stimmen der Leute im Haus und auf der Straße zu lauschen.

Gegen zwei Uhr bezahlte ich meine Übernachtung und schlich mich möglichst unauffällig aus dem Ort.

Als ich langsam den Fjord entlangging, erwachte eine Begebenheit nach der anderen aus dem Winterschlaf meiner Erinnerung. Diesen Weg waren wir am Abend vor meiner Abreise vom Hrútafjörður zusammen gerit-

ten. Auch da war der Himmel bedeckt. Auf dieser Anhöhe wandte sie sich mir mit rosigen Wangen zu, und
ihre roten Lippen gaben zitternd den Blick auf ihre weißen Zähne frei, als ob sie gleich in Gelächter ausbrechen
wollte. Und ich sagte zu mir: Was gibt es denn jetzt zu lachen? Aber dann lachte sie nicht. Hier, wo dieser Bach einen Bogen schlug, blickte sie sich aus dem Sattel nach allen Seiten um, als suche die müde Reiterin ein bequemes
Fleckchen Erde, um sich niederzulegen. Aus dieser Kuhle
schielte sie geheimnisvoll zur mir herüber. Erschöpft
hatte sie ausgesehen, und etwas Hoffnungsloses lag in ihrem Blick. Als unsere Pferde Seite an Seite diese Anhöhe
hier hinauftrotteten, machte ich mich gerade daran, ihr
meine philosophischen Gedanken über die Liebe und
Gott genauer zu erläutern. Doch sobald wir die Anhöhe
erreicht hatten, setzte sie ihr Pferd in Trab, und ihr Körper wogte im Sattel auf und ab wie im Rhythmus eines
majestätischen Liebeslieds.

Wie genau ich das alles erinnerte. Mir fiel ein lehrrei-
cher Satz aus der Psychologie von Eiríkur Briem ein: Je
stärker der Reiz einer Wahrnehmung, desto besser erinnert man sich daran. Und ehe ich mich versah, sang ich
aus voller Kehle:

> Ihre Flamm mein Herz entzündet,
> ihre holde Herrlichkeit,
> nie aus meiner Brust sie schwindet,
> bin entflammt in Ewigkeit.

Eine halbe Stunde später erreichte ich Fjarðarhorn, den
letzten Hof, von dem ich mir vorstellen konnte, dass
meine Geliebte sich dort aufhielt. Der Weg führte fast

über den Vorplatz hinweg. Ich bat nicht um ein Glas Wasser, sondern sauste wie eine gesengte Sau an allen Türen und Fenstern vorbei, in der Hoffnung, man möge mich nicht bemerken. Und als Körper und Seele nach dieser letzten Anstrengung zur Bewahrung unseres guten Rufes wieder ins Gleichgewicht gekommen waren, sagte ich mir ganz ruhig: Das macht doch nichts. Wir sehen uns ohnehin in einem halben Monat in Reykjavík.

Ich spürte keine Anzeichen von Reue mehr, keine noch so zarten Gewissensbisse, weil ich mich an meiner Geliebten vorbeigestohlen hatte. Ganz im Gegenteil. Mich durchströmte ein so tiefer, feierlicher Friede, wie ihn jemand empfinden mochte, der einen langen und schweren Todeskampf zu Ende gefochten hatte. Ich spürte, dass eine neue Welt zu meinen Füßen lag, die friedliche Welt der warmherzigen Zuneigung, in der unsere Liebe in nur vierzehn Tagen um so reifer, inniger und ereignisreicher aufblühen würde. Unsere Seelen könnten dann zwar nicht auf den Balkonen irgendwelcher Ritterstädte zusammenfließen. Aber wir würden Seite an Seite auf dem Trockenboden vor meiner Zimmertür stehen, die Köpfe aus der Dachluke recken, und unsere Augen würden sich in den fernen Sternen ganz weit oben am Nachthimmel treffen. Dann könnte ich die Hand um ihre Taille legen, damit sie nicht das Gleichgewicht verliert und dabei sagen: Siehst du diesen schönen Stern, der dort in allen denkbaren Farben über dem Schornstein funkelt? Er heißt Sirius. Und dann würde ich ihre kleine weiße Hand nehmen und sagen: Glaubst du nicht auch, wir wären glücklich, wenn wir auf so einem schönen Stern leben könnten, nur wir zwei?

Und ich sprach weiter zu mir selbst: Wirklich, so muss

es sein, wenn man nach einem qualvollen irdischen Todeskampf vor den Toren des Himmels steht. Ich setzte meine Wanderung fort und verbrachte die Nacht auf dem Hof Melar im Hrútafjörður.

26

UNTER DEN FITTICHEN
EINER NEUEN HEILSERWARTUNG

Am nächsten Tag zog ein stürmischer Nordwind mit dicken Wolken und Kälte herauf. Noch vor Tagesanbruch brach ich in Melar auf und folgte dem Weg auf die Holtavörðuheiði. Dort begann ein ungefähr fünfundzwanzig Kilometer langer Hochland-Pfad, der vom Hrútafjörður in Richtung Borgarfjörður führte. Diese Hochebene sollte ich Richtung Süden überqueren. Als ich am Anfang der Hochebene angekommen war, hatte es begonnen zu schneien, außerdem war ich ringsum von Dunkelheit umgeben. Trotzdem ging ich weiter in Richtung der Brücke über die Schlucht Miklagil, die drei Kilometer von der Hochebene entfernt war. Dann kam jedoch ein solcher Schneesturm auf, dass ich kurz vor dem Erreichen der Brücke anhielt, gen Himmel sah und mir überlegte, was zu tun war.

Ich war mit der Holtavörðuheiði vertraut, weil ich im Sommer 1911 in dieser Gegend gearbeitet hatte. Trotzdem fürchtete ich, mich in dieser Eiseskälte zu verlaufen, wenn es so weiterschneite. Außerdem würde ich meinen neuen Anzug ziemlich ruinieren, wenn ich bei diesem Wetter so lange draußen herumlief. Also beschloss ich umzukehren und auf Grænumýrartunga am Nordende der Hochebene einzukehren. Ich kämpfte mich durch

Sturm und Schnee dorthin zurück und bat um ein Bett für die Nacht.

Am Tag danach wehte der Wind aus Nord, und der Himmel war mal leicht, mal stark bewölkt, ab und zu flatterten ein paar Schneeflocken durch die kalte Luft. Ich überquerte Holtavörðuheiði und kam am Nachmittag in Fornahvammur an. Das war der erste Hof am Südende der Hochlandebene. Ich rastete nur kurz und schaffte es vor Einbruch der Dämmerung nach Hvammur im Norðurárdalur. Dort war es heiter und windstill, eine hübsche Abendstimmung lag über dem Tal. Direkt unterhalb des Friedhofs war ein Kartoffelacker. Im Bett las ich *Frühlingsnächte im Elchland* von Jóhann Magnús Bjarnason, die Kartoffeln probierte ich nicht. Bis hierhin war *Die Grammatik der Isländischen Sprache* von Finnur Jónsson meine einzige Lektüre auf dem ganzen Weg gewesen.

Ich wachte früh am nächsten Morgen in Hvammur auf, zog mich an und sah mich um. Heiterer Himmel, Windstille und etwas Frost, schönes Wetter. Ich setzte mich auf die Weide oberhalb des Hofes und unterzog die Fortsetzung meiner Reise einer gründlichen Überdenkung.

Die Lage war wie folgt: Mein Geld war so gut wie aufgebraucht. Daher hielt ich es für ein zu großes Risiko, meine Reise nach Borgarnes fortzusetzen, obwohl mir das zwei Tage Wanderung erspart hätte. Denn in Borgarnes hätte ich für teures Geld in einem Gasthof schlafen müssen, und das vielleicht sogar für mehrere Nächte, wenn das Schiff aufgrund schlechten Wetters nicht auslaufen konnte oder sich aus anderen Gründen verspätete. Solche Missgeschicke konnten zu dieser Jahreszeit vorkommen und würden mich direkt in die Räuberhände eines Rechtsanwalts werfen. Ich beschloss also, nicht nach

Borgarnes zu wandern, sondern ganz bis Reykjavík – Tag und Nacht, wenn es sein müsste, gleich wie das Wetter war, denn ich sah, dass mein Geld sonst nicht reichen würde.

Also ging ich von Hvammur durch das Norðurárdalur Richtung Osten und watete im Morgenfrost barfuß durch die Norðurá. Oh, könnten die Füße meiner Geliebten nur für einen Augenblick spüren, was ich für sie durchlitt!

Auf der anderen Seite des Flusses ging ich etwas weiter in das Norðurárdalur hinein, dann bog ich nach links ab und erreichte wieder den Hauptweg, der an einem Seitenarm der Norðurá nach Süden führte. Irgendwann gelangte ich an einen großen Schafpferch. Romantische Erinnerungen aus alten Kindertagen ließen mich hier verweilen, und ich betrachtete das gigantische Labyrinth. Ich versetzte mich in jene längst verstorbene Zeit zurück, als ich als kleiner Junge im Suðursveit dabei zusah, wie jeder Bauer beim Viehabtrieb seine Schafe in seinen eigenen Pferch scheuchte und ich mich den ganzen Tag nicht traute, Wasser zu lassen, weil ich eine Wollhose ohne Schlitz trug und meine langen Unterhosen so weibisch aussahen. Bald jedoch wurde diese Erinnerung von einer Erkenntnis universellen Ausmaßes überstrahlt. Waren nicht auch wir Menschen nichts als Schafe und ließen uns in Pferche treiben und sortieren nach Geschlecht, Hautfarbe, Volkszugehörigkeit, Glauben, Haben und Nichthaben, Stand und Klasse, Tugend und Laster? Das waren die ersten Teile einer großen Lebensweisheit, die ich erst dreizehn Jahre später während eines winterlichen Aufenthalts in Stockholm vollkommen begreifen sollte.

Kurz nach Mittag erreichte ich einen mir unbekannten Hof und fragte nach dem Weg Richtung Hestur im Andakíll, weil ich mich aus irgendeinem Grunde dem Vorhaben verpflichtet hatte, diesen Hof bis zum Abend zu erreichen. Wenn ich mich richtig erinnere, hieß dieser Hof Deildartunga. Dort wurde ich in die Stube gebeten, und es wurde Kaffee und Gebäck aufgetragen.

An der Wand in der Stube hing etwas, das meine Aufmerksamkeit erregte. Es war der gerahmte Nachruf zum Andenken an einen talentierten jungen Mann, den Sohn des Ehepaares wohl, der in einem Fluss ertrunken war, von seinen Freunden und Verwandten sehr betrauert wurde und nun im Himmel bei seinem gnädigen Schöpfer war. Ich erinnere mich daran, dass der Nachruf von Benedikt Gröndal verfasst worden war und der Fluss mit ziemlicher Sicherheit Grímsá hieß.

Dieser wohlmeinende Nachruf erweckte in mir eine seltsame Furcht vor der Grímsá. Ich hatte erfahren, dass ich noch heute durch sie hindurchwaten musste, und nun war der Tag bereits so weit fortgeschritten, dass ich sie wahrscheinlich erst in der Dämmerung oder sogar Dunkelheit erreichte. Das musste ein mit Vorsicht zu genießender Strom sein, wenn er einen Menschen das Leben gekostet hatte. Erst später erfuhr ich, mit wie viel Vorsicht die Grímsá wirklich zu genießen war und wie vielen Menschen sie bereits den Tod gebracht hatte. Es war gut, dass ich das damals noch nicht wusste.

Ich will ganz ehrlich sein. Deswegen möchte ich hier einfügen, dass es weniger die Breite oder Tiefe der Grímsá war, die mich mit diesem nagenden Unbehagen erfüllte. Die bevorstehende Dunkelheit war es eigentlich auch nicht. Es war eine ganz andere Annahme, die sich mir im Laufe der Jahre ganz gegen meinen Willen, sowohl durch mündliche Erzählungen als auch in Büchern, immer wieder bestätigt hatte. Es war die Annahme, dass die Seelen der Menschen, die durch Unfälle ums Leben kamen, auch nicht öfter zu den jubilierenden Lichtern des Himmels auffuhren als die von anderen Leuten. Stattdessen waren sie oft dazu verdammt, den Ort ihres Unfalls heimzusuchen und dort herumzuspuken, wenn sie nicht gar weitere Unfälle und Katastrophen verursachten, weil sie so einsam waren und sich nach Gesellschaft sehnten. Diese Überlegung war es, aufgrund derer mich die Vorstellung, in der Dunkelheit durch die Grímsá zu waten, mit Unbehagen erfüllte.

Obwohl es bereits dämmerte, als ich bei Varmalækur vorbeiging, entging es mir nicht, dass dort am selben Tage der Hausherr zu Grabe getragen worden war. Als ich die Grímsá erreicht hatte, war es fast komplett dunkel, der Himmel mit dräuenden Wolken verhangen und sehr gespenstisch anzusehen, der Mond ließ sich nicht blicken. Ich ging in die Furt hinein und tastete mit einem Stock den Grund vor meinen Füßen ab. Das Wasser war nicht tief, es ging mir kaum bis zum Knie, dafür erschien der Fluss an dieser Stelle eigentlich viel zu breit, um ihn überqueren zu können. Als ich zirka ein Drittel des Flusses durchwatet hatte, ergriff mich plötzlich eine grauenhafte Furcht, und der Weg bis zum anderen Ufer erschien mir so weit, dass ich mich nicht weitertraute, und im nächsten Augenblick hatte ich mich bereits umgedreht und lief wie von einem unsichtbaren Wassergeist verfolgt an die Stelle zurück, von der ich losgewatet war.

Dann ging ich einige Schritte am Flussufer entlang, bis ich zu einer Stelle kam, an der der Fluss viel schmaler zu sein schien. Und als ob alle Kenntnis vom Wesen der fließenden Gewässer aus meinem Geist gewichen war, watete ich gedankenlos an dieser Stelle in den Strom hinein. Das Wasser reichte mir sofort bis an die Oberschenkel und wurde mit jedem Schritt tiefer, doch ich stampfte wie ein Berserker Schritt um Schritt voran und wäre nicht umgekehrt, selbst wenn mir der blasse Sensenmann höchstselbst vom anderen Ufer zugewinkt hätte. Als ich ungefähr in der Mitte des Flusses angelangt war, sank ich in dem weichen Untergrund ein. Das Wasser erreichte meinen Bauchnabel. Mit jedem neuen Schritt musste ich meine gesamte Kraft aufwenden, um mich aus dem sandigen Grund zu ziehen, der immer weicher zu werden schien, je näher das Ufer kam. Als es kaum noch fünf Meter bis ans Land waren, sank ich so tief ein, dass der Fluss überhaupt keinen Boden mehr zu haben schien. Bis zur Brust stand ich nun im Wasser. Meine mühsam unterdrückten Instinkte kehrten mit urtümlicher Macht zurück und gruppierten alle meine Leibes- und Seelenkräfte um den einen verzweifelten Gedanken, wie ich mich bloß aus diesem Sandloch befreien sollte. Doch was ich auch tat, jedes Mal, wenn es mir gelang ein Bein aus dem Untergrund zu ziehen, sank ich beim nächsten Schritt umso tiefer ein. Nach langem Kämpfen und Kreuchen, das mir sowohl end- wie aussichtslos erschien, gelang es mir schließlich, mich an das rettende Ufer zu werfen.

Dort stand ich eine Zeit lang wie versteinert da. Ich begriff einfach nicht, dass ich nun lebendigen Leibes wieder festen Boden unter den Füßen hatte – ganz so, als ob mir das überhaupt nichts bedeutete. Inzwischen war es so finster geworden, dass der Himmel von der Erde nicht mehr zu unterscheiden war. Ich ging langsam am Flussufer entlang, um wieder auf den Weg zu kommen. Doch dann wurde es noch verrückter. Ich fand den Weg nicht mehr. Ich machte kehrt, ging zurück, bis ich wieder an der Stelle stand, an der ich vermutlich aus dem Fluss gekommen war. Dann drehte ich mich abermals um und tastete mich nun auf allen vieren am Flussufer entlang, doch auch diesmal fand ich keinen Weg, kroch auf und ab, vor und zurück, um ganz sicher zu sein, den Weg nicht übersehen zu haben, doch wo ich auch suchte, es blieb ohne Erfolg. Als ob der Weg zum Himmel aufgefahren wäre.

Was nun? Meiner Geliebten hätte es sicher den Schlaf geraubt, wenn sie gewusst hätte, wie es um mich bestellt war. Ich hatte kaum mehr als eine grobe Vorstellung von der Richtung, in der Hestur lag, und einen anderen Hof auf dieser Seite des Flusses kannte ich nicht. Ich stand am Ufer und versuchte zu überlegen. Hier und da funkelten weit draußen in der Finsternis Lichter auf der anderen Seite des Flusses. Töpfe voller Kesselfleisch, Zuber voller Blutwurst, Schalen voller Schmalz. Sollte ich nochmals durch den Fluss waten, mich in die Furt wagen, so ich sie denn überhaupt fand, und dann auf eins der Lichter zugehen? Ich sah gen Himmel. Inzwischen hatte er sich grauschwarz bezogen. Irgendwo braute sich ein Unwetter zusammen. Am nächsten Morgen würde der Fluss vielleicht unpassierbar sein. Dann säße ich auf unbestimmte Zeit fest, und das fast ohne Geld.

Also beschloss ich, mich weiter nach Süden durchzuschlagen. Wenn ich Hestur nicht fand, müsste ich eben die ganze Nacht langsam herumlaufen, um mich warm zu halten. Mit etwas Glück würde ich ein Stück in die richtige Richtung kommen.

Also begann ich meine Wanderung in die dunkle Ungewissheit. Ich sah kein Licht, keinen Umriss eines Berges oder auch nur Hügels, an dem ich mich hätte orientieren können. Stattdessen vollkommene, eintönige Kohlrabenschwärze, wohin ich auch sah. Trotzdem blieb ich gelassen. Ich verspürte nicht mehr das geringste Unbehagen oder gar Furcht, ja, ich fand meine Situation sogar auf unterhaltsame Weise spannend, als ob ich bei einem lustigen Versteckspiel einen Kameraden finden müsste. Es gab nur eine Sache, die furchtbarer war als die Wirklichkeit. Nämlich unsere Vorstellungen von der Wirklichkeit.

Nachdem ich ungefähr zwölf Minuten durch die unwegsame Dunkelheit getappt war, bemerkte ich, wie mein Regenmantel in einem Stacheldraht hängenblieb. Daraus schloss ich, dass ich in der Nähe einer menschlichen Baulichkeit war. Stacheldraht war die Festung der Selbstherrlichkeit. Ich war ein wenig enttäuscht. Mein unterhaltsames Versteckspiel hatte ein allzu schnelles Ende genommen. Ich löste meinen Regenmantel vom Stacheldraht, kletterte über den Zaun und ging an ihm entlang. Wenig später sah ich Licht in einem Fenster direkt vor mir und nach zwei, drei Minuten stand ich auf dem Vorplatz eines mir unbekannten Hofes. Ich klopfte. Jemand kam heraus.

»Gestatten Sie, wie heißt dieser Hof?«

»Hier ist Hestur.«

»Der Hof des Pastors?«

»Ja, so ist es.«

»Würden Sie mir hier Unterkunft gewähren?«

»Wie heißt Er denn?«

»Ich heiße Thórbergur Thórðarson.«

»Und woher kommt Er?«

»Ich komme aus Reykjavík. Und habe dort drei Winter bei dem Hufschmied Bergur Thórleifsson im Skóla-vörðustígur 10 gewohnt. Der Pastor hier war mit dessen Pflegetochter verheiratet.«

»Bitte sehr, kommen Sie herein.«

Pastor Arnór Thorláksson unterhielt sich den ganzen Abend lebhaft mit mir. Über Gott sprachen wir dabei wenig.

Der nächste Tag war schwarz bewölkt, finster, und es regnete Bindfäden. Windstille bis fünf Uhr, danach eine leichte Brise aus Südwest. Ich blieb auf Hestur, bis es ungefähr ein Uhr war. Dann machte ich mich auf den Weg ins Skorradalur, trank auf Grundur Kaffee und über-nachtete auf Háafell im Skorradalur. Das war eine kurze Etappe.

Am nächsten Tag gestaltete sich das Wetter derart, dass der Himmel dicht bewölkt, dunkel und diesig war, bis zum Mittag ein leichter Wind aus Südost wehte und da-nach ein Sturm mit Orkanböen aufkam, der bis ungefähr sechs Uhr abends anhielt. Dann wieder ein leichter Wind. Schwacher, langsam zunehmender Regen bis zum Mittag, dann nachlassend.

Um Viertel nach neun machte ich mich in Háafell auf den Weg und ging am Nordufer des Skorradalsvatn wei-ter in das Skorradalur hinein. Der Weg verlief an einem schönen bewaldeten Berghang. Auf der anderen Seite der See. Hier ist es bei gutem Wetter bestimmt schön, dachte ich, doch dann konnte ich nichts weiter denken, weil ich so nass und mir so kalt war und das Wetter so hässlich und schlecht. Auch an meine Geliebte dachte ich an die-sem Tag nicht.

Dann hätte ich durch die sogenannte Fitjaá waten müs-sen, um Richtung Süden weiterzukommen. Sie speiste sich aus dem Skorradalsvatn und war so angeschwollen, dass ich mich nicht hineintraute. Stattdessen ging ich nach Fitjar, um mir dort ein Pferd zu leihen, das mich durch den Fluss brachte.

Um halb elf erreichte ich den Hof und trank Kaffee. Der Hausherr schien hilfsbereit zu sein. Ich bekam ein Pferd, mit dem ich ans Südufer des Flusses ritt, dann trieb ich es wieder ans Nordufer zurück.

Es folgte eine unschöne Wanderung auf der Bergpiste zwischen Skorradalur und Hvalfjörður. Botnsheiði hieß die Hochebene, wenn mich nicht alles täuscht. Aus Südost war ein schwerer Sturm aufgezogen, dessen Orkanböen mir den Regen direkt ins Gesicht peitschten, während ich mich nass und schwer in Richtung des Passes schleppte. Je höher ich kam, desto stärker wurde das Unwetter, hinzu kam dichter Nebel, in dem ich nicht weiter als einen Meter sah.

Nach endlosem Kampf gegen Nebel, Regen und Sturm bemerkte ich, dass ich das Unwetter plötzlich im Rücken hatte. Der Pfad, der mich in diese wüste Bergwelt geführt hatte, war voll und ganz verschwunden. Ich kannte mich hier überhaupt nicht aus, wusste nur, dass ich irgendwie in Richtung Süden gehen musste, und wie es mir schien, tat ich das auch. Also dachte ich mir: Nicht ich habe plötzlich meine Richtung geändert, sondern der Sturm. Da ich annahm, weiterhin richtig zu gehen, musste das Unwetter in meinem Rücken nun eben aus Nordost, Nord oder Nordwest kommen. Dass ein derartiger Umschwung in so kurzer Zeit nicht passieren konnte, ohne dass das Unwetter sich zumindest etwas abschwächen würde, war meinem Sinn für Meteorologie entgangen.

Heilfroh, das Unwetter nun im Rücken zu haben, ging

ich weiter so schnell ich konnte. Nach einiger Zeit ging es wieder bergab, dann begann der Nebel sich zu lichten. Schon schien eine Hofwiese durch die Nebelschwaden und wenig später erblickte ich ein Haus an einem grauen See. Das wird einer der Höfe am Hvalfjörður sein, dachte ich mir. Gott sei Dank! Das Hochland liegt endlich hinter mir. Je näher ich kam, desto deutlicher wurden Haus und See. Dann fing ich an, mich zu wundern. Irgendwie kam das Haus mir bekannt vor. Aber woher? Meine Erinnerung war so verschwommen, so zerfetzt, dass sie eher aus einem schlechten Traum oder einem früheren Erdenleben zu kommen schien, als aus dem Wachzustand dieser Welt.

Ich ging weiter, ergriffen von der Vorfreude, nun bald zurück in der Zivilisation zu sein. Da riss das Nebelgrau immer weiter auf, das Haus bekam eine Form, der See eine Kontur, und wenig später sah ich alles klar und deutlich vor mir. Und was ich da sah! Herr Gott im Himmel, bin ich etwa wieder in das Skorradalur hinabgestiegen? Habe ich mich auf der Hochebene verirrt und diesen ganzen Wetterkampf für nichts gekämpft? Ich war gelähmt vor Schreck. Nun hatte ich nur noch Geld für eine Übernachtung.

Ich hielt inne und dachte nach. Es war noch keine zwei Uhr, aber das Wetter war unverändert schlecht, und ich trug keine trockene Faser mehr am Körper. Ich fühlte mich nicht in der Lage, zurück auf die Hochebene zu gehen, die nach dem baldigen Beginn der Dämmerung umso mehr Verirrungen für mich bereithielt. Ich beschloss, wenn auch etwas widerwillig, im Skorradalur zu übernachten. Und nahm mir vor, am nächsten Tag in einem Stück von dort nach Reykjavík zu gehen.

Also taperte ich zu dem Hof am See. Er hieß Vatns-horn. Ich bat etwas verschämt um Unterkunft, wurde aber wohlwollend aufgenommen, meine Kleider ge-trocknet, und die Gastfreundlichkeit der Leute munterte mich auf.

Am nächsten Morgen machte ich mich um acht Uhr auf den Weg. Die Leute wollten nicht einmal Geld für die Übernachtung von mir nehmen. Gott meinte es gut mit mir. Nun ging ich zum zweiten Mal auf die Botnsheiði. An diesem Tag war der Himmel halb bis ganz bedeckt, und aus Süd-Südwest wehte ein mehr oder weniger star-ker Wind, der im Wechsel Schauer und Graupelschauer heranbrachte. Die Luft war klirrend kalt.

Der Weg über die Hochebene verlief gut. Um halb zwölf mittags hatte ich den Hvalfjörður erreicht, erkun-digte mich dort nach dem Weg und bekam Kaffee. Dann ging ich weiter zum Scheitelpunkt des Fjords und durch-watete die Mündungen der Botnsá und Brynjudalsá. Um halb zwei hatte ich die Fossá erreicht, die etwas weiter südlich lag, hielt kurz an einem Hof, fragte nach dem Weg Richtung Kjós und ging weiter.

Drei Stunden später gelangte ich zur Laxá in Kjós, de-ren Lauf ich so lange folgte, bis ich am anderen Ufer den Hof Möðruvellir sah. Hier musste ich die Laxá überque-ren, doch dazu führte sie zu viel Wasser und die Strö-mung war zu stark. Ich watete an einigen Stellen hinein, musste aber immer wieder umkehren. Ich ging ratlos am Ufer auf und ab, um nach weiteren Furten zu suchen, fand aber keine, die ein Mann zu Fuß passieren konnte. Mich beschlich eine gewisse Ratlosigkeit. Die Dämme-rung war bereits hereingebrochen, und auf meiner Seite des Flusses war kein Hof in Sicht. Während ich zusah, wie der Himmel sich verdunkelte und die Laxá weiterhin schlammig, rotbraun und unüberwindbar an mir vorbeitoste, erinnerte ich mich vage an einen Hof namens Írafell. Doch wo war der bloß?

In diesem Moment sah ich, wie ein Mann mit zwei Pferden auf Möðruvellir losritt. Er ritt zum Fluss und überquerte ihn ziemlich genau auf der Höhe, auf der ich am anderen Ufer ratlos vor mich hin bibberte. Dann kam er auf mich zu und bot mir an, auf dem zweiten Pferd durch den Fluss zu reiten. Ich war außer mir vor Dankbarkeit. Der Mann war ein Knecht auf Möðruvellir. Dort hatte man mich gesehen und wollte mir etwas Gutes tun. Müde und zerzaust erreichte ich den Hof und übernachtete dort.

Als ich am nächsten Morgen in aller Frühe aufstand, war die Erde bereits bis in das Flachland hinein verschneit, und ein finsterer Südwest brachte Frost und noch mehr Schnee. Ich brach unverzüglich auf und kämpfte mich in Richtung Svínaskarð vor, wo mich schwerer Sturm und Eiseskälte erwarteten. Als ich jedoch in das Mosfellssveit kam, war der Himmel zwar noch komplett bezogen, die Erde allerdings schneefrei und das Wetter trocken.

An diesem Tag ging ich ohne Unterlass. Auf dem Weg durch das Mosfellssveit traf ich meinen ersten Bekannten, einen Klassenkameraden aus dem Lehrerseminar namens Pétur Jakobsson. Er war Volksschullehrer im Mosfellssveit geworden, hatte unlängst begonnen zu lieben und sogar etwas zu lächeln. Wir unterhielten uns eine Weile über die Liebe, dann wanderte ich weiter durch die anregende Unruhe der Einsamkeit.

Kurz nach Anbruch der Dämmerung stand ich auf der Hverfisgata vor dem Haus mit der Nummer 50 und betrachtete unfrohen Auges die mich umgebenden hässlichen Blechbuden und aufgeweichten Schlammpfade vor dem Hintergrund kahler Hügel. Die Luft war kalt. Himmel und Erde flossen zu einem einzigen schalen Grau zusammen, einer erlahmten, toten Ewigkeit ohne Hoffnung, ohne Trost. Es war einer jener Tage, an denen man nicht glauben wollte, dass es jemals wieder gutes Wetter geben würde. Die blaue Romantik der fernen Frühlingstage war zu grauer, klammkalter Wirklichkeit geworden, zu einem Leben ohne Sinn. Es war Freitag, der 11. Oktober, sechs Uhr abends. Was für ein trübseliger Tag. Und was für ein trübseliger Abend. Fast siebzehn Tage war es nun her, seit ich mich in Akureyri auf den Weg gemacht hatte, und zwölf Tage und zwei Stunden, seit ich im Norðurfjörður meine Wanderung begonnen hatte. Von meinem Geld besaß ich noch 50 Öre. Ich hatte an allen Orten für die Übernachtung bezahlt, außer auf zwei Höfen: Reykjarfjörður und Vatnshorn.

In der Hverfisgata 50 wohnte ein alter Bekannter von mir aus meiner Zeit auf dem Kutter *Hafsteinn*, der größte Fischer, den ich je gekannt hatte. Ich klopfte bei ihm und wurde zu Kaffee und Gebäck hineingebeten. Ich speiste wortkarg und ließ über meine Reise nur ein paar geheimnisvolle Andeutungen fallen. Ich war mir noch nicht sicher, ob ich jemals einem Menschen von dieser ganzen Misere erzählen sollte.

27

TODESSEHNSUCHT

Im Anschluss daran ging ich die Hverfisgata hinunter, überquerte eilig den Lækjartorg und ging durch die Austurstræti zum Tabakgeschäft von R. P. Leví. Dort hielt ich an, sprang in den Laden und kaufte mir Pfeifentabak für meine letzten Öre. Dann folgte ich der Austurstræti weiter Richtung Westen, ging die Aðalstræti und den Fischersund hinauf bis zur Mjóstræti. Als ich gerade von der Mjóstræti zum Unuhús abbiegen wollte, sah ich die Umrisse eines Menschen, der auf einem Felsbrocken kauerte. Es war ein Mann. Schweigend starrte er in die Dunkelheit und war sichtlich in düstere Gedanken vertieft.

»Guten Abend«, sagte ich.

»Guten Abend«, antwortete der Mann. »Ach, du bist das. Wann bist du denn angekommen?«

»Jetzt gerade. Ich wollte nur rasch fragen, ob ich die Koffer haben könnte, die du für mich mitgenommen hast.«

»Der eine Koffer ist bei mir zu Hause, aber mit dem anderen ist etwas schiefgelaufen. Ich habe ihn einem Matrosen anvertraut, den ich kannte, und nun tut er so, als wüsste er von nichts. Ich fürchte, er hat ihn sich unter den Nagel gerissen.«

»Welchen Koffer hast du denn noch?«

»Den schlechteren. Er hat den großen Koffer gestohlen.«

»Mit allem, was darin war?«

»Aber sicher. Oder denkst du etwa, er hätte mir den Inhalt gegeben?«

Meiner Geliebten würde es in der Seele weh tun, wenn sie wüsste, in welcher Lage ich mich nun befand: Ich hatte die Dampfschifffahrts-Gesellschaft um das Fahr- und Kostgeld betrogen, war fast in einem menschenverschlingenden Strom ertrunken, hatte meinen nagelneuen Anzug ruiniert und nun auch noch meinen guten Koffer eingebüßt, voll mit Kleidung und wertvollen Aufzeichnungen – ich sah ihn niemals wieder.

»Naja, spielt keine Rolle mit dem blöden Koffer«, sagte ich dann, als ob ich plötzlich aus einem Traum erwacht wäre. »Warum hockst du eigentlich hier im Dunkeln auf diesem Stein?«

»Weil ich das Leben satthabe.«

»Du hast das Leben satt?«

»Ja, ich habe Todessehnsucht.«

»Warum zum Teufel hast du denn jetzt Todessehnsucht?«

»Weil ich nie die bekommen werde, die ich liebe.«

»Aber mein Freund, das ist doch kein Grund, sich in solche krankhaften Grübeleien und Todessehnsüchte zu versenken. Du darfst eben nicht deine ganze Liebe an eine dumme Gans verschwenden. Ich kannte mal einen Kerl aus dem Osten der Stadt, der hat seine Liebe gleichmäßig auf drei Schwestern verteilt. Zwei Jahre lang hat er sie alle drei heiß und innig geliebt.«

»Hat er denn eine von denen bekommen?«

»Ob er eine bekommen hat? Die haben ihn geradezu

in Grund und Boden verachtet. Von einem Mädchen verschmäht zu werden, ist doch gar nichts, wenn man sich stattdessen von drei Schwestern verachten lassen kann, die noch dazu in ein und demselben Zimmer wohnen, dort verächtlich über einen reden und sich absprechen, wie sie einem diese Verachtung am besten zeigen können. Hast du mal seine Nase gesehen? Die ist rot wie ein Hahnenkamm. Das nächsten Mal, wenn wir ihn sehen, rufen wir: Hah-nen-kammmm! Hah-nen-kammmm! Hah-nenkammmm! Und dann machst du ihm eine lange Nase und streckst ihm die Zunge heraus. Doch selbst dieser Kerl hatte keine Todessehnsucht. Todessehnsucht! Was soll denn so schön sein an diesem Tod? Todessehnsucht ist doch nichts anderes als weinerliches, dekadentes Dichtergewäsch, eine egoistische Flucht vor der Wirklichkeit. Nach dem Tod würden dich doch nur dieselben Qualen erwarten, denen du hier entkommen willst – schließlich ist es doch deine Seele, die leidet und nicht dein Körper. Und die Seele kannst du nicht an einem Strick aufhängen oder in Salzsäure auflösen.«

Mein Freund stieß ein herzhaftes Lachen hervor und sagte dann:

»Wie ist das denn bei dem ausgegangen, nachdem die zwei Jahre vorbei waren?«

»Wie jedes andere Liebesabenteuer auch. Er lachte sich ein Mädchen aus Kjalarnes an und die Liebe zu den drei Schwestern erstarb. Im Nu war die so was von tot, dass er ein Jahr später eine ganze Nacht – und zwar die Nacht auf den 18. Mai – allein mit einer der Schwestern hinter vier verschlossenen Türen in einem Zimmer schlief. Und die ganze Nacht hindurch kam ihm auch nicht ein einziges Lächeln über die Lippen. Was sagst du dazu?«

»Dann war das keine reine Liebe. Reine Liebe liebt nur ein Mädchen und stirbt nie.«

»Hör mir bloß mit diesem empfindsamen Blödsinn auf. Die reine Liebe gibt es nur bei kleinen geschlechtslosen Jungen.«

»Was zum Teufel ist denn bloß in dich gefahren?«

»In mich ist überhaupt nichts gefahren. Ich bin nur etwas weiser geworden. Ich habe eine neue Wahrheit entdeckt. All dieses Gesülze über die reine Liebe ist doch nur ein heuchlerischer Versuch, vor der Welt zu verbergen, wie wenig wir überhaupt lieben. Genauso wie dieser Quatsch mit Gott. Die Leute tun so, als liebten sie Gott. Und doch wissen alle, dass diese Liebe nichts anderes ist als Angst vor dem Verbleib unserer Seele nach dem Tod. Und das, wovor wir Angst haben, das hassen wir. So ist es doch. Der menschliche Glaube an Gott basiert keinesfalls auf Liebe, sondern auf Hass. Und dann versuchen alle, diese Wahrheit vor Gott, sich selbst und anderen zu verbergen, indem sie das Liebe nennen. Und dann quälen wir uns damit, unser fleischliches Verlangen damit zu betäuben, dass wir über die reine Liebe zu Frauen reden, weil diese perversen Kirchen uns eingebläut haben, die natürlichen Bedürfnisse der Männer für unwürdig zu halten. Wenn du Manns genug gewesen wärst, deine Hulda zu berühren, wärest du deine Katrín jetzt endlich los. Ebenso könntest du dich von deiner Hulda loseisen, indem du dir hier in der Stadt eine Neue suchst. So kann man das Liebesbrennen Schritt für Schritt lindern, weil das Liebesbrennen so beschaffen ist, dass es mit jeder neuen Liebespraxis ein paar Grad kälter wird. Deswegen verursacht jede neue Geliebte weniger Qualen als ihre Vorgängerin. Und eines schönen Tages werden alle herzzerreißenden Liebesbande von dir abfallen und du wirst über alle Zwangsvorstellungen erhaben sein, die Hochmut und Lustfeindlichkeit uns seit Jahrhunderten einprügeln.«

Mein Freund sah mich an, als ob er meine flammende Rede nicht recht verstanden hätte. Er dachte eine Zeitlang nach. Dann stand er auf, schüttelte sich ein wenig, blickte mich amüsiert durch die Dunkelheit an und sagte:

»Gut durchdacht mag deine Argumentation ja sein. Aber das in die Tat umzusetzen, stelle ich mir nicht gerade einfach vor. Wie soll es mir denn gelingen, Katrín zu vergessen?«

»Habt ihr eine kleine Orgel in dem Haus, in dem du wohnst?«

»Wir haben ein Harmonium.«

»Darfst du darauf spielen?«

»Ja, wann immer ich möchte.«

»Dann gib einfach bekannt, dass du Orgelunterricht gibst. Du kannst auch in der Stadt verbreiten lassen, dass du Nachrufe verfasst. Das ist vielleicht noch besser. Du weißt ja, dass die Weiber ziemliche Heulsusen sind. Und wenn gerade einer ihrer Verwandten oder Freunde gestorben ist, sind sie umso empfänglicher für körperliche Tröstungen. Und wenn Trauer und zaghafte Berührungen nicht ausreichen, ihre Zuneigung zu gewinnen, dann solltest du sie im Nacken streicheln.«

»Sie im Nacken streicheln? Werden sie daraufhin fügsamer?«

»Man sagt, dass man jede Frau gewinnen kann, wenn man sie im Nacken streichelt.«

Mein Freund wurde noch nachdenklicher.

»Denk einfach mal darüber nach. Ich muss mich jetzt sputen, sonst verpasse ich das Abendessen. Ich habe seit heute Morgen um halb acht nichts mehr gegessen. Ich komme morgen und hole meinen Koffer, dann können wir uns weiter über deine Zukunft unterhalten.«

Ich gab meinem Freund und Wohltäter die Hand. Er ging beschwingten Schrittes hinauf zum Haus. Ich trottete trübselig und beschämt zu meinem alten Quartier auf dem Skólavörðustígur 10.

28

SUCHET, SO WERDET IHR FINDEN

Es war an einem Sonntag im Oktober bei Sonnenschein und heiterem Wetter. An der Torfunefsbrücke in Akureyri lag der Überseedampfer *Flóra* zum Auslaufen nach Norwegen bereit. Kurz nach Mittag sahen die Leute auf dem Anleger, wie sich die beiden besten Kunden des Gasthofs Oddeyri still und leise an Bord schlichen und sofort unter Deck verschwanden. Die beiden Reisenden verhielten sich auf derart auffällige Weise unauffällig, dass fast sogar die gaffenden Einfaltspinsel es bemerkt hätten, die immer auf dem Anleger standen, wenn ein Schiff an- oder ablegte. Nachdem ihre Abreise sich in der Stadt herumgesprochen hatte, erzählte man sich im Gasthof Oddeyri noch lange, wie kurz angebunden die beiden bei der morgendlichen Konversation mit dem Oberkellner Björn Sigurbjörnsson gewesen waren, bevor sie an Bord gingen. Björn war im Hotel für die Buchhaltung zuständig.

Diese jungen Herren waren zwei Seelenverwandte: Der Spekulant Páll Borgfjörð und sein Berater, der Dichter Stefán von Hvítadal. Stefán trug einen neuen braunen Anzug, den er offensichtlich beim Schneider hatte anschreiben lassen. Es war das erste Mal, dass Stefán sich in die große, geistreiche Welt aufmachte, Páll hingegen hatte bereits eine Spekulantentour nach Edinburgh und Kopenhagen hinter sich. Mit ihnen reiste ein dritter Mann namens Guðmundur Baldvinsson, alle drei wollten sie nach Norwegen. Páll erzählte später, dass Guðmundur Stefán mit dem Fahrgeld ausgeholfen hatte und Stefán ihm im Gegenzug versprach, in Norwegen für ihn zu dolmetschen. Dabei war Stefán kein besonderer Sprachenkenner und sprach ebenso wenig norwegisch wie Guðmundur selbst.

Páll war auf der *Flóra* denkbar schlecht ausgestattet. Irgendwann hatte er jedoch das Glück, dass sich auf dem Schiff ein Deckbett fand, das niemand benutzte. Páll wunderte sich verständlicherweise über dieses unberührte Deckbett, schließlich hatte er keines und konnte vor lauter Kälte kaum schlafen. Also machte er kein großes Aufsehen, griff beherzt zu und machte einige Nächte davon Gebrauch.

Schließlich stellte sich heraus, dass dieses Deckbett einer Frau gehörte, einer Passagierin, die es zwar nicht benötigte, aber nach einigen Tagen mitbekam, dass es verschwunden war, und dann in der Lage war, die Spur ihres Deckbettes zur Schlafstätte von Páll Borgfjörð zurückzuverfolgen. Sie behauptete, Páll hätte vorgehabt, das Deckbett zu stehlen, und er konnte nicht glaubhaft machen, dass er sich nur ein paar Nächte damit bedecken und dann alles wieder an seinen Platz legen wollte. Sie geriet außer sich vor Wut, nannte Páll einen Hundsfott, Gauner, Lügner und Räuber und zeigte ihn wegen Diebstahls an. Das hatte zur Folge, dass Páll auf den Faröer-Inseln festgenommen wurde und das Schiff ohne ihn weiterfuhr. Nach einem sicherlich sehr schmerzhaften, tränenreichen Abschied unter unseren Kameraden, musste Stefán seine Reise als Übersetzer von Guðmundur Balvinsson allein fortsetzen. Sie gingen in Bergen an Land und brachen von dort direkt Richtung Stavanger auf.

Páll hielt sich nicht lange auf den Faröer-Inseln auf. Er fuhr mit einem der nächsten Frachtschiffe nach Bergen, »pleite und schlecht gestellt an Leib und Seele«. Aber er hatte offensichtlich auf den Walfangstationen etwas Norwegisch aufgeschnappt, was ihm hilfreich war, als er in Norwegen ankam. Er sagte später, er habe die Sprache gekonnt – mehr habe er nicht gebraucht.

In Bergen lernte Páll einen Taucher kennen, der ihn anstellte, um den Eisenschrott aus dem Hafen zu fischen. Dort arbeitete Páll am Tag, und über Nacht war er Wächter auf einem Schiff.

Aber Páll strebte nach Höherem, als in diesem Land der neuen Möglichkeiten nach rostigem Tand zu fischen und einen alten Kahn vor Wetterkapriolen und Vandalen zu beschützen. Zwischen Weihnachten und Neujahr kündigte er und zog nach Stavanger weiter. Dort wurde er von einem Isländer namens Jón Hjararson aufgenommen, den er in der Kneipe am Marktplatz bei einem Glas Bier kennenlernte.

In Stavanger traf Páll zu allseitig großer Freude Stefán und Guðmundur wieder. Die beiden arbeiteten dort als Betongießer. Páll bekam zuerst keine Stellung, dann glückte es ihm, sich von einem Schlachter und Wurstmacher anstellen zu lassen, dem Páll allerdings gesagt hatte, selber ein gelernter Schlachter zu sein, obwohl er nicht einmal einer Fliege etwas zuleide tun konnte. Dort arbeitete Páll eine Weile. Dann wurde er der Chauffeur eines gewissen Imsland, was eher seinen Möglichkeiten zu entsprechen schien. Wäre da nicht seine Kurzsichtigkeit gewesen. Stefán erzählte, dass seine Chauffeurskarriere dadurch zu Ende ging, dass er einen Laternenmast gerammt und so den Wagen ruiniert hatte.

Aufgrund seiner schlechten Prothese wurde Stefán die ganze Zeit von starken Schmerzen im Bein geplagt. Im Laufe des Winter verschlimmerte sich sein Leiden derart, dass er lange Zeit überhaupt nicht arbeiten konnte. Da legten die Isländer in Stavanger zusammen, um für ihn eine neue Prothese zu kaufen, damit er wieder zur Arbeit gehen konnte.

Auch abgesehen davon waren Pálls und Stefáns berufliche Laufbahnen einigen Schwankungen unterworfen. Mal hatten sie etwas zu arbeiten, dann hingen sie wieder arbeitslos in der Luft, litten Hunger und kauten auf Streichhölzern, um wenigstens irgendetwas zum Beißen zu haben. Hinzu kam, dass körperliche Arbeit beiden nicht besonders lag. Stefán konnte nie wieder einer richtigen Arbeit nachgehen, nachdem sie ihm das Bein amputiert hatten. Und seine poetisch inspirierten Träume und sein Geltungsbedürfnis in Gegenwart von Damen lenkten ihn oft von zweckmäßigeren Taten ab. Páll hingegen war mit seinen Spekulationen beschäftigt. Die Dame an sich schien ihm überhaupt eine uninteressante Daseinsform zu sein, da man mit ihr keine Spekulationsgeschäfte eingehen konnte, und wenn Páll nicht spekulieren konnte, fühlte er sich nie vollkommen wohl. Auch ihm war schwere körperliche Arbeit ein Graus. Er hielt sie für Angeberei.

Die Isländer, die damals in Stavanger waren, hatten es sich zur Gewohnheit gemacht, nach Feierabend in der Kellerwohnung eines gewissen Guðmundur Gíslason zusammenzusitzen. Immer wieder hörte man, dass Stefán bei diesen Zusammenkünften unterhaltsame, wenn wohl auch etwas gemeine Reden hielt. Er war »gut darin, dieses und jenes Schöne auf die Beine zu stellen, womit wir uns in diesen längst vergangenen Tagen die Zeit vertrieben«.

Unter den Isländern war einer, dem die Haare ausgefallen waren. Seine Glatze verlieh ihm ein etwas altherrenhaftes Aussehen, was ihm sowohl ungebührlich, als auch ungünstig erschien, da er in die Tochter des Hausbesitzers verliebt war, bei dem er wohnte. Nachdem er sich eine Weile ins Zeug gelegt hatte, ohne dass das Mädchen sich auch nur im Geringsten für seine Liebe empfänglich zeigte, glaubte er, dass der Grund seiner Glücklosigkeit in seiner Glatze und der aus ihr resultierenden Altherrenhaftigkeit lag. Er ging zum Frisör und kaufte sich eine pechschwarze Perücke. Man erkannte ihn erst gar nicht wieder. Er wirkte um Jahre jünger, sobald er die Perücke aufgesetzt hatte und verhielt sich auch dementsprechend kecker in seiner Umlaufbahn um die Jungfräulichkeit des Mädchens.

An einem Abend wenig später geschah dann Folgendes. Der Mann war auf eine Sauftour gegangen, wie es isländische Staatsbürger gern tun, sobald sie auf ausländische Städte losgelassen werden. Später an diesem Abend begann er, durch die Straßen der Stadt zu stolzieren, denn die Isländer neigen dazu, sich im Zustand der Trunkenheit für so lustig zu halten, dass sie annehmen, der Erdball würde vor lauter Verdruss seine Rotation einstellen, wenn sie sich ihm nicht zeigten. An diesem Abend wütete ein starker Sturm aus Südwest. Da fuhr auch schon eine Orkanböe heulend auf ihn nieder und riss ihm den

Hut mitsamt der Perücke vom Kopf. Nun stand plötzlich ein altersgebeugter Glatzkopf dort auf der Straße und fluchte in einer merkwürdigen Sprache. Die Passanten sammelten sich um ihn herum, gafften ihn an und sagten zueinander: Hvad er'e han sier? Was sagt der da? Und etwas später sah man weiter unten auf der Straße einen humpelnden Mann, der sich auf einen grauen Gehstock stützte und leise ein paar Spottverse sang.

Am nächsten Tag stand folgende Annonce in den wichtigsten Zeitungen der Stadt:

Schwarze Perücke gefunden. Baldmöglichst gegen guten Finderlohn abzuholen. Und dann der Name der Straße und die Hausnummer.

Daran hatten sich die Isländer derart erfreut, dass man sagen musste, dass die Annonce ihnen weit mehr genutzt hatte, als dem Besitzer der Perücke.

Stefán zog später mit einigen seiner Landsleute nach Haugesund. Dort bekam dieser feinsinnige Lyriker eine Anstellung als Rostabklopfer. Wenig später erkrankte er schwer an Tuberkulose und wurde in ein Sanatorium eingeliefert. Das muss irgendwann 1914 gewesen sein. Dort blieb Stefán, oft sehr krank, bis Ende des Winters 1916. Dann wurde er als todgeweihter Mann nach Island geschickt. Er ging in Nordisland an Land und wurde zu seinen Pflegeeltern ins Hvítadalur gebracht, um dort zu sterben.

Von Páll Borgfjörð gibt es zu erzählen, das er Haugesund im Monat März des Jahres 1915 verließ, um zu einer Walfangstation in Südafrika zu fahren. Von dort wollte er im Februar des Folgejahres mit einem norwegischen Walfangboot zurückfahren, doch am Äquator verzögerte sich die Reise, weil die Besatzung von einer Tropenkrankheit heimgesucht wurde. Páll wurde schließlich todgeweiht in Lissabon an Land gebracht und lag dort drei Wochen in einem Krankenhaus im Koma, während seine Kameraden nach Norwegen weiterfuhren. In der Nordsee versenkte ein U-Boot ihr Schiff und drei oder vier kamen um. Als Páll sich erholt hatte, machte er sich nach Stavanger auf und blieb dort eine Weile, bis er sich vollends erholt hatte. Dann ging er nach Haugesund zurück.

Nun wendete sich Pálls Schicksal. Er lernte einen norwegischen Grossisten kennen, Erling Kvassheim mit Namen, und arbeitete für ihn ein, zwei Jahre als eine Art Prokurist und Vorarbeiter. Im Sommer 1916 sandte die Firma Kvassheim & Lövik Páll mit Salz und Fässern nach Island. Im Winter danach reiste er im Dienste der Firma durch Norwegen und wurde bald darauf Teilhaber. Nun schienen sich Pálls Träume zu erfüllen. Er war ein feiner Mann und Teilhaber einer angesehenen Unternehmung geworden. Er war der wichtigste Mann bei der Heringsverarbeitung und beaufsichtigte für Kvassheim die Rodung eines großen Waldgebiets, hatte viele Arbeiter unter sich und musste nichts anderes mehr tun außer denken und spekulieren und sich darum kümmern, dass andere arbeiteten. Doch dieser Glanz hielt leider nicht lange an. Die Folgen des Weltkrieges hatten Kvassheim bald ruiniert, und Páll war wieder so arm und allein wie zuvor. Im Jahre 1922 heiratete er eine norwegische Frau namens María Grösfjell. Und wohnte mit ihr bei den Schwiegereltern. Nun fing Páll an, sich mit Landwirtschaft zu beschäftigen. Im Jahre 1926 bekam er den Preis der Landwirtschaftsausstellung in Stavanger sowohl für Ackerbau als auch für Viehzucht. Er führte den ersten Steppenschafbock der ganzen Gegend ein und hatte damit besseren Erfolg als in Island, wo das erste Steppenschaf eine verheerende Viehseuche mitbrachte. Im Jahre 1931 wurde Páll schließlich die Ehre zuteil, Agent für eine norwegisch-deutsch-französische Pelztierfirma zu werden.

Nach Island kam Páll Borgfjörð zum letzten Mal im Sommer 1919 und hielt sich auch einige Zeit in Reykjavík auf. Eines schönen Abends im August oder September nach einem gerade zu Ende gegangenen Regen wurde dem Autor dieses Buches überraschend das Vergnügen zuteil, mit ihm eine lange Zeit Kaffee trinkend im Hotel Ísland zu sitzen. Der Autor hatte da gerade den Sinn des Lebens gefunden, aber Pálls Glücksstern als Holzhändler und Prokurist schien doch am hellsten am Himmel der Vorsehung, weshalb er keine Verwendung für den Sinn des Lebens hatte. Da ließ der Autor seinen Geist auf die Heringsanleger dieser kleinlichen Welt hinabsteigen, und sie sprachen die meiste Zeit über goldene Erinnerungen an die Tage in Akureyri. Dann gingen sie die Hverfisgata hinunter und verabschiedeten sich in der Abenddämmerung auf der Straße. Da blieb Páll vor einer hässlichen Wellblechhütte stehen, blickte den Autor an und sagte:

»Es hat sich doch einiges getan, seit der Zeit, da ich hier Spielzeug aus Ton an Kinder verkaufte.«

Und der Autor sah ihn bekümmert an und sprach:

»Der Tropfen, der gestern noch hier in der Dachrinne lag, fällt morgen wieder zur Erde. Vergiss nie den Kreislauf der Elemente.«

Er glotzte den Autor an. Diese Sprache war ihm unverständlich.

Dann verabschiedeten sie sich und sagten sich »Gute Nacht!«.

Es folgte Krise auf Krise und die Flut Tausender Enttäuschungen wusch auch die letzte schöne Kleinigkeit aus seiner Seele. Das war eine verständliche Sprache.

Achtzehn Jahre vergingen. Dann schreibt Páll dem Verfasser einen langen Brief, in dem er alles Wichtige aufzählt, was in seinem Leben passiert ist, in Island wie auch im Rest der Welt. Und er endet seinen Brief mit diesen Worten:

Ja, nun weißt du, wer ich bin – im Grunde nichts als ein glückloser Herumtreiber.

ENDE DES BUCHES

Am Morgen nach meiner Heimkehr setzte ich mich im Skólavörðustígur 10 an den alten Kiefernholztisch in der guten Stube und begann, *The Ballad of Reading Goal* von dem englischen Dichter Oscar Wilde aus der gedruckten Ausgabe abzuschreiben, ein 108-strophiges Gedicht über das Leid der Menschen, das ich meiner Geliebten zeigen wollte, wenn sie wieder in die Stadt käme, geschrieben von meiner klaren, herzensreinen Hand.

Und je länger ich meine vernünftigen Überlegungen über das Liebesleid mit meiner Erinnerung an zwei seidenweiche, schneeweiße Hände verglich, die vor langer Zeit einmal auf diesem armseligen Kiefernholztisch geruht hatten, desto deutlicher wurde mir, dass meine Hände sich nie dazu hinreißen lassen würden, eine andere im Nacken zu streicheln als diese Eine.

Am Sonnabend, dem 26. dieses Monats, kommt das Postboot *Ingólfur* aus Borgarnes.

Zur Aussprache der isländischen Namen

Æ æ wie ai in Kaiser
Ð ð wie englisches stimmhaftes th in this

INHALT

Sjón
Schattenfuchs
Roman
Aus dem Isländischen von Betty Wahl

128 Seiten. Gebunden

»Schattenfuchs« – eine Geschichte voller Mythen und Magie.
In atmosphärisch dichten Bildern erzählt Sjón von Fridrik
und dem seltsamen Mädchen Abba, das er völlig verwahrlost
fand. Mit all ihren Geheimnissen wird sie zu seinem größten
Glück. Aber wird er jemals wissen, wer sie wirklich ist? Ein
ungewöhnlicher Roman vom aufregendsten Autor Islands.

»Raffiniert verwebt der Dichter seinen romantischen,
überwiegend realistischen Erzählstil mit fantastischen
Elementen.«
Tobias Schwartz, taz

S. Fischer

fi 1-075120 / 2

Sjón
Das Gleißen der Nacht
Roman
Aus dem Isländischen von Betty Wahl
288 Seiten. Gebunden

Im Winter bläst der Nordwind eisig über die Lavafelsen. Es
herrscht Dunkelheit, als ob das Ende der Welt naht. Im
Sommer sind die Nächte hell wie der Tag, und die Hügel duf-
ten am Morgen nach taufeuchtem Gras. Das ist Island um
1636, und dort lebt Jónas, der Gelehrte. Eigentlich will er nur
durch die Welt streifen, noch gelehrter werden und Unge-
heuer erlegen. Aber sein Wissen verschafft ihm Neider, die
ihm das Leben schwer machen und ihn von einem Abenteuer
ins andere treiben.

»Ein zauberhafter Roman – mein Lieblingsbuch.«
Björk

S. Fischer

fi 1-010010 / 1

A Thörda   3|12